ロスノフスキ家の娘

上

ジェフリー・アーチャー

戸田裕之 訳

THE PRODIGAL DAUGHTER

BY JEFFREY ARCHER

TRANSLATION BY HIROYUKI TODA

THE PRODIGAL DAUGHTER

BY JEFFREY ARCHER

Published by K.K. HarperCollins Japan, 2023

ピーター、ジョイ、アリスン、クレア、
そして、サイモンに。

ロスノフスキ家の娘 上

おもな登場人物

フロレンティナ・ロスノフスキ——シカゴのホテル王の一人娘
アベル・ロスノフスキ——バロン・グループの総帥。フロレンティナの父親
ザフィア——フロレンティナの母親
ジョージ・ノヴァク——アベルの右腕。フロレンティナの名付け親
W・トレッドゴールド——フロレンティナの家庭教師。イギリス人
エドワード・ウィンチェスター——フロレンティナの幼なじみ
ウェンディ・ブリンクロー——フロレンティナの友人
ベラ・ヘラマン——フロレンティナの友人
リチャード——ハーヴァード・ビジネス・スクールの学生
ジェシー・コヴァッツ——ニューヨーク・バロン・ホテルの従業員
ウィリアム・ケイン——銀行家
ケイト・ケイン——ウィリアムの妻
ヘンリー・オズボーン——シカゴの下院議員

プロローグ

「アメリカ合衆国大統領よ」娘が答えた。

「私が考えつく限りでは、それは最高にやりがいのある破産の方法だな」父親は鼻の先端に載せていた半月形の眼鏡を外し、それまで読んでいた新聞越しに娘を覗いて言った。

「ふざけないでよ、お父さん。国民への奉仕以上に崇高な職業があり得ないことは、ローズヴェルト大統領が証明しているじゃないの」

「ローズヴェルトが唯一証明してみせたのは……」父親は言いはじめてから思い直して口をつぐみ、新聞に目を戻した。その先をつづけると軽薄だと娘に思われるだろうと気づいたのだった。

　父親の頭のなかを見通しているかのように娘はつづけた。「お父さんの応援がなければ、こんな夢を実現するのはもちろん無理でしょう。それぐらいはわかっているわ。女だというだけでもすごく不利なのに、ポーランド系というおまけがつくんだもの」

　父親がいきなり新聞を置き、娘と正面から向き合った。「ポーランド人を貶めるようなことを言うんじゃない、絶対にだ。ポーランド人が約束は必ず守る、名誉を重んじる民族であることは、歴史が証明している。私の父は男爵だった――」

「それは知っているわ。だって、わたしのおじいさまだもの。でも、おじいさまはもうこの世にいらっしゃらないんだから、わたしが大統領になるのに力を貸してはもらえないわ」

「残念だよ」父親がため息をついた。「父ならわが民族の偉大な指導者になったに違いないんだ」

「それなら、どうしてその人の孫が大統領になってはいけないの？　その理由は何？」

「いけない理由はない」父親は一人娘の青みがかった灰色の目を見つめて答えた。

「だったら、応援してくれる？　お金の面でのお父さんの応援がなかったら無理だもの」

父親はすぐには答えず、眼鏡をかけ直すと、脇へ置いた〈シカゴ・トリビューン〉をもう一度手に取ってゆっくりと折り畳んだ。

「取引をしようか、マイ・ディア。つまるところ、政治は取引だ。ニューハンプシャー州の予備選挙の結果が満足のいくものだったら、最初から最後まで全面的に応援してやろう。そうでなかったら、完全に諦めることだ」

「〝満足〟の意味を教えて」間髪を入れずに娘が訊き返した。

父親は今度もすぐには答えず、言葉を選んだ。「予備選挙に勝つか、投票総数の三十パーセントを上回る票を獲得したら、党大会まで伴走してやろう。それが最終的に破産を意味するとしてもだ」

ここまできて、娘はようやく緊張を緩めたようだった。「ありがとう、お父さん。これ以上のお願いはしたくてもできないわ」

「そりゃそうだろう。では、ワールド・シリーズ最終戦でカブスがタイガースに負けた原因の検討に戻ってもかまわんかな？」

「カブスのほうが弱かったからよ、決まってるじゃない。九対三のスコアが物語ってるわ」

「いいかね、お嬢さん、きみは政治については多少のことを知っているつもりらしいが、保証してやろう、野球については素人もいいところだ」父親が言ったとき、彼の妻が部屋に入ってきた。彼は肥満体を妻に向け直した。「われらが娘はアメリカ大統領選挙に立候補したいそうだ。きみはどう思う？」

娘が答えを知りたくてたまらないという顔で母を見た。

「わたしがどう思っているかというと」母親は答えた。「娘の就寝時間はとっくに過ぎているのに、こんなに夜更かしさせてもらっては困るということよ」

夫は時計を見てため息をついた。「そうだな、きみの言うとおりだ。さあ、もう寝なさい、小さいの」

娘は父親の横へ行くと、頬にキスをしてささやいた。「ありがとう、お父さん」

父親は部屋を出ていく娘を目で追いながら気がついたのだが、十一歳の右手が固く握られ、小さな拳になっていた。何かに腹を立てているとき、あるいは、何かを決意しているときに必ず現われる癖だった。今回は両方かもしれないと父親は思ったが、自分たちの一人娘が尋常な十一歳ではないことを妻に説明しようとしても無駄だと気がついた。自分の野心に妻を関わらせることはとうの昔に諦めていたが、その妻をもってしても娘の野心を萎えさせられそうにないことは少なくともありがたかった。

シカゴ・カブス及びワールド・シリーズにおけるカブスの敗北に頭を向け直したが、これについても娘の判断が正しい可能性があることを認めざるを得なかった。

それから二十二年間、フロレンティナ・ロスノフスキはこの日の会話を一度も持ち出さなかった。だが、持ち出したら父親が約束を守ってくれるという確信があった。何しろ、父親自身が口癖のように言っているとおりなら、ポーランド人は約束したことは必ず守る、名誉を重んじる民族なのだから。

過去

一九三四年―一九六八年

1

難産だった。だが、アベルもザフィアもこれまでの人生で簡単なことは一つもなかったから、何かを成し遂げるのに苦労は付き物だという、彼らなりの哲学を二人とも身に着けていた。アベルは男の子が欲しかった。いつの日か総帥としてバロン・グループを率いてくれる跡取りである。その子が後を襲って会長になるころには、アベルの名前はリッツやスタットラーと肩を並べ、〈バロン〉は世界最大のホテル・チェーンになっている自信があった。アベルはセント・ルーク総合病院の殺風景な廊下を行ったり来たりしながら、産声を待っていた。時間が経つにつれて、軽く脚を引きずる歩き方が目立つようになっていった。手首の銀の腕輪をときどき回して、そこに丁寧な文字で刻まれている名前を見つめた。自分の最初の子が男子であることを、アベルは一瞬たりと疑わなかった。踵を返して戻ろうとしたとき、ドクター・ドデクが向こうからやってくるのが目に入った。

「おめでとうございます、ミスター・ロスノフスキ」医師が声をかけた。

「ありがとう」アベルは自分の望みが叶ったと信じて疑わなかった。

「美しいお嬢さんですよ」医師がアベルの前まできて告げた。

「ありがとう」アベルは繰り返したが、声は小さく、落胆を顔に表わさない努力をしなくてはならなかった。それ以上は何も言わずに産科医のあとに従い、廊下の突き当たりの小さな部屋に入った。観察窓の向こうに皺(しわ)くちゃの顔がいくつも並んでいて、医師が指さしてくれてようやく、どれが自分の最初の子かわかった。ほかの赤ん坊と違って、彼の娘は小さな手をしっかりと握り締めていた。生まれたばかりの赤ん坊は最低でも三週間は手を握り締めることがないと、どこかで読んだ記憶があった。父親は誇らしげに微笑した。

　母親と娘はさらに六日間セント・ルーク総合病院にとどまり、アベルはその間(かん)毎日、午前中は最後の朝食がテーブルに運ばれてから、午後は最後の昼食客がダイニングルームを出てから、〈シカゴ・バロン〉をあとにして二人に会いに行った。祝電、花、最近流行(はや)りのグリーティングカードがザフィアの鉄枠のベッドを囲んでいて、この子の誕生を喜んでいるのが自分たち二人だけでないことを証明してくれていた。七日目、母親とまだ名前のない子――生まれるはるか前にアベルは名前を決めていたが、それは男の子のものだった――は、退院して自分の家へ戻ってきた。

　一週間後、娘はアベルの姉の名前をもらってフロレンティナと命名された。彼女がロスノフスキ家の最上階の新しく改装された子供部屋に落ち着くや、アベルは何時間もわが娘(こ)の顔を見つめ、寝ているところ、起きているところを観察しながら覚悟を決めた。この子の将来を確かなものにするために、これまでにも増して頑張って働かなくてはならないぞ。何としてもフロレンティナにはおれよりましな人生のスタートを切らせてやるんだ。子供のころのおれのような汚辱と貧困、一張羅の上衣に縫い込んだ何枚かの無価値なロシア・ルーブル以外、ほとんど無一物の移民としてエリス島に降り立ったときのような屈辱を、娘に味わわせるわけには絶対にいかない。

アベルは自分が受けられなかったきちんとした教育を――それを特に不満に思っているわけではなかったが――、フロレンティナには必ず受けさせると決めていた。フランクリン・デラノ・ローズヴェルトがホワイトハウスの主になり、アベルは大恐慌を生き延びつつあるように見える小さなホテル・チェーンの主になった。この移民にとって、アメリカはいいところだった。

こぢんまりした子供部屋で娘と二人きりのとき、自分の過去を振り返り、娘の将来を想像するのが常になっていた。

合衆国にやってきた当初は、ニューヨークのロワー・イーストサイドで肉屋の仕事を見つけ、そこで長い二年を労働に費やしたあと、プラザ・ホテルのウェイター見習いに応募した。プラザ・ホテルでは第一日目から、年取った給仕長のサミーからこの世の最下等動物のような扱いを受けた。四年後、奴隷商人も感心しただろうと思われるほどの仕事時間を無視した勤勉さの結果、この世の最下等動物は〈オークルーム〉のサミーの下で、給仕長補佐に出世した。だれも知らなかったが、このころのアベルは週に五日、コロンビア大学の学士過程の一環としてひたすら読書に励んで午後を過ごし、ディナーの後片付けが終わるとふたたび本を開いて、夜遅くまでページをめくりつづけた。

いつ寝ているのかとライヴァルたちが不思議がるほどだった。

給仕長補佐になったとしても、依然としてウェイターをしているのであれば、その新しい肩書がさらなる出世の役に立つかどうかは疑問だった。その疑問に答えを出してくれたのは、オークルームでのアベルの接客の様子を観察していた、デーヴィス・リロイという恰幅のいいテキサス人だった。十一軒のホテルを所有する人物で、自分の旗艦店であるシカゴの〈リッチモンド・コンチネンタル〉で、レストラン経営専任副支配人をやる気はないかと提案してくれたのだった。

フロレンティナが寝返りを打ってベビーベッドの柵にぶつかり、アベルは現実に引き戻された。指を一本伸ばしてやると、娘は沈みつつある船から投じられた命綱のようにそれをつかんで噛みはじめた。もっとも、まだ歯は生えていなかったが……。

シカゴに着いてみると、〈リッチモンド・コンチネンタル〉の財政が急速に悪化しつつあることがわかった。その理由を知るのに長くはかからなかった。支配人のデズモンド・ペイシーが利益の上前をはねていて、アベルが知り得る限りでは、三十年前から行なわれている可能性があった。新任の副支配人は最初の半年を費やしてペイシーの悪事を暴くのに必要な証拠を集め、帳簿改竄を含めた詐欺事実を事細かに報告書にまとめて雇い主に提示した。デーヴィス・リロイは自分の目を盗んで何が行なわれていたかを知るや、すぐさまペイシーを解雇し、彼の部下になったばかりの副支配人を後任に据えた。これがやる気に拍車をかけ、アベルはいよいよ仕事に励んで、これでリッチモンド・グループの情況を逆転させられると確信するに至った。そのとき、リロイの年老いた妹が会社の株の二十五パーセントを売りに出し、アベルは持っているものをすべて現金に換えて、その株をすべて買い取った。デーヴィス・リロイは会社に対する若い支配人の個人的な献身に感激し、彼をグループの総支配人に抜擢することでそれに報いた。

　その瞬間から二人はパートナーとなり、その仕事のうえでの絆は深い友情へと発展した。テキサス人にとってポーランド人を対等と見なすのがどんなに難しいか知ることになった、アベルはたぶん最初のポーランドだった。アメリカに移住して初めて、アベルは安心感を覚えた。もっとも、テキサス人がポーランド人に負けず劣らず誇り高い人種だとわかるまでだったが。

　アベルは起こったことをいまも信じられなかった。デーヴィスがこっそり打ち明けてくれさえしたら、グループの財政上の困難の程度について本当のことを教えてくれさえしたら――結局のところ、大恐慌のときに問題を抱えていなかった者などいないのだから――、講じるべき策を二人で捻り出せたはずなのに。だが、もう手遅れだった。なぜなら、デーヴィス・リロイはすでに銀行から、あなたのホテル・グループの価値では二百万ドルの当座貸し越しを埋められない、新たな担保を設定しなければ翌月の従業員の給与分をお支払いできない、と通告されていた。その最後通告への返事として、デーヴィス・リロイはホテルのダイニングルームで娘と二人きりのディナーをとったあと、バーボンのボトル二本を手に十七階のプレジデンシャル・スイートへ引き上げた。一時間後、窓を開け、手摺に足をかけると、宙に飛んだ。夜中の一時にミシガン・アヴェニューの角に立ち、昨夜着ていた上衣だけを頼りに、それがデーヴィス・リロイの遺体だと確認しなくてはならなかったことを、アベルは絶対に忘れられそうになかった。担当の警部補によれば、それは、その日のシカゴで七件目の自殺だとのことだった。だが、それは気休めにもならなかった。デーヴィス・リロイがアベル・ロスノフスキにどんなに多くのことをしてくれたか、アベル・ロスノフスキがデーヴィス・リロイの友情にどれだけ報いるつもりでいたか、この警官にわかるはずがなかった。メニューの裏に書かれた遺書には、リッチモンド・グループの残りの七十五パーセントの株を総支配人、すなわちアベル・ロスノフスキに遺贈する旨、また、株は無価値だが、グループの所有権を百パーセント持っていれば、銀行と新たな条件交渉をするに際して有利になる可能性がある旨が記されていた。

フロレンティナが瞬きしたと思うと、目を開けたとたんに泣き出した。アベルはそうっと娘を抱き上げたが、お尻がじっとりと湿っていることに気づいたとたん、その判断を後悔するはめになった。お尻を丁寧に拭いてやってから、新しい布を三角に折り、身体のどこにも大きなピンが触れないようにして、手早くおむつを取り換えてやった。この手際のよさにはどんな助産師でも文句のつけようがないはずだった。フロレンティナがまた目をつむり、父親の肩に頭を預けて眠りに戻っていった。「恩知らずのちびすけめ」アベルは愛おしげにつぶやいて娘の額にキスをした。

デーヴィス・リロイの葬儀が終わると、アベルはボストンにあるリッチモンド・グループの取引銀行〈ケイン・アンド・キャボット〉を訪れ、十一軒のホテルを公開市場へ売りに出さないでほしいと取締役の一人に訴えて、銀行が支援と時間を与えてくれればバランスシートを赤字から黒字に転じることができると説得しようとした。大きな対面共用机の向こうに坐った男は慇懃だが冷ややかで、譲る気配を頑として見せなかった。「私には当行の株主のことを最優先に考える責任があるのです」というのが、彼の拒否の口実だった。自分と同い年の男を〝サー〟付けで呼んだ屈辱、それにもかかわらず手ぶらで追い返された屈辱を、アベルは一生忘れまいと心に決めた。あの男は金の出入りにしか関心のないキャッシュレジスターのような性根の持ち主で、自分の判断でどれほどの数の人間が職を失うかなどこれっぽっちも頭にないに違いなかった。この仇はいつか必ずとってやるからな、ミスター・ウィリアム・〝アイヴィ・リーグ〟・ケイン、とアベルは百回も自分に誓った。

人生でこれ以上悪いことは起こり得ないのではないかと思いながらシカゴへ戻ってみると、あにはからんや〈リッチモンド・コンチネンタル〉が火事で焼け落ちていて、警察が彼を放火の容疑で告発しようとしているところだった。確かに放火には違いなかったが、犯人は以前の支配人のデズモンド・ペイシーで、解雇された恨みを晴らそうとしての犯行だとわかった。ペイシーは逮捕されるや即座に容疑を認めた。アベルを転落させられさえすれば、あとはどうでもいいということだった。だが、ペイシーの願いは叶わなかった。保険会社がアベルに救いの手を差し伸べたのである。その瞬間まで、ロシアの捕虜収容所を脱走しないほうがまだましだったのではないか、アメリカへ逃げてこないほうがよかったのではないか、とアベルは悲観していた。だが、匿名の支援者が現われて運が変わった。スティーヴンズ・ホテルの経営者のデーヴィッド・マクストンに違いないとアベルは結論したが、その匿名の支援者がリッチモンド・グループを買い取り、アベルを以前と同じ総支配人にして、会社を儲けさせられることを証明するチャンスを与えてくれたのである。

フロレンティナを見下ろしながら、アベルはザフィアとの再会を思い出した。あの自信家の娘との最初の出会いは、アメリカへ渡る船のなかだった。彼女と初めてセックスをしたときは自分がひどく初心な子供のように思われたが、数年後、彼女がスティーヴンズ・ホテルでウェイトレスをしているとわかったときは、もうそんなふうには思わなかった。

三年後の一九三二年、新たにバロン・グループと命名されたホテル・チェーンは、利益こそ出なかったものの、赤字は二万三千ドルまで減っていた。シカゴ百年祭と、そのときに催された世界博覧会を訪れた百万を超える観光客のおかげだった。

ペイシーが放火の罪で有罪になり、請求した保険金が支払われるや、アベルはすぐさまシカゴのホテルの再建に取りかかった。工事が始まるまでの期間を使ってグループのホテル十軒を経巡り、デズモンド・ペイシーのような金銭上の不正を働いている従業員を解雇して、アメリカ全土の失業者のなかから適任者を選んで空いた席を埋めた。

ザフィアはアベルがチャールストンからモービル、ヒューストンからメンフィス、ダラスからシカゴと、南部の自分のホテルの視察に時間を費やし、家を留守にしがちなことを不満に思いはじめていた。しかし、アベルとしては、匿名の支援者との約束を守るためには、どんなにわが子が可愛かろうとも、家で大人しくしている時間はほとんどないことを受け容れるしかなかった。銀行融資の返済期限は十年に設定されていた。その間に返済を終わらせせられれば、会社の株のすべてを三百万ドルで買い取ることができる、という条項が契約書には記されていた。ザフィアは自分たちが手に入れたものを毎晩神に感謝し、もうこんなに忙しく働かなくてもいいではないかと夫を説得しようとした。だが、契約を完全に履行するまで、彼を止めることは何をもってしても不可能だった。

「ディナーよ！」ザフィアが大きな声で呼んだ。アベルは聞こえなかった振りをして娘の寝顔を見つめつづけた。

「聞こえないの？」ザフィアがまた叫んだ。「ディナーよ」

「すまない、聞こえなかった。いま行くよ」アベルは渋々立ち上がると、妻とのディナーに向かった。フロレンティナの払いのけた赤い羽根布団が、ベビーベッドの脇の床に落ちていた。アベルはふんわりと軽いその羽根布団を拾い上げ、娘を覆っている毛布の上に丁寧にかけ直してやった。寒い思いはさせたくなかった。アベルは明かりを消した。

2

フロレンティナの洗礼式は出席しただれもが忘れるはずのないものになった。ただし、式のあいだずっと眠っていた当人だけは例外だったが。聖三位一体ポーランド人伝道教会で行なわれた式のあと、招かれた人々はアベルが宴会場を貸し切っているスティーヴンズ・ホテルへ向かった。この時を祝うべく招待された客は百人を超えていた。コンスタンティノープルからの船で一段上の寝台を占めていた、同胞のポーランド人であり親友でもあるジョージ・ノヴァクと、ザフィアのいとこの一人であるヤニーナが名付け親になることになっていた。

客はピロシキと酢漬けのキャベツのごった煮を含めた十品からなる伝統的なディナーを堪能し、その間、アベルはテーブルの上座に陣取って、娘の代わりに贈り物を受け取った。そのなかには銀のがらがら、合衆国貯蓄債、『ハックルベリー・フィンの冒険』などがあったが、とりわけ素晴らしい贈り物は、アベルの匿名の支援者からの、骨董的価値のある美しいエメラルドの指輪だった。後にフロレンティナはその贈り物を大喜びするのだが、匿名の支援者がそれを知って同じぐらい喜んでくれることを、アベルとしては願うしかなかった。アベル自身は、このときの記念として、赤い丸い目をした大きな茶色のテディベアを娘に贈った。

「フランクリン・デラノ・ローズヴェルトに似てるな」ジョージがみんなに見えるように子熊をかざして言った。「こいつの洗礼式もやってやろうじゃないか、私が名付け親だ――FDRでどうだ」アベルはグラスを挙げて乾杯した。「大統領に――」以後、熊は〝ベア大統領〟とフロレンティナに呼ばれることになった。

祝宴はザフィアとフロレンティナが帰ってしまったあとも延々とつづき、日付が変わった午前三時ごろにようやくお開きになった。すべての贈り物をホテルからリッグ・ストリートの自宅まで運ぶのに、洗濯物を運ぶ手押し車(ランドリーカート)を徴発しなくてはならなかった。ジョージに手を振って見送られながら、アベルはランドリーカートを押してレイクショア・ドライヴの歩道を下っていった。

幸せな父親は口笛を吹きながら、素晴らしかった夜の一瞬一瞬を一つ残らず頭のなかで反芻(はんすう)した。〝ベア大統領〟が転げ落ちたとき――三度目だった――、レイクショア・ドライヴをほとんど千鳥足で下っていたに違いないことに初めて気がついた。大統領を拾い上げて贈り物のあいだにしっかり押し込み、これからはまっすぐに進もうと思いながら歩き出そうとしたとき、肩に手がかかった。ぎょっとして振り返り、フロレンティナの最初の財産を命に代えても守り抜くと身構えた。目の前に、若い警察官の顔があった。

「夜中の三時にレイクショア・ドライヴでスティーヴンズ・ホテルのランドリーカートを押しておられる理由は何でしょう？　説明してもらえますか？」

「もちろんですよ、お巡りさん」アベルは応えた。

「では、まず最初に、カートに入っている包みの中身は何ですか？」

「フランクリン・デラノ・ローズヴェルトを除いて、あとは見当もつきませんね」

巡査は納得せず、アベルを窃盗容疑で逮捕した。贈り物の貰い手はリッグ・ストリートの家の二階の子供部屋で赤い羽根布団に包まれて熟睡し、父親は所轄署の留置場、古びた馬巣織りのマットレスの上で眠れぬ一夜を過ごすことになった。翌早朝、ジョージが裁判所にやってきて、アベルの主張が事実であることを証明してくれた。


アベルはシカゴを離れるのが辛くなりはじめた。ほんの何日かであっても、愛するフロレンティナと離れていたくなかった。彼女の最初の一歩、最初の言葉、何であれ最初にすることを見逃したくなかった。彼女が生まれた最初の日から、躾を含めて日々の生活ぶりを監督し、家ではポーランド語を話すことを許さなかった。ポーランド語の訛りが混じることが絶対にないようにすると決めていた。同時代の者たちのなかでばつの悪い思いをさせたくなかった。最初に発する言葉が待ちきれず、それが〝お父さん〟であることを期待していた。一方、ザフィアは娘が最初に発するのがポーランド語で、彼女と二人きりのときは英語を話していないことがばれてしまうのではないかと内心びくびくしていた。

「ぼくの娘はアメリカ人だ」アベルはザフィアに説明していた。「だから、英語を話さなくてはいけない。アメリカにいるのにいまだにポーランド語を使うポーランド人が多すぎる。だから、その子孫はシカゴの北西の隅から終生抜け出すことができず、〝間抜けなポーランド人〟呼ばわりされて、だれかと出くわすたびに見下されるはめになるんだ」

「でも、いまもポーランド帝国にそれなりの忠誠心を持っている人たちは別よ、彼らは同胞を見下したりしないわ」

「ポーランド帝国だって？　きみは何世紀に生きているんだ、ザフィア？」

「二十世紀に決まってるじゃない」ザフィアの声が高くなった。

「きっと、『ディック・トレイシー』や『フェイマス・ファニーズ』のような漫画に出てくる二十世紀だよな」

「ポーランド移民初のアメリカ大使としてワルシャワへ戻るのを究極の野望としている人の態度とは思えないわね」

「それは口にするなと言っただろう、ザフィア。絶対にだ」

　ザフィアはいまも英語がおぼつかなかったから言い返さなかったが、お互いの気持ちが離れていきはじめているような気がすると、あとでこっそりいとこに打ち明けた。同時に、アベルが家にいないときは常にポーランド語を話しつづけた。それに、アベルがたびたび口にして思い出させてくれる、〈ゼネラル・モーターズ〉の総売り上げのほうがポーランドの国家予算より多いという事実にも、心を動かされることはなかった。

一九三五年には、アベルはアメリカの景気が好転しはじめたと感じ、大恐慌は過去のものになったと確信して、以前〈リッチモンド・コンチネンタル〉があったところに新しく〈シカゴ・バロン〉を建てるときがきたと確信した。建築家を選定し、出張よりも〝風の町(ウインディ・シティ)〟の異名を持つシカゴで過ごす時間を増やして、出張を減らした。このホテルを絶対に中西部一のホテルにするつもりだった。

〈シカゴ・バロン〉は一九三六年五月に完成し、民主党の市長エドワード・J・ケリーがオープニング・テープをカットした。アベルの将来性を見込んで縁を繋(つな)ごうと、イリノイ州選出上院議員の二人もオープニング・セレモニーに出席した。

「優に百万ドルはかかっているのではないかな?」古参の上院議員ハミルトン・ルーイスが言った。

「大きく外れてはいないと思いますよ」アベルは答えた。上院議員は分厚い絨毯(じゅうたん)を敷いた複数の宴会場、化粧漆喰(しっくい)の高い天井、グリーンのパステルカラーで統一された装飾に目を奪われていた。総仕上げは、バスルームのタオルから四十二階建てのビルのてっぺんに翻る旗に至るまで、すべてのものに浮き彫りにされているダークグリーンの〝B〟の文字だった。

「このホテルはすでに成功を証されました」ハミルトン・ルーイスはそこに集まっている二千人の招待客を前に明言した。「なぜなら、友人諸君、これから先〝シカゴ・バロン〟として知られることになるのは、この建物ではなく、それを建てた人物だからです」アベルは湧き起こった拍手喝采を喜び、内心でにんまりした。彼の宣伝担当顧問が今週の初めに、上院議員のスピーチライターにこの台詞を提供していたのだった。

　アベルは大物実業家や古参政治家のなかにいても気後れしなくなりはじめていたが、ザフィアはそうはいかなかった。夫の生き方の変化に馴染むことができず、会場の後ろのほうで自信なさそうにうろうろするばかりだった。その挙句、シャンパンを少し飲み過ぎてしまい、ディナーが終わるとすぐに、フロレンティナがちゃんと寝ているかどうか確かめたいという薄弱な口実を作って、こっそり会場を抜け出した。アベルは押し黙っている妻を回転ドアへと送りながら、ほとんど苛立ちを隠さなかった。ザフィアはおれの成功などどうでもよく、理解もしない。おれの新世界の一員になりたくないとさえ思っている。ザフィアはザフィアで、自分の態度がアベルにとって不愉快なのを承知のうえで、タクシーに押し込まれるときにこう言った。「急いで帰ってくることはないわよ」

「当たり前だ」アベルは回転ドアへ引き返しながら吐き捨て、力任せにドアを押した。そのせいで、ドアは押した主が出ていったあと、さらに三回転するはめになった。

ホテルのロビーへ戻ると、ヘンリー・オズボーン市会議員が待っていた。

「今日はきみの人生の絶頂だな」議員が言った。

「絶頂だって？　私はまだ三十になったばかりだよ」アベルは応じた。

長身で肌の浅黒いハンサムな政治家の肩にアベルが腕を回した瞬間、カメラのフラッシュが焚かれた。アベルはカメラに向き直り、自分が有名人として扱われたことに気をよくして、そこで耳を澄ましている人々に辛うじて聞こえる声で言った。「私は世界じゅうにバロン系列のホテルを作るつもりでいます。ヨーロッパにおけるセザール・リッツの地位を、アメリカで確立してみせましょう。アメリカ人が旅をしなくてはならないときはいつでも、〈バロン〉を第二の自宅と考えるようになるに違いありません」そして、市会議員と肩を並べてダイニングルームに入り、だれにも聞かれる心配がなくなるや付け加えた。

「明日、昼食を一緒にどうかな？　相談したいことがあるんだ」

「喜んで受けさせてもらうよ、アベル。一介の市会議員だからな、シカゴ・バロンのためならいつでも馳せ参じるさ」

アベルも市会議員も心底おかしそうに笑ったが、二人とも特に面白いと思ったわけではなかった。アベルにとってまたもや遅い夜になった。帰宅すると予備寝室へ直行した。ザフィアを起こしたくなかった。というか、少なくとも翌朝の妻への言い訳はそうなるはずだった。

朝食をとりにキッチンへ下りてザフィアと顔を合わせたとき、フロレンティナは背の高い子供用の椅子に鎮座し、深皿に入れたシリアルを夢中で口に押し込もうと顔じゅうを汚して、さらに手の届く限りのもの——それが食べられるものでなくても——にむしゃぶりついていた。アベルはメイプル・シロップをたっぷりかけたワッフルを食べ終えると、席を立ちながらザフィアに告げた。「今日の昼はヘンリー・オズボーン市会議員ととることになっているんだ」

「わたし、あの男は好きになれないわ」ザフィアが反感も露(あら)わに言った。

「ぼくだってあいつに首ったけってわけじゃない」アベルは認めた。「だけど、市議会で力を発揮できる立場にいて、われわれの役にずいぶん立ってくれていることを忘れないでくれ」

「その逆のこともずいぶんしてくれているわよ」

「まあ、きみが心配しなくてもいい。オズボーン議員のことはぼくに任せておいてくれ」

アベルは妻の頬に軽くキスをして出ていこうとした。

「だいちょうりょ(ブレジダンク)」と聞こえる声がした。両親が振り向くと、毛で覆われた顔を俯(うつぶ)せて床にひっくり返っている、二歳半のフランクリン(F)・デラノ(D)・ローズヴェルト(R)をフロレンティナが指さしていた。

アベルはとても愛されているテディベアを笑って拾い上げると、フロレンティナがその子熊のために空けている子供用の椅子の隙間に押し込んでやった。

「だーいーとーうーりょーう、だよ」アベルはゆっくり、そしてはっきり、一語ずつ発音してみせた。

「だいちょうりょ」フロレンティナは譲らなかった。

アベルはまた笑わせられることになり、フランクリン・デラノ・ローズヴェルトの頭を軽く叩いてやった。

FDRはニューディール政策だけでなく、フロレンティナの最初の政治的発言の責任も引き受けなくてはならないようだった。

玄関を出ると、専属運転手が待っていて、キャディラックの後部席のドアを開けてくれた。アベルの運転技術は性能のいい車に買い替えるにつれて低下していき、このキャディラックに買い替えたときに、運転手も雇ったほうがいいとジョージが忠告してくれたのだった。今朝、車がゴールドコーストに近づくと、アベルはゆっくり走らせるよう運転手に指示した。そして〈シカゴ・バロン〉の四十二階まで伸びているガラス窓のきらめきを見上げながら、一人の男がこれほどの短時間でこれほどのことを成し遂げられる場所は世界のどこにもないことに驚嘆した。よその国であれば十代がかりで成し遂げて満足するはずのものを、おれは十五年足らずで成し遂げた。

アベルは運転手が後ろへ回ってきてドアを開けてくれるのを待たずに車を飛び降り、きびきびとホテルに入ると、専用の急行エレベーターで四十二階へ直行した。午前中はそこで新しいホテルが経験している、初期には付き物の問題の一つ一つを検討して過ごした。客用エレベーターの一台がきちんと機能していなかった。二人のウェイターが厨房でナイフを振り回して喧嘩(けんか)をし、アベルの到着以前にジョージによって解雇されていた。それに、開業してからの支払いが多すぎた。ウェイターたちが器物破損と見せかけて帳簿に記録し、その補充費用を着服しているのではないか、そうやって盗みを働いている可能性があるのではないか、それを調べる必要がありそうだった。系列のホテルについては何一つとして疎(おろそ)かにすることなく、プレジデンシャル・スイートにだれが泊まっているかから、一つのホテルが一週間に必要とする焼きたてのパンの費用に至るまで、すべて自分で目を通した。今朝もそうやって疑問や問題を処理し、判断を下しつづけて、それをやめたのはオズボーン市会議員がオフィスに案内されて入ってきたときだった。

「おはよう、男爵(バロン)」ヘンリー・オズボーンがロスノフスキ家の称号で呼んでアベルをおだてた。

ニューヨークのプラザ・ホテルで新米ウェイターだったころの若いアベルがその肩書で呼ばれるのは、からかわれるときと決まっていた。〈リッチモンド・コンチネンタル〉で副支配人をしていたときは背後でこそこそささやかれるのが常だった。最近では、だれもが尊敬を込めてこの肩書を口にするようになっていた。

「おはよう、議員」アベルはオズボーンを迎えて机上の時計を見た。一時を五分過ぎたところだった。「昼食にしよう」

そして、隣接する専用ダイニングルームへ議員を伴った。一見しただけなら、ヘンリー・オズボーンはアベル・ロスノフスキと釣り合う友人には見えないはずだった。アベルは耳にたこができるほど聞かされていたが、チョート校からハーヴァード大学へ進み、後には海兵隊の若き中尉として世界大戦に従軍した。身長は六フィート、白いものが混じりはじめた豊かな黒髪で、経歴が物語らなくてはならない風貌より若く見えた。

二人が初めて出会ったのは旧〈リッチモンド・コンチネンタル〉が焼失したあとだった。オズボーンは人々の記憶にある限りの以前からリッチモンド・グループを全面的に引き受けていた〈ウェスタン・カジュアリティ保険〉の社員で、多少の現金をもってすれば保険金支払い申請が本社の担当部署を通過するのが速くなると仄めかしてアベルを驚かせたのだった。そのときのアベルは〝多少の現金〟なるものを持っていなかったが、それでも保険金支払い申請は認められた。オズボーンもアベルの将来性を信じていたからである。

アベルは生まれて初めて、人が買収できることを学んだ。

オズボーンがシカゴ市会議員になるころには、アベルも〝多少の現金〟を支払えるようになっていたから、新しいバロン・ホテルの建設許可申請はあっという間に議会を通過して許可された。後にオズボーンがイリノイ州第九選挙区から下院に立候補すると宣言したとき、アベルはだれよりも早く、かなりの額の小切手を選挙資金として彼に送った。この新たな盟友についての懸念はいまだ払拭されていなかったが、言いなりになってくれる政治家がいればバロン・グループの役に大いに立ってくれる可能性があることにも気がついていた。というわけで、〝多少の現金〟の支払いが——自分では賄賂ではないと思っていたにもかかわらず——絶対に記録に残らないよう用心を怠らず、それゆえに、自分がそうしたいと思ったらいつでも関係を断ち切れると確信してもいた。

ダイニングルームもホテルのほかの部分と同じく繊細な緑の色調で装飾されていたが、〝B〟の浮き彫り文字は部屋のどこにも影も形もなかった。家具調度は十九世紀のもので、すべてがオーク材で統一されていた。四方の壁にはやはり十九世紀の油絵が掛けられ、その大半がヨーロッパから持ち込まれたものだった。ドアを閉めれば、現代のホテルの忙しい雰囲気とはかけ離れた、ゆったりと時間の流れる別世界のホテルを思い描くことができた。

アベルは凝った装飾のテーブルの上座に着いた。八人は悠々と坐ることができたが、いまそのテーブルに用意されているのはわずかに二人分の食事だった。

「十七世紀のイングランドにいるような気がするな」オズボーンが部屋を見回しながら言

った。

「十六世紀のポーランドは言うまでもない」アベルが応えたそのとき、制服姿のウェイターがスモークサーモンを運んできて、二人のグラスにブシャール・シャルドネを注ぎ直した。

オズボーンが自分の前に置かれた山盛りの皿を見下ろして言った。「きみがどんどん肥りつづけている理由がいまわかったよ、男爵」

アベルは眉をひそめ、すぐに話題を変えた。「明日はカブスの応援に行くのか？」

「そんなことをして何の意味があるんだ？　ホームなのに共和党より負けが込んでいるんだぞ。私が応援に行かなくたって、どんなに点差が開こうと大接戦だったことにして、状況がまったく違っていたらカブスが完勝したはずだと、〈トリビューン〉が恥知らずにもぶち上げるさ」

アベルは声を立てて笑った。

「一つ、確かなことがある」オズボーンがつづけた。「リグレー・フィールドでのナイトゲーム観戦はこれからもないということだ。照明塔の下でプレイするなど、シカゴが受け容れるはずがない」

「きみは去年、缶ビールについても同じようなことを言っていたな」

今度はオズボーンが眉をひそめる番だった。「きみは野球や缶ビールについての意見を聞くために私を昼食に誘ったわけではあるまい、アベル。それで、今回は何をささやかに目論(もくろ)んでいて、どんな支援を私に求めようとしているんだ？」

「簡単なことだ。ウィリアム・ケインにどう対応すべきか、助言をもらいたい」

オズボーンが喉に何かが詰まったような顔になった。それを見て、アベルは思った――料理長に注意しなくちゃならんな、スモークサーモンに骨が残っているなんて論外だ。そして、つづけた。

「いつだったか、目に見えるように話してくれたことがあったよな。きみとミスター・ケインの道が交差したときに何が起こったか、彼がどうやってきみの金を騙(だま)し取ったかを。ところが、私はきみよりひどい目にあわされた。大恐慌のとき、あの男は私のパートナーであり親友でもあったデーヴィス・リロイを窮地に追い込み、彼が自殺する直接の原因を作った。そのうえ、もっと非道なことに、私が彼のホテル・チェーンを引き継ぎ、財政基盤を立て直そうとしたときに、融資を拒否してくれた」

「最終的にはだれがきみを支援したんだ？」オズボーンが訊いた。

「コンチネンタル・トラスト銀行と取引のある個人投資家だ。支配人は多くを教えてくれないが、私はずっとデーヴィッド・マクストンだったのではないかと考えている」

「あのスティーヴンズ・ホテルの経営者か？」

「そうだ」

「そう考える根拠は何なのかな?」

「私は自分の結婚式の披露宴をあのホテルで開き、フロレンティナの洗礼式のあとの祝宴もあのホテルでやったんだが、費用は全部その支援者が持ってくれたんだ」

「それだけで彼だとは決められないだろう」

「それはそうだが、私にはマクストンだという確信がある。なぜなら、彼は一度、私にスティーヴンズ・ホテルを経営する機会を与えようとしてくれたからだ。そのとき、私はリッチモンド・グループを支援してくれる人物を見つけるほうに関心があると応えたんだが、そうしたら、一週間もしないうちに、シカゴにある彼の銀行が融資を引き受けてくれた。ある人物からその資金を融通するとの申し出があったのだけれども、彼自身のほかの事業と利害がぶつかるから正体は明らかにできないということだった」

「そういうことなら、少しは説得力があるな。ところで、ウィリアム・ケインに対しては何を考えているんだ?」オズボーンはワイングラスを弄びながら、アベルの話の続きを待った。

「きみに多くの時間を割いてもらうようなことではないよ、ヘンリー。だけど、経済的な面でも、私に負けず劣らずケインを憎んでいるきみのことだから、個人的な面でも大いに報われるはずだ」

「聞かせてもらおう」オズボーンは言ったが、依然としてグラスから顔を上げなかった。

「ボストンのケインの銀行の株を大量に手に入れたい」

「それは簡単ではないぞ。株の大半はある家族信託が保有していて、ケインの同意なしでは売れないことになっているからな」

「内情に通じているようだな」

「このぐらいのことはだれでも知っているさ」オズボーンが言った。

アベルはその言葉を信じなかった。「そういうことなら、まずは〈ケイン・アンド・キャボット〉の株主全員の名前を洗い出し、額面よりかなり高い値でなら手放してもいいと考える者がいるかどうか確かめるところから始めよう」

　オズボーンの目が輝くのがわかった。自分がアベルと株主の両方とうまくやったら、この仕事でどれだけ儲けられるかを考えはじめているのだった。

「きみの企み(たくら)を知ったら、ケインだって黙ってはいないだろう。手荒く反撃してくるんじゃないか」オズボーンが言った。

「気づかれる心配はない」アベルは答えた。「それに、万一気づかれたとしても、われわれのほうが常に二歩先を行っているはずだ。どうだ、できそうか？」

「やってみることはできる。きみはどう考えているんだ？」

　どのぐらいの見返りを期待できるかを聞き出そうとしているんだとアベルは気づいたが、話はまだ終わっていなかった。「ケインがどの会社の株をどのぐらい持っているか、仕事でどんな約束をしたか、私生活はどうか、それらをできるだけ詳細に調べて、毎月一日に報告書にして見せてくれ。きみが知り得たことを一つ残らず、どんなに些末に思われることでもすべて知りたい」

「繰り返して言うが、簡単じゃないぞ」オズボーンが言った。

「月に千ドルあれば、少しは簡単になるか？」

「千五百なら確かだな」

「最初の半年は千ドルでお願いしよう。価値ある情報を収集できれば、千五百に増額する」

「いいだろう」オズボーンが妥協した。

「よかった」アベルは内ポケットから財布を出すと、すでに千ドルと記してある小切手を抜き取った。

オズボーンが小切手を検めて言った。「私がこれで折れると確信していたんだな？」

「いや、そんなことはまったくない」アベルは財布から二枚目の小切手を取り出しそれをかざして見せた。千五百ドルの小切手だった。二人は声を立てて笑った。

「さて、もっと楽しい話題に移ろうか」アベルは言った。「われわれは勝つかな？」

「カブスか？」

「そうではなくて、選挙だよ」

「もちろんだ。ランドンは負けが決まったも同然だ。〝カンザスの向日葵〟がローズヴェルトに勝つなんてあり得ない」オズボーンが言った。「大統領がたびたび言っているとおり、あの花は黄色く、中心が黒く（臆病で腹黒いという意味もある）、せいぜいが鸚鵡の餌にしか使えず、十一月になる前に枯れてしまうと決まっているんだからな」

アベルはまた笑った。「きみ自身はどうなんだ？」

「心配は無用だ。民主党の議席は相変わらずびくともしない。難しいのは選挙ではなく、党の指名を勝ち取ることだ」

「きみが下院議員になるのを楽しみにしているよ、ヘンリー」

「きみなら楽しみにしていてくれると確信しているよ、アベル。それに、私も全有権者に奉仕するとともに、きみにも奉仕するのを楽しみにしている」

アベルはからかいの口調で言った。「私のほうにかなりの重きを置いてもらうことを期待しているんだがね」そのとき、皿からはみ出さんばかりのサーロイン・ステーキが運ばれてきて、新しいグラスにコート・ド・ボーヌの一九二九年が注がれた。それ以降の話題は、カブスの名捕手ギャビー・ハートネットの怪我、次にベルリン・オリンピックでジェシー・オーウェンスが金メダルを四つ獲得したこと、ヒトラーがポーランドに侵攻する可能性などへ移ろっていった。

「ポーランド侵攻はあり得ないだろう」オズボーンが言い、世界大戦におけるポーランド軍のモンスでの奮闘を語りはじめた。

ポーランド軍はモンスで戦っていないし、アベルもそれは知っていたが、口には出さなかった。

二時三十七分、アベルは仕事机に戻り、プレジデンシャル・スイートと八千個の焼きたてのロールパンのことを考えはじめた。

その日も帰宅したのは夜の九時で、フロレンティナはもう寝てしまっていた。だが、アベルが子供部屋に入っていくと、目を覚まして微笑してくれた。

「だいちょうりょ、だいちょうりょ、だいちょうりょ」

アベルは笑みを浮かべて言った。「お父さんは大統領じゃないよ。おまえならなれるかもしれないが、お父さんには無理だ」そして腰を屈め、頬にキスをしてやった。その間も、娘は一つだけ覚えた言葉を繰り返していた。

3

一九三六年十一月、ヘンリー・オズボーンはイリノイ州第九選挙区を制し、アメリカ合衆国下院議員となった。ただし、ローズヴェルトがヴァーモントとメインを除くすべての州で勝利し、共和党に上院で十七、下院で百三の議席を失わせるという大勝利を得たことを考えれば、得票差が前任者を下回ったのはオズボーン本人の力の入れ方が足りなかった証でしかなかった。しかし、アベルに大事なのはたった一つ、自分に利益をもたらしてくれるはずの男が下院に席を占めたという事実のみであり、すぐさまバロン・グループの企画立案委員会委員長の席を提供して、オズボーンは一も二もなくそれを受け容れた。

アベルは系列のホテルを増やすことに全精力を傾注したが、それはヘンリー・オズボーン下院議員の助力があればこそできることであって、バロン・グループが目をつけたところならどこだろうと、オズボーンはいとも簡単に建設許可を取りつけられるようだった。そういう手助けに際してオズボーンが要求する謝礼は、常に新券ではない紙幣で支払われた。オズボーンがその金をどうしているかをアベルは知らなかった。その一部がしかるべき立場にいるだれかに渡っているのは明らかだったが、詳しいことを知りたいとは思わなかった。

ザフィアとの関係が悪化しているにもかかわらず、アベルは依然として息子が欲しかったし、彼女が妊娠する気配がないことに絶望しはじめていた。最初はザフィアのせいにしていたが、彼女のほうも二人目の子供を熱望していて、医者に診てもらうようしつこくアベルに迫った。最終的に同意して検査を受けたのだが、その結果、実に不本意なことに、ザフィアが妊娠しないのはアベルの精子の数が少ないのが原因だとわかった。医師によれば、それは若いころの栄養不良のせいであり、ふたたび父親になる可能性はたぶんないだろうとのことだった。この問題は二度と夫婦の話題に上らなくなり、アベルはすべての愛情と希望を、日に日に成長していくフロレンティナに注いだ。彼女より成長が速いのはバロン・グループだけだった。北に一つ、南に一つという具合に次々と新しいホテルが増えていき、同時に、グループ内の古参のホテルは近代化と改装が進められていた。

四歳になって、フロレンティナは保育園に入った。入園の日にはアベルとFDRが一緒でないと嫌だと彼女は言い張った。女の子の大半は女性が同伴していて、アベルが驚いたことに、それが母親とは限らず、乳母であることも珍しくなくて、一人などは――そっと教えられて初めてわかったのだが――住み込みの家庭教師だった。その日の夜、アベルはザフィアに、フロレンティナにも家庭教師をつけることにすると伝えた。

「どうしてそんなことをする必要があるの？」ザフィアが厳しい口調で訊いた。

「われわれの娘より有利な人生のスタートを切る者が、あの学校に一人もいないようにするためだ」

「そんなの、お金の無駄遣いだし、馬鹿げているわ。家庭教師がわたしの娘に、わたし以上の何を教えられるというの？」

アベルは答えず、翌朝、〈シカゴ・トリビューン〉、〈ニューヨーク・タイムズ〉、〈ロンドン・タイムズ〉の三紙に、条件を明らかにしたうえで、住み込みの女性家庭教師を募集する広告を載せた。それに応じて、バロン・グループの会長のところで仕事をしたいと願う高度な資格を持った女性が、全米から何百人も応募してきた。ラドクリフ、ヴァッサー、スミスといったから名門女子大からも手紙が届いた。連邦女子刑務所からのものまで一通あった。だが、一番アベルの興味を引いたのは、明らかにシカゴ・バロンのことなど知るはずのない、イングランドのレディからの手紙だった。

マッチ・ハダム旧司祭館
ハートフォードシャー
一九三八年九月十二日

拝啓

本日の〈ザ・タイムズ〉第一面に掲載された求人広告を読み、ご令嬢の家庭教師を務めさせていただきたく応募した次第です。

わたくしは三十二歳、Ｌ・Ｈ・トレッドゴールド司祭の六女で、ハートフォードシャーのマッチ・ハダム教区に住んでいます。ちなみに独身です。現在は現地の女子高で教鞭(きょうべん)をとりながら、司教地方代理である父の仕事を手伝っています。

わたくしはチェルトナム・レディズ・カレッジでラテン語、ギリシャ語、フランス語、英語を勉強し、大学入学試験を突破して、ケンブリッジ大学ニューナム学寮(カレッジ)に限定奨学金を得て入学しました。大学では、最終試験で現代英語三科目においてすべて最優等を獲得しています。文学士号は持っていませんが、それは女性をそういう対象から除外すると大学が決めていたからに過ぎません。

面接にうかがうことはいつでも可能ですし、新世界で仕事をする機会を心待ちにしています。

お返事を楽しみにお待ちします。

あなたの従順な僕(しもべ)でありつづける、

Ｗ・トレッドゴールド

チェルトナム・レディズ・カレッジなる教育機関があることも、マッチ・ハダムなる場所が実際に存在することも受け容れにくかったし、学士号のない最優等などはなから疑わしいとしか思えなかった。というわけで、秘書にワシントンへ電話をさせた。ようやく目当てとしていた相手が出ると、大きな声で手紙を読み上げた。ワシントンからの声は、手紙に書かれていることはすべて事実である可能性が高いし、信憑性を疑う理由がないことを確認してくれた。

「チェルトナム・レディズ・カレッジなる教育機関が実在すると断言できますか？」アベルは簡単には引き下がらなかった。

「断言できますとも、ミスター・ロスノフスキ——わたし自身がそこの卒業生なのですから」イギリス大使の秘書が答えた。

　その夜、アベルはミス・トレッドゴールドの手紙をザフィアに読んで聞かせた。「どう思う？」と訊いたが、肚はすでに決まっていた。

「偉そうな書きぶりが気に入らないわね」ザフィアが読んでいる雑誌から顔を上げようともせずに言った。「家庭教師が必要なら、アメリカ人でいいんじゃないの？」

「イギリス人の家庭教師に教わった場合の利点を考えてみるんだな」アベルは一拍置いて付け加えた。「それに、きみの話し相手にもなるんじゃないか？」

　今度はザフィアも顔を上げた。「あら、それはわたしの教育もさせるってこと？」

アベルは何も言わなかった。

翌日、アベルは早速マッチ・ハダムへ電報を打ち、住み込み家庭教師として採用する旨をミス・トレッドゴールドに知らせた。

三週間後、アベルがラ・サール・ストリート駅へ迎えに行くと、特急トウェンティ・センチュリーから一人のレディが降りてきた。自分の判断が正しかったことが、アベルはすぐにわかった。プラットフォームに独り、大きさも作られた時代も異なる三つのスーツケースを足元に置いて立った姿は、ミス・トレッドゴールド以外ではあり得なかった。ほっそりとした長身は髪を丸く結い上げているせいで雇い主より優に二インチ高く、いくらか尊大に見えた。

だが、ザフィアはミス・トレッドゴールドに対して、母親としての自分の地位を脅かす侵入者のように振る舞った。それでも新しい家庭教師を娘の部屋に案内したが、フロレンティナの姿はどこにも見当たらず、疑わしげな二つの目がベッドの下から覗いていた。ミス・トレッドゴールドが先に気づいて、床に膝を突いた。

「あなたがずっとそこにいたのでは、残念だけどあまり役に立ってあげられそうにないわね。だって、ベッドの下で暮らすには、わたしは背が高すぎるもの」

フロレンティナが噴き出し、笑いながら這い出してきた。

「変な話し方ね」フロレンティナが言った。「どこからきたの?」

「イギリスよ」ミス・トレッドゴールドは並んでベッドに腰かけながら答えた。

「それはどこなの？」

「一週間ぐらいかかるところよ」

「そうなんだ。でも、どのぐらい遠いの？」

「一週間、どんな方法で旅をするかによるわね。それだけの長い距離を旅行できる方法がいくつあるかしらね？　三つ、思いつける？」

フロレンティナは集中した。「まず家から自転車に乗って、アメリカの端に着いたら、次は……」

「アメリカの海岸ね」ミス・トレッドゴールドが言い換えた。

二人とも気づかなかったが、ザフィアの姿が消えていた。

何日もしないうちに、フロレンティナはミス・トレッドゴールドを決して持つことのできない兄と姉に変えてしまった。

フロレンティナは新しくできた仲間の話に何時間でも耳を傾け、アベルはこの中年の独身女性——自分と同い年の三十二歳とは思えなかった——が四歳のわが娘に、自分でももっと知りたいと思ったはずの広範な知識を授けるところを誇らしげに見守った。

ある日の朝、アベルはヘンリー八世の六人の妻の名前を全部言えるかとジョージに訊いた。答えられなかったら、チェルトナム・レディズ・カレッジ出身の家庭教師をさらに二人雇うべきかもしれなかった。さもないと、フロレンティナが自分たちより物知りになってしまう恐れがあった。ザフィアはヘンリー八世にも彼の妻たちにも関心がなく、フロレンティナは昔ながらのポーランドの伝統に従って簡素に育てるべきだという考えを変えていなかったが、それについてアベルを説得することはとうの昔に諦めていた。そして、住み込みの家庭教師と顔を合わせずにすむよう、日々を形作っていた。

一方、ミス・トレッドゴールドの日々の形は、イタリアの教育家マリア・モンテッソーリや近衛歩兵連隊の士官を思わせた。フロレンティナは七時に起床し、絶対に椅子の背に当たらないよう背筋を伸ばしたまま、朝食室を出るまでテーブル・マナーと姿勢の保ち方を教えられた。ミス・トレッドゴールドは七時半から四十五分のあいだに〈シカゴ・トリビューン〉から二つか三つの記事を選び出し、フロレンティナと話し合いながら読んで、一時間後にそのことについて教え子に質問した。フロレンティナは大統領が何をしているかにすぐに興味を示したが、それは自分が可愛がっている子熊と名前が同じだからではないかと思われた。教え子から質問された場合に答えられないなどということがないよう、いまだよく知らないアメリカの政治制度について勉強するためにかなりの時間を割かなくてはならないことを、ミス・トレッドゴールドは気づかされることになった。

九時から十二時まではFDRと一緒に保育園へ行き、同世代の子供たちと年齢相応のことをして過ごした。ミス・トレッドゴールドが毎日午後に迎えに行くと、その日は何をしたかが、粘土を使ったのか、鋏を使ったのか、それとも指で絵を描いたのかが一目でわかった。保育園での三時間を終えると、まっすぐ家に帰り、入浴と着替えをするのだが、舌打ちをしたり、ときには「そんなの知らない」と言って抵抗したりした。

午後は、ミス・トレッドゴールドが朝のうちに入念に計画した探検に出かけた。どこへ行くかは前もって教えなかったが。フロレンティナはそれを知ろうとした。「今日は何をするの？」とか「どこへ行くの？」と訊いて答えを求めるのが常だった。

「もうすぐわかるわよ」

「雨が降っても大丈夫なの？」

「それはそのときになってみないとわからないわね。でも、駄目だとしても、不測事態対応計画が作ってあるわ」

「不測何とか計画って何？」フロレンティナが訝しげに訊いた。

「計画していたことが全部できなくなったとき、その代わりになるよう準備した計画のことよ」ミス・トレッドゴールドは説明してやった。

そういう午後の探検には、公園を散歩したり、動物園へ行ったり、ときには市街電車の二階に乗ったりすることが含まれていて、フロレンティナは市街電車に乗るのが一番のお気に入りだった。ミス・トレッドゴールドはそういう機会をも利用し、フロレンティナにとって初めてのフランス語を教えたが、愉快な驚きを覚えたことに、この教え子は生まれつき語学の才能に恵まれていた。家に帰ると、ディナーまでの三十分を母親と過ごし、ディナーのあとでもう一度入浴してから、七時にはベッドに入った。ミス・トレッドゴールドは聖書かマーク・トウェインを何節か読み聴かせてやったあと――聖書とマーク・トウェインの違いがわかるアメリカ人は多くないようだ、とミス・トレッドゴールドは軽口を叩いてもいいと思ったときに口にしたことがあった――子供部屋の明かりを消し、そこに坐ったまま教え子とFDRが眠りに落ちるのを待つのだった。

この日課は頑なまでに忠実に守られ、稀に破られるとしても誕生日や祝日といった特別な日だけだった。そういうとき、ミス・トレッドゴールドはフロレンティナを伴って、たとえば「白雪姫」といった映画を観せてやるためにユナイテッド・アーティスツ・シアターへ行った。もとより、前の週に一人で観に行って、それが教え子にふさわしいものであることを確認したうえでのことだった。ウォルト・ディズニーは文句なしだったし、マール・オベロン演じるキャサリンにつきまとわれる、ヒースクリフを演じるローレンス・オリヴィエも気に入った。ミス・トレッドゴールドは彼を見るために、仕事を免除される木曜の午後、三週連続で映画館に二十セントの入場料を払ったほどだった。六十セントの価値はある、と彼女は自分を納得させた。何といったって「嵐が丘」は古典なのだから。

フロレンティナはナチス、ニューディール、さらにはホームランについてまで訊いてきて、そのなかには答えてやったとしても明らかに理解できないはずのものも含まれていたが、ミス・トレッドゴールドは質問をやめさせようとはしなかった。間もなく、少女は自分の好奇心を母が必ずしも満足させてくれないことを知り、ミス・トレッドゴールドでも正確な答えを与えられないときがあったから、自室に隠れてエンサイクロペディア・ブリタニカの力を借りなくてはならないことが何度かあった。

フロレンティナは五歳になるとシカゴ女子ラテン語学校幼児部に通いはじめ、一週間も経たないうちに学年が一つ上になった。同級生よりはるかに先へ進んでいることが判明したからである。彼女の世界はすべてが素晴らしく見えた。両親が揃（そろ）っていて、ミス・トレッドゴールドとＦＤＲがいてくれて、将来を見通しても障害物は見当たらず、手に入らないものはないように思われた。

フロレンティナは第一学年を苦もなくやり通して、勉強でも同級生に負けることはなく、一歳年下であることを思い出させる材料があるとしたら身体が小さいことしかなかった。

娘をラテン語学校に通わせているのは、アベルが形容するところの〝最高の良家〟だけだった。だが、ミス・トレッドゴールドがショックを受けたことに、フロレンティナの友だちの何人かをお茶に招待して丁重に辞退されてしまった。フロレンティナと一番仲がいいメアリ・ギルとスージー・ジェイコブスンは必ずやってきてくれたが、ほかの親は理由にもならないような理由で招待を断わりつづけた。ミス・トレッドゴールドは間もなく知ることになったのだが、シカゴ・バロンは貧困の鎖は断ち切ったかもしれないが、シカゴの上流階級の仲間入りはいまもできていないようだった。ザフィアはそういうことについて役に立たず、同級生の両親と知り合いになろうという努力もほとんど、あるいはまったくしなかった。上流階級が組織している慈善委員会や病院理事会、上流階級のためのクラブに加わるなど論外もいいところだった。

ミス・トレッドゴールドは何とか手助けしようと最善を尽くしたが、大半の親の目から見れば、彼女は一介の使用人でしかなかった。こういう偏見があることをフロレンティナが知らずにすむのを祈ることしかできなかったが、その祈りも結局は空しかった。

4

　アベルは自分の帝国を建設することに忙殺され、社会的な地位やミス・トレッドゴールドが直面しているかもしれない問題を考える時間を持てなかった。バロン・グループの状況は着実によくなっていて、一九三九年までには支援者に借りていた金を完済できるという自信も芽生えていた。事実、大規模な建設計画があるにもかかわらず、その年の利益を二十五万ドルと見込んでいた。

　アベルの本当の懸念は、子供部屋のなかのことでも、ホテルのことでもなく、四千マイル離れた愛する祖国にあった。何よりも恐れていたことが、一九三九年九月一日に現実になっていた。ヒトラーがポーランドに侵攻し、その二日後、イギリスがドイツに宣戦布告したのである。またもやの世界大戦が勃発してアベルが真剣に考えたのは、バロン・グループの管理監督をジョージ――いまや信頼できる右腕になっていた――に委ね、ロンドンへ向かうことだった。そこで亡命ポーランド連隊に参加するためである。その計画はザフィアとジョージに説得されて断念したが、その代わりに金を集めて英国赤十字へ送り、その一方で、イギリスとともに参戦してくれるよう、志を同じくする仲間と一緒に民主党の政治家に働きかけた。ローズヴェルトは得られる限りの味方を必要としている、と父親がある朝に言うのをフロレンティナは聞いていた。

どうしてわたしの子熊に味方が必要なんだろう、と彼女は訝った。

一九三九年の最後の四半期、アベルは〈シカゴ・ファースト・ナショナル・バンク〉から少額の融資を受け、バロン・グループの完全な所有権を得た。そして、グループの年次報告書のなかで、一九四〇年の利益は五十万ドルを超えるだろうと予想した。

フランクリン・デラノ・ローズヴェルト——目が赤くて、ふわふわの茶色の毛に覆われているほう——は、持ち主が第二学年に進級しても、滅多に彼女のそばを離れなかった。そろそろFDRを家に置いていく時期だとミス・トレッドゴールドは考えた。普段ならその考えを押し通し、多少の涙を見ることになったとしても、問題は解決したはずだった。だが、今回はそっちのほうがいいとわかっているにもかかわらず、どうするかをフロレンティナに任せてしまった。後にわかるのだが、それはミス・トレッドゴールドが犯した稀な過ちの一つだった。

毎週月曜日は男子ラテン語学校の生徒が合流して、女子と一緒にマドモワゼル・ムティネから現代フランス語を教わることになっていた。フランス語に接するのはフロレンティナを除く全員が初めてで、男子がそうであるのは言うまでもなかった。同級生がマドモワゼル・ムティネに倣って〝ブーシェ〟、〝ブーランジェ〟、〝エピシエ〟と発音の練習をしているとき、フロレンティナは自慢というよりは退屈のほうが勝っていたのだが、FDRにフランス語で話しかけはじめた。隣りの席の背が高くて怠け者の男子生徒、エドワード・ウィンチェスター――〝le〟と〝la〟の区別がつかないらしかった――が、フロレンティナのほうへ身を乗り出し、自慢するのをやめろと言った。

「男性形と女性形の違いを説明しようとしているだけよ」フロレンティナは赤くなって言い返した。

「へえ、そうなんだ？」エドワードが言った。「だったら、ぼくがその違いを教えてやろうじゃないか、この知ったかぶり」そして、FDRをつかむと力任せに片方の腕を引きちぎった。フロレンティナがショックのあまり身動ぎもできずにいると、エドワードは机からインク壺を取り出し、子熊の頭にインクをぶちまけた。

　マドモワゼル・ムティネはそもそも男女共学に賛成でなく、慌てて教室の後ろへ駆けつけたものの、すでに手遅れだった。FDRは頭から爪先まで紺青色に染まって、引きちぎられた腕から外に飛び出した詰め物の輪のなかに転がっていた。フロレンティナはお気に入りの友だちを手に取り、床に溜まっているインクに涙を落とした。マドモワゼル・ムティネは自分が戻ってくるまで大人しく席に着いているよう生徒に指示して、エドワードを校長室へ連行した。マドモワゼル・ムティネがいなくなると、フロレンティナは飛び出した詰め物を四つん這いになって集め、ＦＤＲに戻して押し込もうと絶望的な努力を開始した。そのとき、これまで一度も口をきいたことのない金髪の女子が、フロレンティナの頭の上から歯を食いしばるようにして言った。「いい気味だわ、間抜けなポーランド人」それを聞きつけたほかの生徒たちがくすくす笑い、口々に追随しはじめた。「間抜けなポーランド人、間抜けなポーランド人、間抜けなポーランド人」フロレンティナはＦＤＲを抱き締め、マドモワゼル・ムティネが早く戻ってきてくれることを祈った。

何時間も経ったように思われるころ――実際にはほんの数分だったが――、マドモワゼル・ムティネがようやく戻ってきた。すぐ後ろに、叱られて神妙な顔つきのエドワードが従っていた。フロレンティナを貶める合唱はマドモワゼル・ムティネが教室に入ったとたんに止んだが、フロレンティナは顔を上げることすらできなかった。不自然な沈黙がつづくなか、エドワードがフロレンティナに歩み寄り、心から悔いているとは到底思えない大きな声で謝った。そのあと自分の席へ戻り、にやりと笑って同級生を見渡した。

その日の午後、学校へフロレンティナを迎えに行ったミス・トレッドゴールドは、教え子が顔を赤く泣きはらし、青く染まったＦＤＲの一本しか残っていない腕を握り締めてうなだれていることに気づかないわけにいかなかった。家に帰り着くまでに何とかなだめすかしてすべてを聞き出したあと、大好きなハンバーガーとアイスクリーム――普段なら絶対にあり得ない二品だった――を夕食に食べさせてやった。そして、すぐに眠りが訪れてくれることを願いながら、早めにベッドに入らせた。永久に青く染まったままのように見えるFDRを何とか元通りにしてやろうとネイル・ブラシと石鹸(せっけん)を手に苦闘したものの、空しい一時間を浪費することになっただけで、結局は負けを認めざるを得なかった。濡(ぬ)れた子熊をフロレンティナの傍らに置いてやると、ベッドカヴァーの下から小さな声がした。

「ありがとう、ミス・トレッドゴールド。ローズヴェルト(FDR)は手に入れられる限りの味方が必要なの」

アベルが十時を数分過ぎて帰宅すると――最近はほとんど毎晩帰りが遅かった――、ミス・トレッドゴールドが二人だけで話がしたいと言ってきた。その求めを意外に思いながらも、アベルはすぐに彼女を書斎へ案内した。家庭教師として採用してからの一年半、ミス・トレッドゴールドは日曜の午前十時から十時半、ザフィアが娘を連れて聖三位一体ポーランド人伝道教会のミサに行っているあいだに、その週のフロレンティナの進歩の状況をミスター・ロスノフスキに報告するのが常になっていた。その報告は公正かつ正確と決まっていた。そうでない何かがあるとすれば、教え子の成果を過小評価する傾向があることぐらいだった。

「何かあったのかな、ミス・トレッドゴールド?」アベルは不安が声に表われないようにしながら訊いた。

報告は毎週日曜の十時から十時半という決まりを破って話があるというからには、まさか辞めたいと言い出すつもりではないだろうな、とアベルは不安になった。

ミス・トレッドゴールドは雇い主のいるところで坐ろうと考えることなど決してないらしく、立ったままで、今日学校であったことの一部始終を詳しく報告した。

それを聞いているアベルの顔が徐々に赤みを増していき、聞き終わる直前には赤黒くさえなっていた。

「我慢できん」それが最初の言葉だった。「そんな学校は即刻辞めさせる。明日、私自身がミス・アレンに面会し、彼女の学校についてどう考えているかをはっきり言ってやろうじゃないか。きみも賛成してくれるな、ミス・トレッドゴールド?」

「いいえ、サー、賛成できません」いつになくきっぱりした口調だった。

「何だって?」アベルは耳を疑った。

「責められるべきはエドワード・ウィンチェスターの両親だけではありません、あなたも同罪です」

「私が?」アベルは訊いた。「私が何をしたと言うんだ?」

「あなたがしたことではなく、しなかったことがよくないのです」ミス・トレッドゴールドが答えた。「ポーランド人の現実と、ポーランド人であるがゆえに生じる可能性のあるあらゆる問題を、もっと前にお嬢さんに教えておくべきでした。ポーランド人に対するアメリカ人の根深い不信、それはわたしに言わせればアイルランド人に対するイギリス人の態度と同様に非難されるべきもので、ユダヤ人に対するナチスの野蛮な行ないと五十歩百歩でしかない偏見ですが、そういう現実があることを説明しておかなくてはならなかったのです」

アベルは沈黙をつづけた。何かについて間違いを指摘されたのは本当に久しぶりだった。

「まだ聞いておくことがあるのかな？」彼女の主張が一区切りついたと判断して、アベルは言った。

「はい、ミスター・ロスノフスキ。お嬢さんが女子ラテン語学校を辞めることになったら、わたしも即刻家庭教師を辞めさせていただきます。いま、あの子は人生で最初の問題にぶつかっているのです、それなのに親のあなたがその問題から逃げることを選択したら、現実世界にどう対処するかをわたしが彼女に教えられるはずがありません。ヒトラーを多少考え違いをしているけれども理性的な男だと信じつづけようとしたばかりに、いまイギリスは戦争に引きずり込まれているわけで、それと同じ誤った物事の見方をお嬢さんが受け継いでいくのには耐えられません。わたし自身の子であったとしてもこれ以上には愛せないほど愛していますから、お嬢さんと別れるとなれば胸が張り裂ける思いをすることになるでしょうが、あなたがお金に物を言わせて都合よく現実を彼女に見せないようにしておけるとしても、わたしはそれをよしとするわけにはいきません。立場をわきまえない物言いをして、しかも言いすぎたであろう点はお詫びしますが、ミスター・ロスノフスキ、ほかの人たちの偏見を非難しておきながら、一方であなたの偏見を見逃すわけにはいかないのです」

アベルは椅子に沈んで言葉を失っていたが、しばらくしてようやく口を開いた。「ミス・トレッドゴールド、きみは家庭教師ではなくて大使になるべきだったな。もちろん、きみの言うとおりだ。それで、私はどうすればいい？」

ミス・トレッドゴールドは躊躇(ちゅうちょ)しなかった。「これからひと月、一日も欠かさず、あの子をいつもより三十分早く起こして、ポーランドの歴史を教えるのです。なぜポーランドが偉大な国なのか、なぜ勝てる見込みなどあり得ないドイツという大国に敢(あ)えて挑んだのかを学ぶ必要があります。そうすれば、祖先をあげつらってあの子をいじめる連中と、無知という丸腰ではなく、知識という武器を持って向かい合えるようになります。それを教えるのに、あなた以上の適任者はいません」

アベルはまっすぐにミス・トレッドゴールドの目を見つめた。「なぜイギリスが偉大な国であるかを知るにはまずイギリス人の家庭教師に出会う必要があると言った、ジョージ・バナード・ショウの言葉の意味がいまわかったよ」

二人は声を揃えて笑った。

「しかし、きみほどの人がまさか家庭教師という仕事で満足しているわけではあるまい、ミス・トレッドゴールド？」

「わたしには五人の姉妹がいます。父は男の子を望みましたが、叶いませんでした」

「その五人の姉妹はいまはどうしているのかね？」

「みな結婚しています」ミス・トレッドゴールドは淡々と答えた。

「それで、きみは？」

「いつだったか、父はこう言いました。おまえは教師になるべく生まれついたのであり、われわれはみな主の羅針盤に従って生きていくのだから、おまえはいつか運命の人を教えることになるかもしれないと」

「そうなることを私も祈らせてもらうよ、ミス・トレッドゴールド」ファーストネームで呼びたかったが、それを知らなかった。わかっているのは、彼女が一切の質問を受け付けないという雰囲気で〝W・トレッドゴールド〟とのみ署名したことだけだった。アベルは彼女を見上げて微笑した。「一杯どうかな、ミス・トレッドゴールド？」

「ありがとうございます、ミスター・ロスノフスキ。では、シェリーを一杯だけ頂戴します」アベルは彼女にはドライ・シェリーを、自分にはウィスキーをたっぷり注いだ。

「FDRはそんなに無惨なことになっているのかね？」

「もう元通りにはなりません。残念ながら、お嬢さんはあの子熊をこれまで以上に愛するようになるでしょう。これからは、出かけるときはFDRを家に残して、わたしが一緒のときだけ同行させることにします」

「まるで大統領のことを話しているエレノア・ローズヴェルトのようになりはじめているぞ」

ミス・トレッドゴールドがふたたび笑い、シェリーに口をつけた。「お嬢さんについて、もう一つ提案があるのですが」

「いいとも、何なりと言ってくれ」そして、ミス・トレッドゴールドの提案にじっと耳を傾け、二杯目の飲み物が空になるころには、うなずいて同意を示していた。

「よかった」ミス・トレッドゴールドが言った。「では、賛同を得ましたので、できるだけ早い機会をとらえてその問題に対処します」

「いいとも」アベルは繰り返した。「だが言うまでもないが、朝の勉強に関しては、丸々ひと月、一回の休みもなくやり遂げるのは、私には難しいと思う」ミス・トレッドゴールドが口を開こうとしたが、アベルはその機先を制して付け加えた。「そんなに急には予定を組み直せない場合もある。それはきみにもわかってもらえるはずだ」

「それはわかっています、ミスター・ロスノフスキ。あなたが最善だと思うやり方をしてくださって結構です。自分の娘の将来より重要な何かがある場合は、きっと彼女もわかってくれるはずです」

アベルは自分が負ける時を心得ていた。シカゴ以外でのひと月分の予定をすべて取りやめ、毎朝六時に起きた。今度ばかりは、ザフィアでさえミス・トレッドゴールドの提案に賛成していた。

第一日目、アベルはまず最初に、自分がポーランドの森のなかで生まれ、罠猟師の一家に受け入れてもらったこと、後に偉大な男爵と仲良くなり、ポーランド－ロシア国境のスウォーニムにある城に引き取られたことを娘に教えた。「その人は私を自分の息子のように扱ってくれたんだ」アベルは付け加えた。

数日後、姉――フロレンティナの名前は彼女からもらったのだった――も一緒にその城に引き取られたこと、男爵が実の親だとわかったことを明らかにした。

「どうしてそうだとわかったのか、わたし、当てられるわ」フロレンティナが叫んだ。

「だったら、当ててみせてもらおうか、ちびすけ」

「男爵は乳首が一つしかなかったのよ」フロレンティナが言った。「きっとそうよ、そうに違いないわ。お風呂場でお父さんの乳首を見たことがあるけど、一つしかなかったわ。だから、お父さんは男爵の息子に違いないの。学校の男子はみんな二つあるんだけど……」アベルとミス・トレッドゴールドが呆気に取られてフロレンティナを見つめるなか、彼女はつづけた。「わたしがお父さんの娘なら、どうして乳首が二つあるの？」

「それは父から息子へ受け継がれるだけで、娘に受け継がれることは滅多にないからだよ」

「そんなの不公平だわ。わたしも一つのほうがいいのに」

アベルは笑い出した。「そうだな、おまえの息子には一つしかないかもしれないな」

「そろそろ髪を編んで、学校へ行く準備をする時間よ」ミス・トレッドゴールドが言った。

「でも、せっかく面白くなりはじめたところなんだけど」

「言われたとおりになさい」

フロレンティナは渋々部屋を出てバスルームへ向かった。

「明日はどんな話が出てくると思う、ミス・トレッドゴールド?」学校への道々、フロレンティナが訊いた。

「それはわたしにはわからないけど、ミスター・アスキスがいつかアドヴァイスしたように、そのうちわかるわ」

「ミスター・アスキスって、お父さんと一緒にお城にいたの、ミス・トレッドゴールド?」

それから数日、アベルはロシアの収容所の生活がどんなものだったか、どうして足を引きずるようになったのかを語って聞かせた。そして、二十年以上前に城の地下牢(ちかろう)で男爵が語ってくれた物語を、今度は自分が娘に語って聞かせた。フロレンティナはポーランドの伝説の英雄タデウシュ・コシュシコをはじめとしていまに至るまでの偉大な人物全員の話に耳を傾け、ミス・トレッドゴールドはベッドルームの壁にピンで留めた地図を指さした。

アベルは最後に、手首に着けている銀の腕輪が自分のものになった経緯を説明した。

「何て書いてあるの？」彫り込まれている小さな文字を見つめてフロレンティナが訊いた。

「自分で読んでみなさい」アベルは促した。

「バローン・アベール・ロスーノフースキ」フロレンティナは口ごもりながらも読み切った。「でも、これってお父さんの名前じゃないの？」彼女はさらに食い下がった。

「お父さんのお父さんの名前でもあるんだ」

さらに何日か経つと、娘は父親の質問にすべて答えられるようになった。もっとも、父親のほうは娘の質問にすべて答えられたとは限らなかったが。

学校へはエドワード・ウィンチェスターにまたいじめられることを覚悟して通ったが、彼のほうは一度など林檎を半分分けてくれようとしたことさえあり、あの事件など忘れてしまったかのようだった。

だが、クラスの全員が忘れたわけではなく、肥っていてかなり頭の悪い特定の女子が一人、フロレンティナが声の聞こえるところにやってくると、必ず「間抜けなポーランド人」とささやくことを無上の喜びとしていた。

フロレンティナはその場でやり返すことはしなかったが、数週間、歴史の試験で自分が一番の成績を取り、その女子がびりになるのを待った。案の定、その子はみんなに聞こえるようにこう言った。「少なくとも、わたしはポーランド人じゃないわ」

エドワード・ウィンチェスターは眉をひそめたが、何人かはくすくす笑った。

フロレンティナは教室が完全に静かになるのを待って言い返した。「確かにそのとおりね。あなたはポーランド人じゃないわ。あなたはせいぜい二百年の歴史しかないアメリカの、たかが第三世代よ。でも、ポーランドの歴史は千年も遡れるの。だから、歴史の試験であなたがびりで、わたしが一番なのは仕方がないのよ」

それ以降、クラスでフロレンティナを「間抜けなポーランド人」と呼ぶものはいなくなった。教え子を迎えに行ったミス・トレッドゴールドは、二人で帰る道々その話を聞いて、内心満足の笑みを浮かべた。

「今夜、お父さんにも教えようかな」

「それはしないほうがいいわね、マイ・ディア。高慢が美徳だったことは、これまで一度もないの。黙っているほうが賢い場合もときとしてあるのよ」

六歳の少女は思案顔でうなずいてから訊いた。「ポーランド人でもいつかアメリカの大統領になれるかしら？」

「なれるわよ。アメリカの人たちが自分たちの偏見を克服できればね」

「カトリック信者でも？」

「それはわたしが生きているあいだに、ということは、そんなに遠くない将来に問題ではなくなるはずよ」

「女性であることは？」

「それはもう少し長くかかるかもしれないわね」

その日の夜、ミス・トレッドゴールドはミスター・ロスノフスキに、あなたの授業は価値があったことが証明されたと報告した。

「では、きみの計画の第二段階はいつ実行に移されるのかな、ミス・トレッドゴールド？」アベルは訊いた。

「明日です」彼女の答えは躊躇がなかった。

翌日の午後三時半、ミス・トレッドゴールドは教え子が学校から出てくるのを通りの角で待っていた。やがて校門を出てきたフロレンティナはお喋り（しゃべ）をしていた友だちと別れてミス・トレッドゴールドと合流したが、何街区（ブロック）か歩いたところで、うちへ帰るいつもの道でないことに気づいて訊いた。

「どこへ行くの、ミス・トレッドゴールド？」

「もう少し待ちなさい、すぐにわかるから」

フロレンティナはこれからの行き先の心配より今日の午前中の英語の試験がどんなによくできたかを報告したいという気持ちが勝っているらしく、ずっとそのことを喋りつづけていたが、それを笑顔で聞いていたミス・トレッドゴールドはメノモニー・ストリートにたどり着くや、本当のことなのか想像の産物なのかわからない教え子の試験の出来栄えより、そこに並ぶ家々に記されている番地のほうに集中しなくてはならなかった。

　ミス・トレッドゴールドはついに〝218〟と記された赤い玄関扉を見つけて足を止めると、手袋をした手を握って二度、ドアをノックした。フロレンティナはその横で、校門を出てから初めて口を閉じることになった。ややあってドアが開き、グレイのセーターにブルージーンズの男性が現われた。

「〈サン〉の広告を見てお邪魔しました」ミス・トレッドゴールドが相手の機先を制して言った。

「ああ、そうでしたか」男性が応えた。「お入りください」

　ミス・トレッドゴールドがなかに入り、フロレンティナは訳がわからないままあとにつづいた。二人は写真と色とりどりの薔薇（ばら）の造花に覆われた狭い廊下を案内され、裏口を抜けて庭に出た。

　それはフロレンティナの目にすぐに飛び込んできた。彼らは庭の外れの籠のなかにいて、フロレンティナはとたんにそのほうへ駆け出した。黄色のラブラドル犬の仔犬（こいぬ）が六匹、母親にくっついていた。そのうちの一匹が家族のぬくもりを離れ、籠から這い出して足を引きずりながらフロレンティナのところへやってきた。

「この子、足を引きずってる」フロレンティナはすぐさま仔犬を抱き上げ、足を見てやった。「ええ、残念ながら足が悪いようです」ブリーダーが認めた。「ですが、まだ五匹、まったく健康な仔犬がいますから、どれでもあなたが気に入ったのを選んでください」

「引き取り手がなかったら、この子はどうなるの？」

「たぶん……」ブリーダーが言い淀んだ。「……眠らせてやることになるでしょうね」

フロレンティナはひっきりなしに顔を舐めてくる仔犬を抱き締め、必死の目でミス・トレッドゴールドを見つめた。

「わたし、この子がいい」フロレンティナは言い、ミス・トレッドゴールドが何と返事をするか、恐る恐る顔をうかがった。

「いいわよ」ミス・トレッドゴールドがバッグを開けて財布を取り出そうとした。

「料金は結構です。いい人たちに引き取ってもらえればそれで満足です」

「ありがとうございます」フロレンティナは言った。「本当に感謝します」

仔犬は新しい家に着くまで尻尾を振るのを一度もやめなかったが、ミス・トレッドゴールドが意外だったことに、フロレンティナの舌は一度も動かなかった。実際、自分のものになったばかりのペットを無事にキッチンに連れていくまで、ずっと抱いたままでいた。幼いラブラドル犬が温めたミルクのボウルへ足を引きずっていくところを、ザフィアとミス・トレッドゴールドは見守った。

「お父さんの歩き方と同じね」フロレンティナが言った。

「駄目よ、お父さまに失礼でしょう」ミス・トレッドゴールドがたしなめた。

ザフィアは口元が緩みそうになるのをこらえて訊いた。「ところで、フロレンティナ、この女の子の名前は決めたの？」

「エレノアよ」

5

フロレンティナが最初に大統領に立候補したのは一九四〇年、六歳のときだった。女子ラテン語学校の第二学年の担任、ミス・エヴァンズが模擬選挙をすることにしたのである。男子ラテン語学校の生徒も加えて、対立候補のウェンデル・L・ウィルキーにはエドワード・ウィンチェスター――彼がFDRに青いインクをぶちまけてくれたことを、フロレンティナは完全には忘れていなかった――がなり、フロレンティナは当然のこととしてフランクリン・デラノ・ローズヴェルトになった。

候補者を除く男女二十七名の同級生の同意を得て、それぞれの候補者が五分の演説をすることになった。ミス・トレッドゴールドは自分の考えが影響することを恐れ、一切の忠告をしないと決めて、フロレンティナの演説の練習に三十一回――三十二回だったかもしれない――黙って付き合った。そして、投票日前日の日曜の朝、ミスター・ロスノフスキにその旨を報告した。

フロレンティナは毎朝、〈シカゴ・トリビューン〉の政治欄をミス・トレッドゴールドに読んで聞かせ、演説に使えそうな記事を探した。ケイト・スミスはあちこちで「ゴッド・ブレス・アメリカ」を歌っているようで、ダウ・ジョーンズ指数は初めて一五〇を超えていた。それが何であれ、現職に有利なように思われた。フロレンティナはまた、ヨーロッパの戦争の状況や、アメリカが十六年ぶりに建造した、三万六千六百トンの戦艦〈ワシントン〉の進水についての記事も読んだ。

「アメリカ国民が戦争に行くことは絶対にないと大統領が約束してるのに、どうして軍艦を造るの？」

「わたしたちを護るために一番いいからじゃないかしら」ミス・トレッドゴールドは母国イギリスの兵士のために靴下を編む手を休めることなく答えた。「万一ドイツがアメリカを攻撃すると決めたときのためにね」

「ドイツにそんな勇気はないわよ」フロレンティナが言った。

トロツキーがメキシコでアイスピックで刺殺された日、ミス・トレッドゴールドは教え子に見つからないように新聞を隠した。また、別の朝には、ナイロンが何か、なぜナイロン・ストッキング七万二千足が八時間で売り切れ、店が客一人に二足と制限したかを、まるで説明できなかった。

いささか楽天的な気味のある〈魅惑〉というブランドのベージュのライル・ストッキングしか足にまとわないと決めているミス・トレッドゴールドは、その記事をじっくり読んで眉をひそめた。「わたしは絶対にナイロン・ストッキングは穿かないわ」彼女は宣言し、事実、決して身に着けることがなかった。

　投票日当日、フロレンティナの頭には事実と数字がぎっしり詰まっていた。そのなかにはきちんと理解できていないものもあったが、自分が勝てると信じられるだけの自信を与えてくれていた。いまも消すことができていない唯一の懸念は、エドワード・ウィンチェスターのほうが背が高いということだった。自分にとって、明らかかつ決定的に不利な点だと思わざるを得なかった。というのは、過去に三十二人いるアメリカ合衆国大統領のうち、二十七人が対立候補より背が高かったと、どこかで読んだことがあるからだった。

　二人の候補者は発行されたばかりのジェファーソン白銅貨を宙に弾いて、どちらが先に演説するかを決めた。フロレンティナはそのトスに勝って先攻をとったのだが、それは彼女が人生で二度と犯すことのなかった過ちだった。彼女はミス・トレッドゴールドの助言の最後の言葉――「背筋を伸ばすのよ。自分は疑問符でないことを忘れては駄目よ」――に従って同級生の前に進み出ると、ミス・エヴァンズの木の教卓の前の一段高い教壇の中央に姿勢を正して立ち、演説開始の合図を待った。最初の何節かは緊張のあまり喉が締めつけられたが、それでも、国の財政を安定させ、同時にアメリカが戦争に巻き込まれないようにすると約束する政策を説明した。「ヨーロッパの国々が平和を保てないからといって、アメリカ国民がたとえ一人であっても命を犠牲にする必要はないのです」とフロレンティナは宣言したが、実はミスター・ローズヴェルトの演説の一部で、彼女はそれを暗記したのだった。メアリ・ギルが拍手しはじめた。フロレンティナは彼女を無視して話しつづけたが、掌に滲む汗をひっきりなしに服にこすりつけて拭き取らなくてはならなかった。最後の数節は恐ろしく早口になってしまったものの、着席するや盛大な拍手と笑顔に迎えられた。

次にエドワード・ウィンチェスターが起立し、数人の男子生徒が声援を送るなか、黒板のほうへ歩を進めた。演説が始まってもいないのにだれに投票するかを決めている有権者がいることを、フロレンティナはこのとき初めて知らされた。自分の側にもそういう有権者がいてくれることを願うしかなかった。エドワードは同級生に向かい、キックボールで勝つのと国のために勝つのは同じであり、いずれにせよ、ウィルキーは自分たちの親が信じているすべてのものを代表しているのだと訴えた。きみたちは父母の願いに逆らう一票を投じたいか? ローズヴェルトを支持すれば、すべてを失うことになるというのに? これに対してはさしたる同意の拍手がなく、彼はもう一度その部分を繰り返した。演説を締めくくったエドワードにも拍手と笑顔が送られたが、フロレンティナはわたしのほうが拍手も大きかったし多かったと自分を納得させた。

エドワードが着席すると、ミス・エヴァンズがよくやったと二人の候補者を褒めたあと、二十七人の有権者に向かって、ノートの白紙のページを切り取り、エドワードとフロレンティナのどちらか、大統領に適任だと思うほうの名前を書くように言った。とたんにペンがインク壺に突っ込まれ、ペン先が忙しくノートの上を走った。投票用紙は吸い取り紙で押さえられたあと、折り畳まれ、ミス・エヴァンズのところに集められた。最後の一票が届くと、ミス・エヴァンズは四角く折り畳まれた小さな投票用紙を開き、自分の前に二つに分けて重ねはじめた。その作業が何時間もかかるようにフロレンティナには思われた。クラスの全員が集計を、滅多にないことだったが、一言も発することなく静かに見守った。ミス・エヴァンズは投票用紙を広げ終わると、二十七票をゆっくりと注意深く数えていき、念のためにもう一度数え直した。

「アメリカ大統領の模擬選挙の結果は――」フロレンティナは息を詰めた。「――エドワード・ウィンチェスター十三票――」フロレンティナは危うく歓声を上げそうになった。わたしの勝ちよ。「――フロレンティナ・ロスノフスキ十二票、白票が二票でした。この二票は棄権と呼ばれるものです」フロレンティナは耳を疑った。「したがって、エドワード・ウィンチェスターすなわちウェンデル・ウィルキーが、アメリカ合衆国大統領に選出されました」

　これはこの年にローズヴェルトが敗北した唯一の選挙だったが、フロレンティナは落胆を隠すことができず、女子ロッカールームへ駆け込んで、だれにも見られる心配のないところに隠れて泣いた。しばらくしてロッカールームを出ると、メアリ・ギルとスージー・

ジェイコブスンが待っていた。

「いいのよ」フロレンティナは負けたことなど何とも思っていないという顔をしようとした。「少なくとも、あなたたち二人はわたしに投票してくれたんだもの」

「白票の二人って、わたしたちのことなの」

「あなたたちが?」フロレンティナは信じられなかった。

「あなたの名前の綴(つづ)りがわからないことを、ミス・エヴァンズに知られたくなかったの」メアリが言った。

ミス・トレッドゴールドは迎えに行った教え子から道々七回もその話を聞かされたあと、思い切って訊いた。「この経験から何か学ぶことがあった?」

「もちろん、あったわ」フロレンティナがきっぱり答えた。「わたし、本当に簡単な名前の男の人と結婚するの」

その晩、アベルはその話を聞いて大笑いし、ディナーの席でヘンリー・オズボーンにも教えてやった。「うちの娘には用心したほうがいいよ、ヘンリー。そんなに遠くない将来、きみの議席を狙うかもしれないからな」

「彼女が被選挙権を得るまで、まだ十五年ある。そのころには、私の選挙区を彼女に譲る用意ができているかもしれないな」

「ところで、アメリカは今度の戦争を安全なところから傍観するのではなくて介入すべきだと下院外交委員会を説得するために、どういう努力をしているんだ？」
「選挙の結果が確定するまで、ローズヴェルトは何もしないだろう。それはみんなが知っていることだ、ヒトラーを含めてね」
「そうだとしたら、アメリカが参戦する前にイギリスが降伏しないことを祈るしかないわけか。だって、ローズヴェルトがアメリカ大統領として確定するのは十一月で、アメリカはそれまで待たなくちゃならないんだから」

　この年、アベルはフィラデルフィアとサンフランシスコに一軒ずつホテルを建てることにして工事を開始し、カナダで最初のホテル――〈モントリオール・バロン〉――の建設交渉も始めていた。考えがグループの成功から大きく離れることは滅多になかったが、それ以外にいまも頭に居坐りつづけていることが一つだけあった。

　ヨーロッパ行きである。しかも、目的はホテルを造ることではなかった。

　秋学期の終わり、フロレンティナは初めて罰を受け、お尻を叩かれた。後の人生で、雪が降ると必ずこの体験がよみがえった。クラスで大きな雪だるまを作ることになり、それぞれが飾りになるものを持ち寄ることになった。完成した雪だるまは干し葡萄の目、人参の鼻、じゃがいもの耳を持ち、手は庭仕事用の古い手袋で代用されて、葉巻をくわえて帽子をかぶっていた。葉巻と帽子はフロレンティナが提供したのだった。学期の最終日、保護者全員が招待されて雪だるまを鑑賞し、彼らの大半が、雪だるまがかぶっている立派な帽子に言及した。フロレンティナは得意満面だったが、それは両親が到着したところで終わりを迎えた。ザフィアは噴き出したが、アベルはにやにや笑っているとしか見えない雪だるまの頭に載っている高級なシルクハットを見てにこりともしなかった。帰宅するや、フロレンティナは父の書斎に呼ばれ、家族とはいえ他人の持ち物を無断で持ち出すのは許されることではないと長々と説教されたうえに、父の膝の上に腹這いにさせられ、ヘアブラシで三度、したたかに尻を叩かれるはめになった。

その土曜日の夜を忘れることは、フロレンティナには永久にないはずだった。

そして、その翌日の日曜日の朝を忘れることは、アメリカには永久にないはずだった。翼と胴体に日の丸を描いた日本軍機が真珠湾(パール・ハーバー)上空にいきなり現われ、アメリカ艦隊を機能不全になるまで叩きのめして、二千四百三人の命を奪ったのである。その翌日、アメリカ合衆国は日本に宣戦布告し、三日後にドイツに宣戦布告した。

アベルはすぐにジョージを呼び、アメリカがヨーロッパへ派兵する前に軍に志願する旨を伝えた。その意志を翻させるべく、ジョージは抵抗し、ザフィアは懇願し、フロレンティナは泣いた。ミス・トレッドゴールドは敢えて意見を口にしなかった。

アメリカを離れる前に、もう一つ、片づけておかなくてはならないことがあった。アベルはヘンリー・オズボーンにきてもらった。

「〈ウォールストリート・ジャーナル〉の記事に気づいたか、ヘンリー？　私は危うく見落とすところだったよ。何しろ、ニュースは真珠湾一色だからね」

「私が先月の報告書で予測していた、レスター銀行と〈ケイン・アンド・キャボット〉が合併を発表したというやつか？　もちろん気づいているし、詳細な情報もすでに仕入れてある」オズボーンがブリーフケースからファイルを取り出し、アベルに差し出した。「それが私を呼んだ理由だろ？」

アベルはファイルをめくってヘンリーが赤線を引いてくれている関連記事を見つけると、それに二度目を通してから、テーブルを指で叩きはじめた。「ケインが犯した初めての過ちだ」

「たぶんそうだろうな」オズボーンが同調した。

「ひと月に千五百ドルの報酬に見合う仕事をしてもらっているようだな、ヘンリー」

「二千ドルにする潮時かもしれんぞ」

「理由は？」

「新銀行の規約第七条だよ」

アベルは時間をかけてその部分を読んだあとで口を開いた。「そもそもこの条項を新規に加えるのを認めた理由は何だろう?」

「自分自身を護るためだよ。だが、だれかがその条項を利用して自分を破滅させるかもしれないという考えは、ミスター・ケインの頭には浮かばなかったようだな。彼の考えはおそらくこうだ——自分が持っている〈ケイン・アンド・キャボット〉すべての株を等価でレスター銀行の株に切り替えたら、小さいほうの銀行の支配権を失うだけでなく、大きいほうの銀行の支配権を握ることもできなくなる。だから、新銀行の株の八パーセントしか保有していないけれども、その条項を新たに加えることで、少なくとも一年は新頭取の任命を含むあらゆる新規処置を重役会ができないようにする」

「ということは、彼に敵対しようとするなら、われわれはレスター銀行の株を八パーセント手に入れるだけでいいわけだ。そうすれば、彼自らが用心のために新たに加えた条項を、いつでも好きなときに行使できることになる」アベルはそこまで言って間を置いた。「まあ、そんなに簡単ではないだろうが」

「だから、二千ドルにしてくれと言っているんだ」


軍に入るのを認められるのは、当初想像していたよりかなり難しいことがわかった。視力、体重、心臓、あるいは全般的な健康状態について、軍は一切の忖度をしてくれなかった。それでも伝手をたどり、アフリカへの出発を待っているマーク・クラーク大将麾下の陸軍第五軍団に、何とか補給係将校の席を見つけてもらった。というわけで、アベルは戦争に参加できる、おそらくこれっきりのチャンスに飛びつき、士官候補生訓練学校に入校した。ミス・トレッドゴールドは彼がリッグ・ストリートから消えて初めて、フロレンティナが父親がいなくなってどんなに寂しい思いをしているかに気がつくことになった。戦争はすぐに終わるからと教え子を説得しようとしたが、ミス・トレッドゴールド自身、それを信じていなかった。信じるには、歴史を知りすぎていた。

士官候補生訓練学校から帰ってきたアベルは、痩せて引き締まり、階級も少佐になっていた。だが、フロレンティナは父親の軍服姿を嫌った。彼女が知っている軍服姿の人たちはみなシカゴからいなくなり、二度と戻ってこないようだったからである。

一九四二年四月十七日、アベルは輸送船〈ボングエン〉上の人となり、妻と娘に手を振りながら、ニューヨーク港からアフリカへと出発した。まだ八歳でしかないフロレンティナは、さよならが意味するのは永遠の別れだと信じていた。お父さんはすぐに帰ってくると母は娘に保証したが、ミス・トレッドゴールド同様、ザフィアも自分の言葉を信じていなかった――そして、今度ばかりはフロレンティナも母の言葉を信じなかった。

フロレンティナは第四学年に進み、クラスの書記に任命された。それは毎週の学級会の議事録を作るということだった。毎週彼女が読み上げる議事録に、クラスの誰一人としてほとんど興味を示さなかったが、アルジェの暑さと埃のなかにいる父親だけは、娘の力作をまるで最新のベストセラーのように、泣いたり笑ったりしながら一行も疎かにすることなく精読した。最近のフロレンティナの一番のお気に入りは――ミス・トレッドゴールドも大いに賛成していたが――ガールスカウトだった。父親と同じような制服を着られるからである。格好のいい制服を着るのを愉しむだけでなく、間もなく、台所の手伝いや古着の収集を頑張れば様々な色のバッジを袖に飾れることも発見して、そういうことに精を出すようになった。その結果、ずいぶん短期間にずいぶん多くのバッジを獲得し、ミス・トレッドゴールドは空いている場所を探してそれを袖に縫いつけるのに忙しくなった。何しろ、ロープ結び、料理、体操、動物の世話、手工芸、切手収集、ハイキングといったバッジが次から次へとやってくるのだった。「あなたが蛸だったら手が八本あるから、わたしも縫いつける隙間を探す苦労をしなくてすむのにね」ミス・トレッドゴールドはこぼしたが、教え子が裁縫でバッジを獲得し、その小さな黄色い三角形を自分で袖に縫いつけなくてはならなくなったとき、最後の勝利は彼女のものになった。

第五学年になると、ほとんどの授業で男女共学になり、エドワード・ウィンチェスターが学級委員長になった。サッカーは上手だというのが主たる理由だった。一方、フロレンティナはエドワードを含めただれよりも成績がよかったにもかかわらず、書記のまま留め置かれた。不得手な科目は幾何――それでも一番でないというに過ぎなかった――と、美術だけだった。ミス・トレッドゴールドは教え子の成績表を常に楽しく読み返したが、なかでも美術の教師の評価が興味深かった。「画用紙の周囲のすべてにではなく、画用紙の上にだけもっと多くの絵の具を塗るようにすれば、フロレンティナは住宅塗装業者ではなく画家になれるかもしれない」

しかし、ミス・トレッドゴールドが決して忘れないであろう評価は、担任が記したものだった――「この生徒は二番だからといって泣いてはいけない」

何か月かが経つうちに、フロレンティナは大半の同級生の父親が戦争に従軍していることを知るようになった。父親の不在に対応しなくてはならないのは自分の家だけではなかった。ミス・トレッドゴールドはバレエとピアノのレッスンを受けさせて、教え子に余計なことを考える時間を与えないようにした。さらに、役に立つ飼い犬として伝令犬や番犬の仲間になるべく訓練を受けさせるために、エレノアをK9部隊に連れていく役目を与えたが、このラブラドル犬は足が悪いという理由で受け入れてもらえなかった。軍隊もお父さんを同じ理由で受け入れなければよかったのに、とフロレンティナは恨めしかった。夏休みになると、ミス・トレッドゴールドはザフィアの許可を得て、戦時中の旅行制限にもかかわらず行動範囲を広げ、ニューヨークとワシントンまでフロレンティナを連れていった。ザフィアは娘の留守を利用し、前線から帰還してくるポーランド系兵士を助けるための慈善集会に参加した。

エレノアを留守番させなくてはならなかったにもかかわらず、フロレンティナは初めてのニューヨーク訪問を胸を躍らせながら楽しんだ。摩天楼と呼ばれる高層建築群、大百貨店群、セントラル・パーク、忙しく行き交う、生まれて初めて見るほど大勢の人。しかし、興奮の連続ではあったが、一番行ってみたいのはワシントンだった。生まれて初めて飛行機に乗ることになり、それはミス・トレッドゴールドも同じだった。その旅客機がポトマック川に沿ってワシントン・ナショナル空港への着陸態勢に入ると、フロレンティナはホワイトハウス、ワシントン・モニュメント、リンカーン・メモリアル、いまだ未完成のジェファーソン・ビルディングを畏敬の目で見つめた。そして、そのビルがモニュメントになるのかメモリアルになるのかを知りたがり、その違いをミス・トレッドゴールドに質問した。彼女はすぐには答えられず、違いがあるかどうか自分もわからないから、シカゴへ戻ったらその二つの言葉をウェブスター辞典で一緒に調べようと言った。ミス・トレッドゴールドといえどもすべてを知っているわけではないのだとフロレンティナが気づいた最初のときだった。

「写真で見たのとまるっきり同じだわ」旅客機の小さな窓から議事堂を見下ろしながら、フロレンティナは言った。

「それはそうでしょう。どんなだと思っていたの？」ミス・トレッドゴールドが応えた。

ヘンリー・オズボーンがホワイトハウスの特別見学ができるよう、それだけでなく、開会中の上下両院の審議を傍聴できるよう、手筈を整えてくれていた。フロレンティナは上院議場の傍聴席に足を踏み入れるや、催眠術にかかったかのようになって、起立して発言する議員一人一人の言葉にじっと耳を傾けつづけた。ミス・トレッドゴールドはまるでサッカー観戦に夢中になっている少年を観客席から引きずり出すようにして教え子を何とか傍聴席から連れ出したが、その教え子はヘンリー・オズボーンを質問攻めにして倦むことを知らなかった。たとえシカゴ・バロンの娘だとしてもまだ九歳でしかない少女が持っている知識の豊富さに、オズボーンは驚かないわけにはいかなかった。

その日、フロレンティナとミス・トレッドゴールドはウィラード・ホテルに泊まった。父親はまだワシントンに〈バロン〉を持っていなかったが、オズボーン下院議員が保証するところでは、計画は着々と進んでいて、すでに建設用地の手当ても終わっていた。

「〝手当てが終わる〟ってどういう意味ですか、ミスター・オズボーン？」

それについてはヘンリー・オズボーンからもミス・トレッドゴールドからも満足のいく答えを得られず、フロレンティナはそれもウェブスター辞典で調べることにした。

その夜、ミス・トレッドゴールドは教え子をホテルの大きなベッドに早めに入らせた。とても長い一日だったから、すぐに眠りに落ちるだろうと考えたのだった。フロレンティナはドアが閉まるのを待って明かりをつけた。そして、枕の下から〈ホワイトハウス案内〉を取り出した。黒いクロークを着たフランクリン・デラノ・ローズヴェルトが彼女を見上げていた。彼の名前の下に、〝祖国に奉仕する以上に偉大な職業は存在しない〟という言葉が大きな文字で印刷されていた。フロレンティナは〈ホワイトハウス案内〉を二度じっくり読み返して最終ページに一番興味を惹かれ、そこに書かれてある文言を暗記しはじめたが、一時を過ぎて、明かりをつけたまま眠りに落ちてしまった。

シカゴへ帰る機内で、〈ホワイトハウス案内〉の最終ページをもう一度、注意深く読み返した。その間ミス・トレッドゴールドは〈ワシントン・タイムズ＝ヘラルド〉で戦争の進展状況を追っていた。イタリアはすでに事実上降伏していたが、ドイツは依然として自分たちの勝利を信じているようだった。ワシントンからシカゴへの帰途、ミス・トレッドゴールドはフロレンティナが一度も口を開かなかったことに気づき、この子は今度の旅行でよほどくたびれたのではあるまいかと訝った。帰宅するや早めにベッドに入ることを許したが、それはオズボーン下院議員に礼状を書いてからだった。家庭教師が明かりを消しに行ってみると、教え子はまだ〈ホワイトハウス案内〉を読んでいた。

十時半を過ぎてすぐ、ミス・トレッドゴールドは寝る前に飲むことにしているココアを淹れにキッチンへ下りた。カップを手に自室へ戻ろうと階段を上がっていると、何かを唱えているような声が聞こえた。忍び足でフロレンティナの部屋の前へ行って耳を澄ますと、低いけれどもはっきりした声が聞こえた。「初代、ワシントン。第二代、アダムズ。第三代、ジェファーソン。第四代、マディソン」そのあとも歴代大統領の名前が一度も間違うことなくつづいた。「第三十一代、フーヴァー。第三十二代、ローズヴェルト。第三十三代、未定。第三十四代、第三十五代、第三十六代、第三十七代、第三十八代、第三十九代、第四十代、第四十一代、未定。第四十二代……」そこで束の間静かになったと思うと、ふたたび最初からの繰り返しが始まった。「初代、ワシントン。第二代、アダムズ。第三代、ジェファーソン……」ミス・トレッドゴールドはまたもや忍び足で自室へ戻ると、ベッドに横になったものの眠れないまま、ココアが手つかずのまま冷めていくのもかまわず、しばらく天井を見つめていた。父親の言葉がよみがえった。「おまえは教師になるべく生まれついたのであり、われわれはみな主の羅針盤に従って生きていくのだから、おまえはいつか運命の人を教えることになるかもしれない」アメリカ合衆国大統領、フロレンティナ・ロスノフスキ？　駄目ね、とミス・トレッドゴールドは否定した。フロレンティナの言うとおりだわ。あの子はもっと簡単な名前のだれかと結婚しなくては。

翌朝、フロレンティナは起床すると、ミス・トレッドゴールドに「おはよう」とフランス語で挨拶してバスルームへ消えた。いまや飼い主より食欲旺盛な様子のエレノアに餌をやったあと、〈シカゴ・トリビューン〉を読んでローズヴェルトとチャーチルがイタリアの無条件降伏について協議したことを知り、きっとそれはお父さんがもうすぐ帰ってくるということだと、嬉しそうに母親に教えた。

ザフィアはそうであってほしいと願いながら、なんだか娘はとても元気そうだけど、とミス・トレッドゴールドに言ったあとでフロレンティナに訊いた。「ワシントンは楽しかった、マイ・ディア?」

「すごく楽しかったわ、お母さん。わたし、いつかあそこに住もうと思ってるの」

「なぜなの、フロレンティナ? ワシントンに住んで何をするの?」

フロレンティナは顔を上げてミス・トレッドゴールドと目を合わせたあと、何秒かためらってから母に目を戻した。「わからない。マーマレードを取ってもらえますか、ミス・トレッドゴールド?」

6

フロレンティナは毎週父親に手紙を書いたが、そのうちの何通が届いているかは知りようがなかった。なぜなら、まずはニューヨークの兵站部宛に送って検閲を受けたあと、どこであれロスノフスキ少佐の所属部隊がいるところへ転送されるからである。

返事は間歇的で、一週間に三通もくることがあると思えば、三か月もなしのつぶてのこともあった。丸々一か月一通も返事がこないと、お父さんは戦死したのではないかと恐ろしくなりはじめた。ミス・トレッドゴールドは、家族や親戚が戦死したり行方不明になったら軍から必ず電報で知らせがくるから、それはあり得ないと教えてやらなくてはならなかった。毎朝、フロレンティナはだれよりも早く階段を下りて郵便受けへ直行し、父親の文字で宛名が書かれている手紙が届いているか、恐ろしい電報が届いていないかを検めた。父親から届いた手紙は、ところどころ黒いインクで塗りつぶされていることがよくあった。明かりにかざしてその部分を読み取ろうとしたが、やはり叶わなかった。ミス・トレッドゴールドによればそれは父親自身の安全のためであり、その手紙が間違っただれかの手に落ちたら、敵に有利になるようなことがうっかり記されているかもしれないからだった。

「わたしが地理で二番だったことに、どうしてドイツ軍が関心を持つの？」フロレンティナは訝った。

ミス・トレッドゴールドはその質問を無視し、もうお腹(なか)はいっぱいかと訊いた。

「トーストをもう一枚(アナザー・ビット)食べたいわ」

「一枚(ア・ピース)よ、ア・ピース。ビットは馬の轡(くつわ)のことよ」

ミス・トレッドゴールドは半年ごとにフロレンティナとエレノアを伴ってモンロー・ストリートへ行き、教え子を高いストゥールに坐らせ、箱に入れたラブラドル犬を隣りにおいて、笑顔を作らせてフラッシュを焚いてもらった。ロスノフスキ少佐に娘と飼い犬の成長ぶりを写真で見てもらうためである。

「お父さまが帰っていらしたときに一人娘の顔がわからないと困るでしょ」ミス・トレッドゴールドは言った。

フロレンティナは写真の裏に自分の年齢とエレノアの年齢をしっかりと書き留め、手紙では、学校の勉強の状況を細かく知らせて、夏にはテニスと水泳を楽しんでいること、冬にはバレーボールとバスケットボールを楽しんでいること、お母さんがクリスマスにプレゼントしてくれた素晴らしい網でたくさんの蝶(ちょう)を捕まえたこと、それを整理してお父さんの葉巻の空き箱に入れて本棚に積み上げてあることなどを伝えた。さらに、ミス・トレッドゴールドがそれらの蝶を丁寧にクロロフォルムで防腐処理し、一つ一つピンで留めて、その下にラテン語の学名を記入してくれたこと、お母さんが慈善委員会に入り、ポーランド人婦人連盟に関心を持ちはじめたこと、戦時なので始めた家庭菜園で自分も野菜を作っていること、自分もエレノアも肉が不足して困っているけれども、どちらもバターを塗ったパンのプディングが好きだし、エレノアは堅くなったビスケットがもっと好きであることなどを書き加えた。そして、最後を必ず同じ言葉で締めくくった。「どうか、明日帰ってきてください」

戦争は一九四四年に入り、フロレンティナは連合軍の前進の様子を〈シカゴ・トリビューン〉と、ロンドンから放送されるエドワード・R・マロウの報告で追いつづけた。アイゼンハワーが彼女のアイドルになり、父親と少し似ているように思われて、やはり犬を飼っているジョージ・パットン将軍を密(ひそ)かに崇敬するようになった。

六月六日、西ヨーロッパへの反攻が開始された。フロレンティナは父親も上陸地点にいるに違いないと思い、果たして生きて帰れる可能性がどのぐらいあるものだろうかと不安になった。ポーランドの歴史を勉強したときにミス・トレッドゴールドが壁に張ってくれ、いまもそこにあるヨーロッパの地図で、連合軍のパリへの進撃状況を追った。そして、戦争がようやく終わりに向かっていて、父親も間もなく帰ってくると信じられるようになった。

毎日、リッグ・ストリートの自宅玄関の階段にエレノアと並んで何時間も坐り、街区（ブロック）の角に目を凝らした。だが、数時間は数日になり、数日は一週間になり、さらに数週間になって、フロレンティナはようやく父の帰還を待ちわびることから別のことへ気持ちを移した。民主党と共和党の両方が夏休みのあいだにシカゴで大統領指名党大会を開くことになり、自分の政治的ヒーローを生で見る機会をフロレンティナに与えてくれたのだった。

共和党は六月にトーマス・E・デューイを大統領候補に指名し、民主党は七月にローズヴェルトを再指名した。オズボーン下院議員はフロレンティナをアンフィシアターへ連れていき、ローズヴェルトが行なう指名受諾演説を聞かせてくれた。オズボーン議員と会うと、一緒にいる女性がいつも違っているのが不思議だった。どういうことなのか、ミス・トレッドゴールドに訊いてみなくてはならなかった。彼女なら必ず答えを教えてくれるはずだった。指名受諾演説を聞いたあと、フロレンティナは長い列に並んで大統領と握手するのを待った。だが、車椅子の大統領が目の前を通り過ぎたときは、緊張のあまり顔を上げることもできなかった。

これまでで一番刺激的な日で、歩いて帰る道々、自分が政治に関心があることをオズボーン議員に打ち明けた。彼は敢えて指摘しなかったが、戦時中で男性が不足しているにもかかわらず、上院に女性議員は皆無で、下院にも二人しかいなかった。

十一月、フロレンティナは父親への手紙で、父親が知らないと確信している事実を知らせた。ＦＤＲが大統領として四期目を務めることになったというニュースである。そして、何か月も返事を待った。

やがて、電報が届いた。

ミス・トレッドゴールドは大量の郵便物からその淡黄褐色の小さな封筒を見つけるのに、教え子に後れを取った。家庭教師は教え子から渡されたその電報を、応接間にいたミセス・ロスノフスキにすぐさま届けた。フロレンティナは震えながら彼女のスカートにしがみつき、エレノアが尻尾を振りながら一歩後ろにつづいていた。ザフィアが緊張と不安に震える指で封を切り、電文を読むと、理性など吹っ飛んだかのように激しく泣き出した。「嘘よ、嘘に決まってるわ」フロレンティナは叫んだ。「そんなことあり得ないわ、お母さん。行方不明になっただけなんでしょ？」そして、言葉を失っている母親から電報をひったくって文字を追いはじめた。

〝復員命令が出た。すぐに帰る。愛している。アベル〟

フロレンティナは歓声を上げてミス・トレッドゴールドの背中に飛びついた。その弾みで、家庭教師は普段は坐るはずのない椅子に尻餅をつくことになった。エレノアもいつもの決まりが破られたことに気づいたかのように椅子に飛び乗って二人の顔を舐めはじめ、ザフィアは声を上げて笑い出した。

〝すぐに〟が文字通りの意味でなく、しばらくかかるかもしれないことを、ミス・トレッドゴールドはフロレンティナにわからせようと、その理由を説明した。アメリカ軍には厳密な規則があり、兵士を帰還させる場合には、前線にいた時間が一番長い者と負傷者を最優先することになっているのだ、と。にもかかわらず教え子は楽観的なままだったが、時間はのろのろと過ぎていき、ついに数週間になった。

ある日の夕方、フロレンティナがまたもやガールスカウトのバッジ――今回は救難救助の方法だった――を獲得して帰ってくると、三年以上暗いままの小さな窓が明るく輝いているのがわかった。彼女はバッジを放り出し、残りの距離を走り通した。ミス・トレッドゴールドが開けてくれなければ、玄関のドアに体当たりせんばかりの勢いだった。そのまま父親の書斎へ駆け上がると、父親は母親と話に没頭していた。フロレンティナは駆け寄って父親に飛びつくと、十一歳になった娘の顔をもっとよく見ようとする父親に押し戻されるまで、かじりついたまま離れようとしなかった。

「写真より美人じゃないか」

「お父さんもどこも何ともないみたいね」

「ああ、どこも何ともないとも。それに、もうどこへも行かない」

「それでも行くときは、絶対にわたしも一緒よ」フロレンティナは言い、ふたたび父親にかじりついた。

それからの数日、フロレンティナは父親にしつこくつきまとい、戦争の話を聞かせてくれとせがんだ。アイゼンハワー将軍に会った？　いや、会ってない。だったら、パットン将軍とは？　十分ぐらいだけど、会った。ドイツ兵を見た？　見ていないが、一度、レマゲンで敵の待ち伏せにあった負傷兵の救出を手伝ったことがある。

「それで、お父さんは――」

「もういいだろう、お嬢さん、もう充分だ。おまえは練兵場の教官よりしつこいぞ」

その夜、フロレンティナは父親が無事に帰ってきた興奮が冷めやらず、ベッドに入るのが一時間遅くなったうえに眠ることができなかった。ミス・トレッドゴールドは教え子に、父親が怪我もなく四肢を失うこともなく生きて帰ってこられたのは本当に運がよかったのだと言い聞かせ、クラスにはそうでない子が大勢いることを忘れないようにと戒めた。

エドワード・ウィンチェスターの父親がバストーニュというところで片腕を失ったと聞いたとき、フロレンティナは心から慰めの言葉をかけようとした。

帰還して初めてアベルが〈シカゴ・バロン〉に足を踏み入れたとき、彼だと気づいた者は一人もいなかった。恐ろしく痩せていて、副支配人でさえ〝どちらさまでしょう？〟と訊いてきたほどだった。アベルが最初に下さなくてはならなかった決定は、〈ブルックス・ブラザーズ〉にスーツを五着、新たに注文することだった。戦争前の服はサイズがまったく合わなくなっていた。

　年次報告書を読んで判断する限りでは、ジョージ・ノヴァクはアベルの留守中もいい仕事をして、大きく利益を伸ばしてはいないにしても、グループをしっかり安定させつづけていた。ジョージはまた、ヘンリー・オズボーンが下院に五期目の議席を獲得したことを教えてくれた。アベルは秘書にワシントンへ電話をかけさせた。

「おめでとう、ヘンリー。きみはいまやバロン・グループの重役だよ」

「ありがとう、アベル。よく帰ってきた。こっちもきみにいい知らせがある」ヘンリー・オズボーンが言った。「きみが軍のお偉方にプリムス・ストーヴで豪華なディナーを作って差し上げているあいだに、私はレスター銀行の株を六パーセント取得することに成功した」

「よくやってくれた、ヘンリー。それで、魔法を使えるようになる八パーセントが手に入る可能性はどのぐらいだろう?」

「充分にあるよ」オズボーンが答えた。「ピーター・パーフィットは自分がレスター銀行の頭取になるつもりでいたんだが、ケインが出てきて重役会の席を失い、マングースがコブラを敵とみなすに劣らないぐらい、ケインを不倶戴天(ふぐたいてん)の仇とみなしている。パーフィットはすでに、自分が持っている二パーセントを譲ってもいいと明言している」

「それなら、なぜすぐにやらないんだ？」

「やっこさんが要求している譲渡価格が百万ドルだからだ。きみがケインの足を掬うには最低でも自分の持っている二パーセントの株が必要で、私が近づくことのできる株主は多くないと考えているに違いない。だが、百万ドルはきみが手続きを進めてくれと言った時点での株価を十パーセントも上回っているんだ」

アベルはオズボーンが机に置いていった数字を検討し、説明抜きで言った。「七十五万ドルを提示してくれ」

アベルが受話器を置いたとき、ジョージはもっとはるかに小さい金額のことを考えていた。「あんたが留守にしているあいだにヘンリーに融資をしたんだが、その金をまだ返してもらっていないんだ」彼は認めた。

「融資？」

「ヘンリーがその言葉を使ったんだ、私じゃない」ジョージは答えた。

「だれがだれに冗談を言ってるんだ？　金額は？」アベルが訊いた。

「五千ドルだ。申し訳ない、アベル」

「まあ、いいさ。きみがこの三年で犯した過ちがそれだけなら、私はとても運がいい男だ。それで、ヘンリーはその金を何に遣ったんだと思う？」

「酒、女、歌。まあ、われらが下院議員殿には取り立てて独創的なところがないらしい。

それから、シカゴのバーの噂だが、かなり博打にのめり込んで重症なんだそうだ」

「それだけ聞けばもう充分だ、一番新しい重役なんだがな。彼に目を光らせて、何であれこれ以上悪くなるようだったら知らせてくれ」

ジョージがうなずいた。

「よし、今度は事業拡大の話をしたい。五千ドルよりはちょっと金がかかるはずだ」アベルは言った。「経済を復興させるのに、ワシントンは週に三億ドルもの金を注ぎ込むことになるはずだ。そうなると、アメリカは史上空前のにわか景気に沸くことになる。われわれもその準備を整えなくちゃならん。同時に、ヨーロッパでバロン・グループを展開することを考える必要がある。いまなら土地が安いし、大半の人々は生き延びることしか考えていないからな。手始めはロンドンだ」

「何を言い出すんだ、アベル。あそこは空襲でぺちゃんこの壊滅状態だぞ」

「ぺちゃんこなら、ホテルに建てるに打ってつけじゃないか、マイ・ディア」

「ミス・トレッドゴールド」ザフィアが言った。「今日は午後からシカゴ交響楽団支援のためのファッション・ショウに行くので、フロレンティナが寝る時間には帰れないかもしれないわ」

「承知しました、ミセス・ロスノフスキ」

「わたしも行きたい」フロレンティナが言った。

ザフィアとミス・トレッドゴールドは驚いて少女を見つめた。

「でも、試験の二日前よ」ファッション・ショウなどという軽薄な催しに行くなどミス・トレッドゴールドが徹頭徹尾反対するだろうとザフィアは予想していた。「午後は何をすることになっているの？」

「中世史です」ミス・トレッドゴールドが間髪を入れずに答えた。「カール大帝からトレント公会議までを勉強します」

フロレンティナが女性らしい興味を追い求めるのを決して許されず、それどころか息子の代わりを期待され、男の子を持てなかった夫の落胆の埋め合わせをさせられているのが、ザフィアは悲しかった。

「だったら、この次にするほうがいいかもしれないわね」娘を連れていきたいと内心では主張したかったが、もしアベルにばれたら、自分もミス・トレッドゴールドも、そしてフロレンティナも、あとで面倒なことになるとわかっていた。ところが、今回のミス・トレッドゴールドは意外な反応をした。

「そうとは限らないかもしれません、ミセス・ロスノフスキ」ミス・トレッドゴールドが言った。「ファッションの世界や社交界がどういうものかをこの子に紹介する理想的な機会かもしれません」そして、フロレンティナを見て付け加えた。「試験の前に一日や二日勉強を休んでも害はないわよね」

ザフィアは尊敬の念を新たにしてミス・トレッドゴールドを見ながら誘った。「あなたも一緒にきませんか」ザフィアが知る限り、ミス・トレッドゴールドの頰が初めて赤くなった。

「ありがとうございます、でも、たぶん無理だと思います」ミス・トレッドゴールドが口ごもった。「書かなくてはならない手紙が何本かあって、今日の午後、それを片づけるつもりでいるものですから」

その日の午後、ザフィアはミス・トレッドゴールドの代わりに学校の正門で娘を待った。家庭教師はいつも地味な紺のスーツと決まっていたが、ザフィアはピンクのスーツだった。フロレンティナは母を見て、とてもかっこいいと思った。

ファッション・ショウの会場のドレイク・ホテルまで、フロレンティナは駆け通しに駆けたいぐらいだった。着いてからも、最前列なのに、じっとしているのが難しかった。その気になれば、照明の素晴らしいキャットウォークをつんと取り澄まし、しなを作って滑るように歩いていくモデルに触ることもできた。プリーツ・スカートが上下に渦を巻くように旋回し、ウェストを絞った上衣を脱ぐと優雅な素肌の肩が露わになり、シルクの帽子をかぶった洗練されたレディたちが淡い色合いのオーガンザの裾をふわふわと翻しながら、まるで目的などないかのように、赤いヴェルヴェットのカーテンの奥へ音もなく消えていった。フロレンティナはわれを忘れ、うっとりと見入った。最後のモデルがくるりと一回転してショウの終わりを告げると、新聞のカメラマンがザフィアのところへやってきて一枚撮らせてもらえないだろうかと頼んだ。

「お母さん」カメラマンが三脚を立てているあいだに、フロレンティナは急いでアドヴァイスした。「もう少し帽子を目深にかぶったほうがシックに見えるわよ」

母親は初めて娘の助言に従った。

その日の夜、フロレンティナをベッドに入れるとき、ミス・トレッドゴールドがファッション・ショウは楽しい経験だったかと訊いた。

「ええ、楽しかったわ」フロレンティナは答えた。「着るもので人をあんなに素敵に見せられるなんて知らなかった」

ミス・トレッドゴールドは微笑(ほほえ)んだが、少し残念そうだった。

「それに、シカゴ交響楽団を支援するためのお金が八千ドル以上集まったの。それを聞いたら、お父さんだって感心するんじゃないかしら」

「もちろんよ」ミス・トレッドゴールドが言った。「あなたもいつの日か、ほかの人たちのために自分の富をどう使うかを決めなくてはならないわ。だれかの富を引き継ぐのは必ずしも簡単ではないのよ」

翌日、ミス・トレッドゴールドはフロレンティナに、〈ウィメンズ・ウェア・デイリー〉に掲載されている母親の写真を見せ、その下のキャプションを指さした。〝ロスノフスキ男爵夫人、シカゴのファッション界に登場〟。

「次のファッション・ショウにはいつ行けるのかしら？」フロレンティナは訊いた。

「カール大帝とトレント公会議を通過するまでは、次はないわね」ミス・トレッドゴールドが答えた。

「神聖ローマ帝国皇帝の戴冠式で、カール大帝は何を着ていたのかしら？」フロレンティナは訊いた。

その夜、部屋に鍵をかけたあと、懐中電灯の明かりだけを頼りに、フロレンティナは学校の制服のスカートの裾を下ろし、ウエストを二インチ絞った。

7

フロレンティは中等部の最終学期を終えようとしていて、アベルは娘が念願の高等部奨学金を勝ち得てくれることを期待していた。奨学金を得られなくても高等部へ行かせてもらえるだけの経済的余裕が父親にあることはわかっていたが、奨学金を得て浮いた毎年の授業料分を父親にどう使わせるか、娘はすでにある計画を練り上げていた。この二年は頑張って勉強したが、最終試験が終わったとき、自分がどのぐらいできたかを知る術はなかった。何しろイリノイ州の百二十二人の生徒がその試験を受けていて、奨学金を得ることができるのはそのうちの四人に過ぎなかった。結果がわかるのは早くともひと月後だとミス・トレッドゴールドは言い、忍耐は美徳であることを思い出させて、もしあなたが上位三人に入っていなかったら自分は次の船でイギリスへ帰ると、心にもない脅しを付け加えた。

「馬鹿なことを言わないでよ、ミス・トレッドゴールド。わたしは一番よ」フロレンティナは自信たっぷりに言ったが、そのひと月が過ぎていくにつれて大口を叩いたことが後悔されはじめ、長い散歩をしているときにエレノアにこっそり打ち明けた。〝サイン〟と書かなくてはならなかった問題に〝コサイン〟と書き、実際にはできるはずのない三角形を作ってしまったかもしれない、と。

「二番かもしれない」ある日の朝食のとき、フロレンティナは勇気を奮って前言を撤回した。

「そのときは、わたしは一番になった子の両親に雇ってほしいと頼むことになるわね」ミス・トレッドゴールドが言った。

アベルは笑みを浮かべて朝刊から顔を上げた。「おまえが奨学金をもらえたら、私は毎年千ドルが浮くことになる。一番なら二千ドルだ」

「そうなのよ、お父さん。その浮いた分について、わたし、考えがあるの」

「ほう、そうかい。そういうことなら、その考えとやらを聞かせてもらおうか、お嬢さん」

「奨学金を勝ち得たら、それで浮いたお金をわたしが二十一歳になるまでバロン・グループに投資してもらいたいの。そして、一番なら、ミス・トレッドゴールドにも同じことをしてあげてほしいのよ」

「何を言い出すの、そんなのは駄目です」ミス・トレッドゴールドが棒立ちになった。

「お詫びします、ミスター・ロスノフスキ。フロレンティナときたら、何という厚かましいお願いをするんでしょう」

「厚かましくはないわよね、お父さん。わたしが一番になったら、その半分はミス・トレッドゴールドの力だもの」

「半分どころではないのではないかな」アベルは言った。「いいだろう、おまえの要求を受け容れよう。だが、一つ条件がある」

「どんな条件？」フロレンティナが訊いた。

「銀行口座にはいくら貯金があるのかな、お嬢さん？」

「三百十二ドルよ」即答が返ってきた。

「なるほど。では、おまえが上位四人になれなかったときは、その貯金を犠牲にして、私が浮かせそこなった授業料の一部にする。それが条件だ」

フロレンティナはためらった。アベルは待ち、ミス・トレッドゴールドは沈黙を守った。

「わかった」フロレンティナはようやく答えた。

「わたしはこれまで賭け事の経験がありません」ミス・トレッドゴールドが言った。「親愛なる父親の耳に入らないことを祈るのみです」

「きみは心配しなくていいのではないかな、ミス・トレッドゴールド」

「いえ、そうはいきません、ミスター・ロスノフスキ。この子がわたしの教育の力を信じて全財産の三百十二ドルを賭けるのなら、もし奨学金を獲得できなかった場合、彼女へのお返しとして、わたしも授業料の一部として三百十二ドルを拠出しないわけにいきません」

「やった（ブラヴォー）！」フロレンティナが歓声を上げて家庭教師に抱きついた。

「馬鹿はすぐに騙されてお金を遣ってしまうそうですね、わたしのことですけど」

「私もその馬鹿の一人だよ」アベルは言った。「なぜかというと、もう負けているからだ」

「どういうこと、お父さん？」フロレンティナが訊いた。アベルは読んでいた新聞のページをめくって小さな見出しを見せてやった。〝シカゴ・バロンの令嬢、一番で奨学金を獲得〟。

「最初から知っておられたんですね、ミスター・ロスノフスキ」

「実はそうなんだよ、ミス・トレッドゴールド。だが、わかったよ、ポーカー・プレイヤーとしてはきみのほうが私より上手（うわて）だ」

フロレンティナは大喜びし、中等部での残りの数日はクラスのヒロインだった。エドワード・ウィンチェスターでさえ祝福の言葉をかけてくれた。

「お祝いに一杯やりに行こう」エドワードが提案した。

「何ですって？」フロレンティナは戸惑った。「わたし、お酒なんか飲んだことがないわ」

「それなら、いまが絶好のチャンスだ」エドワードが言い、男子部の棟の小さな教室に彼女を連れていった。部屋に入るとすぐにエドワードは鍵をかけて説明した。「捕まりたくないからな」フロレンティナが黙って見ていると、信じられないことにエドワードが机の蓋を上げてビールを一本取り出し、十セント硬貨を使って栓をこじ開けた。そのあと、汚れたプラスティックのカップを二つ、これも机から取り出し、特に泡が立つでもない茶色の液体を注いで、一方をフロレンティナに渡した。

「ボトムズ・アップ」エドワードが言った。

「それ、どういう意味？」フロレンティナは訊いた。

「知るか」エドワードはそう言ってぐいと呷った。それを見て、フロレンティナも一口、勇気を掻き集めて飲んでみた。エドワードが上衣のポケットを探り、皺くちゃになった〈ラッキー・ストライク〉の袋を取り出した。フロレンティナは目を疑った。最も煙草に近づいた経験といえば、ラジオで聞いたコマーシャルしかなかった。〝ラッキー・ストライクはいい煙草、そう、ラッキー・ストライクは最高の煙草〟。ミス・トレッドゴールドが耳にするたびに激怒する宣伝文句だった。エドワードが何も言わずに袋から一本取り出して口にくわえ、火を点けてふかしはじめたと思うと、部屋の真ん中めがけて勢いよく煙を吐き出した。フロレンティナが呆気に取られていると、エドワードは次の一本を取り出して、動く勇気のない彼女にくわえさせた。そして、マッチを擦ってその煙草の先端に炎を近づけた。その間、炎が髪に燃え移るのではないかと恐ろしくて、フロレンティナは身動きもできなかった。

「吸い込むんだよ、馬鹿だな」エドワードが言った。フロレンティナは三回か四回、つづけざまに吸い込み、煙にむせて咳き込んだ。

「なあ、ずっとくわえてなくてもいいんだぜ」またエドワードが言った。

「知ってるわよ、当たり前じゃない」フロレンティナは「サラトガ」という映画でのジーン・ハーロウを思い出して煙草を口から離し、指に挟んだ。

「いいぞ」エドワードが今度はもっと長くカップを呷った。

「いいんじゃない」フロレンティナもまた一口飲んだ。それから数分、エドワードと同じようにして煙草を吸い、ビールを口にした。

「すごいだろ?」エドワードが言った。

「すごいわ」フロレンティナは応じた。

「もっとやるかい?」

「もういいわ」フロレンティナはまた咳き込んだ。「でも、すごかった」

「おれ、しばらく前から酒も煙草もやってるんだ」エドワードが自慢げに言った。

「そうなんでしょうね、見ればわかるわ」フロレンティナは応えた。

廊下でベルが鳴り、エドワードは急いでビールと煙草、二本の吸い殻を机のなかに戻して教室の鍵を開けた。フロレンティナはゆっくり歩いて教室に戻った。自分の席に腰を下ろすころには目が回って気分が悪くなり、一時間後に家に着いたときにはもっとひどくなっていた。本人は気づいていなかったが、〈ラッキー・ストライク〉とビールの臭いがまだ息に残っていた。ミス・トレッドゴールドはそれについて何も言わず、すぐに教え子をベッドに入れた。

翌朝、目が覚めたときはひどく気分が悪く、胸と顔全体に小さな水ぶくれのようなものができていた。フロレンティナは鏡を見たとたんに泣き出した。

「水疱瘡です」ミス・トレッドゴールドはザフィアに断言した。

その診立ては後に往診にきてくれた医師に裏付けられ、ミス・トレッドゴールドは診察が終わるやアベルを娘の部屋に連れていった。

「どんな病気なの?」フロレンティナが不安げに訊いた。

「さて、何だろうな」父親はしらを切った。「エジプトの十の災いの六番目——腫物を生じさせる——のように私には見えるが、ミス・トレッドゴールド、きみはどう思う?」

「一度だけですが、これに似たものを見たことがあります。父の教区の喫煙と飲酒の習慣のあった男性ですが、この子の場合はもちろん当てはまらないはずです」

アベルは娘の頬にキスをし、ミス・トレッドゴールドと一緒に部屋を出た。

「うまくいったかな?」アベルはドアを閉めてから訊いた。

「断言はできませんが、ミスター・ロスノフスキ、フロレンティナが二度と煙草を吸わないほうに一ドル賭けるにやぶさかではありませんね」

アベルが内ポケットから財布を出して一ドル札を抜き取ろうとし、思い直して元に戻した。

「いや、やめておくよ、ミス・トレッドゴールド。きみと賭けをしたらどうなるかはすでに明らかだからな」

フロレンティナはいつだったか校長先生からこういう話を聞いたことがあった。歴史上の事件のなかには、その衝撃があまりにも強烈であるがゆえに、大半の人はそのニュースを初めて聞いたときに自分がどこにいたかをはっきり憶(おぼ)えているものだという話である。

一九四五年四月十二日、午後四時四十七分、アベルは〈ペプシ－コーラ〉という会社を代表して、バロン・グループのホテルの飲み物を自分のところのものに替えてくれないかと売り込みにきた男と話していた。ザフィアは〈マーシャル・フィールズ〉へ買い物に行き、ミス・トレッドゴールドはハンフリー・ボガートの「カサブランカ」を観終わって――三度目だった――ユナイテッド・アーティスツ・シアターを出たところだった。フロレンティナは自分の部屋でウェブスター辞典を開き、〝ティーンエイジャー〟という言葉を調べていた。フランクリン・デラノ・ローズヴェルトがジョージア州ウォーム・スプリングズで死去した時点では、ウェブスター辞典はまだその言葉を収録していなかった。

それから数日のあいだに読んだ故大統領を悼むたくさんの記事のなかで、フロレンティナが生涯手元に置きつづけたのは一つだけ、〈ニューヨーク・ポスト〉の簡潔なものだけだった。

ワシントン発、四月十九日――最近の戦死者及び遺族は以下の通り。

　陸海軍戦死者

ローズヴェルト、フランクリン・D、最高司令官。妻、ミセス・アンナ・エレノア・ローズヴェルト。住所　ホワイトハウス。

8

女子ラテン語学校高等部に進んだおかげで、フロレンティナは二度目のニューヨーク行きが実現することになった。新たに制服を購入しなくてはならなかったのだが、着るものはシカゴの〈マーシャル・フィールズ〉で手に入るものの、靴はニューヨークの〈アバークロンビー&フィッチ〉でしか扱っていなかったからである。アベルは腹を立て、そんなのは最悪の俗物主義の裏返しだと断言した。しかし、最近ニューヨークにオープンしたばかりのバロン・グループのホテルの状況を確認するために現地へ足を運ぶ必要があったから、十三歳の自分の娘とミス・トレッドゴールドを帯同し、マディソン・アヴェニューを訪れるのを特別に認めることにした。

アベルはずいぶん前から、第一級と胸を張れるホテルを持たない大都市はニューヨークだけだと考えていた。〈プラザ〉や〈ピエール〉や〈カーライル〉はいいホテルには違いないが、その三つをもってしてもロンドンの〈クラリッジ〉、パリの〈ジョルジュ・サンク〉、ヴェネツィアの〈ダニエリ〉の足元にも及ばないと思われた。この三つのホテルだけが、アベルが〈ニューヨーク・バロン〉で満たそうとしている水準に達していた。

父親がニューヨークにいる時間がどんどん長くなっていることにフロレンティナは気づいていたし、父親と母親のあいだの愛がいまや失われつつあるように思われて悲しくもあった。夫婦間の諍いが増えていき、その責任は自分にもあるのではないかと娘に思わせるほどになっていた。

〈マーシャル・フィールズ〉で揃えることができるもの――セーター三枚（濃紺）、スカート三本（濃紺）、シャツ四枚（白）、ブルマー六枚（黒）、靴下六足（淡灰色）、襟と袖が白いネイヴィブルーのシルクのドレス――をすべて購入し終えると、ミス・トレッドゴールドはニューヨーク行きの準備をした。

フロレンティナとミス・トレッドゴールドは鉄路グランド・セントラル駅を目指し、ニューヨークに到着するや〈アバークロンビー＆フィッチ〉へ直行して、茶色のオックスフォードを二足買った。

「ほんとに実用一点張りね」というのがミス・トレッドゴールドの評価だった。「ここの靴を履いている限り、偏平足になる心配は死ぬまでないわ」二人はそのあと五番街へ向かったが、数分後、ミス・トレッドゴールドはフロレンティナがいないことに気がついた。振り返ると、彼女は〈エリザベス・アーデン〉のショウウィンドウに鼻を押しつけていた。教師は足早に教え子のところへ引き返した。〝洗練された女性のための口紅十色〟とウィンドウの宣伝看板が謳(うた)っていた。

「わたし、ローズレッドがいい」フロレンティナが期待の声で言った。

「校則が断言しているでしょう」ミス・トレッドゴールドは厳然と応えた。「口紅、マニキュア、宝石、貴金属の類いは禁止よ。例外は指輪一つと、実用的な時計一つだけと決まっているわ」

フロレンティナは渋々ローズレッドの口紅を諦め、家庭教師と一緒に五番街をプラザ・ホテルへと上っていった。そのホテルの〈パームコート〉で二人とお茶を飲もうと、父親が待っていた。昔、自分がウェイター見習いをしていたホテルを再訪したいという誘惑に負けたのだった。〈オークルーム〉の給仕長のオールド・サミーを除いては知った顔はなかったが、アベルのことはそこにいる全員がよく知っていた。

フロレンティナはマカロンとアイスクリーム、自分はコーヒー一杯だけ、ミス・トレッドゴールドはレモンティーとクレソンのサンドウィッチという軽食を終えると、アベルは二人と別れて仕事に戻った。ミス・トレッドゴールドは自前のニューヨーク案内を確かめると、フロレンティナをエンパイアステート・ビルの最上階へ連れていった。エレベーターが百二階に着くとフロレンティナは目が眩(くら)むような気がしたが、イースト・リヴァーから立ち昇る霧のせいでクライスラー・ビルディングすら見通せないとわかったときは、ミス・トレッドゴールドともども笑ってしまった。ミス・トレッドゴールドはふたたび自前のニューヨーク案内を確認し、メトロポリタン美術館を訪ねるのが時間の有効な使い方だと判断した。館長のフランシス・ヘンリー・テイラーは、最近、パブロ・ピカソの大作を一点、手に入れていた。その油彩画には、顔が二つあり、一方の乳房が肩についている女性が描かれていた。

「この絵、どうなの？」フロレンティナは訊いた。

「それほどでもないように見えるけど」ミス・トレッドゴールドが言った。「ピカソの学校での美術の成績なんて、きっと、いまのあなたのそれと大して変わらなかったんじゃないかしらね」

旅行中、フロレンティナは常に父のホテルのどれかに泊まりたがった。そして、ホテルのなかを何時間もうろつき、ホテルが犯している間違いを探すのだった。だって、と彼女はミス・トレッドゴールドに指摘した。わたしたちも投資しているんだから、それを考えなくちゃ駄目でしょう。その日の夜、〈ニューヨーク・バロン〉の〈グリルルーム〉でのディナーのとき、フロレンティナは父親に言った――このホテルの売店は大したことがないわね。

「どこがいけないんだ？」アベルは訊いたが、返ってくる答えにさして関心があるわけではなかった。

「どこと具体的に指摘するのは難しいけど、五番街の一流のお店と較べると全然冴えないことだけは確かだわ」

アベルはメニューの裏にメモを走り書きした。〝売店が全然冴えない〟。そして、それを注意深く丸で囲んでから付け加えた。「実は一緒にシカゴへ帰れなくなったんだ、フロレンティナ」

今度はフロレンティナも沈黙した。

「このホテルでちょっと問題が生じたんで、こっちに残って、こじれる前に手を打たなくちゃならない」少しリハーサルをしすぎたのではないかと思われるほど言葉に淀みがなかった。

フロレンティナが父親の手を握って言った。「明日、帰れるように頑張ってよ。エレノアもわたしも、お父さんがいないといつだって寂しいんだから」

シカゴへ帰るや、ミス・トレッドゴールドは教え子を高等部へ行かせるための準備を始めた。毎日二時間ずつ違う科目の勉強をするのだが、午前と午後のどちらを選ぶかはフロレンティナに任されていた。この決まりの唯一の例外は木曜日で、勉強は午前中と決まっていた。午後はミス・トレッドゴールドの休みに当たっていた。

彼女は毎週木曜、午後二時きっかりに出かけていき、七時まで戻ってこなかった。行き先は絶対に明らかにしなかったし、フロレンティナも敢えて訊く勇気がなかった。だが、そういう休日が繰り返されるにつれてフロレンティナの好奇心もますます募っていき、ミス・トレッドゴールドがどこへ行っているのか、ついには自分の目で突き止めずにはいられなくなった。

ある木曜、午前中のラテン語の勉強を終えて軽い昼食をキッチンで一緒に食べたあと、ミス・トレッドゴールドはフロレンティナを置き去りにして自分の部屋へ引き上げた。二時になると同時に玄関を出て、通りを下っていった。大きなカンヴァスバッグを持っていた。フロレンティナは自分の部屋の窓越しに、注意深くその姿を追った。そして、ミス・トレッドゴールドがリッグ・ストリートの角を曲がった瞬間に玄関を飛び出し、インナー・ドライヴへと走りつづけた。通りの角から覗いてみると、ミス・トレッドゴールドはミシガン・アヴェニューのバス停にいた。胸がどきどきしていた。これ以上の尾行は無理だと思うとがっかりだった。何分もしないうちにバスがやってきた。諦めて帰ろうとしたそのとき、ミス・トレッドゴールドが二階建て（ダブルデッカー）バスの螺旋（らせん）階段を上がって二階席に消えたことに気がついた。フロレンティナは躊躇なく駆け出し、動きはじめているバスに跳び乗ると、急いで前のほうへ移動した。

車掌に行き先を訊かれ、それがわからないことにいきなり気がついた。

「このバスはどこまで行くんですか?」フロレンティナは訊き返した。

車掌が疑わしげにフロレンティナを見て答えた。「ループだ」

「それじゃ、ループまで片道一枚」フロレンティナは自信ありげに言った。

「十五セントだ」車掌が言った。

　フロレンティナは上衣のポケットを探したが、十セントしかなかった。

「十セントでどこまで行けますか?」

「ライランズ・スクールだ」と答えが返ってきた。

　フロレンティナは十セント払い、ライランズ・スクールに着くまでにミス・トレッドゴールドがバスを降りてくれることを祈った。自分がライランズ・スクールからどうやって引き返すかはまったく頭になかった。

　座席で姿勢を低くしたまま、湖岸を走るバスが停まるたびに注意深く目を凝らしたが、十二のバス停を過ぎてシカゴ大学に差しかかっても、ミス・トレッドゴールドは姿を現わさなかった。

「次がライランズ・スクールだよ」車掌が数分後に教えてくれた。

　次にバスが停まったとき、フロレンティナは負けを認めざるを得なかった。心ならずも歩道に降りながら、次は終点までの往復料金を必ず持ってくると決心した。

　がっかりして見送っていると、バスは数百ヤード進んだところでまた停まった。降りてきたのは一人だったが、それはミス・トレッドゴールドでしかあり得なかった。彼女は目的地がわかっているかのような確固たる足取りで脇道へ消えていった。

フロレンティナは力の限り速く走ったが、息を切らして角にたどり着いたときには、ミス・トレッドゴールドの影も形もなかった。フロレンティナはゆっくりと通りを下りながら、ミス・トレッドゴールドはいったいどこへ行ってしまったんだろうと訝った。どこかこのあたりの家か、それとも、別の脇道へ入ったのか？　ともかくこの街区(ブロック)の突き当たりまで行ってみよう。それでも見つからなかったら諦めて帰るしかない。

引き返そうとしたまさにそのとき、開けたところに出た。顔を上げると、大きな白いアーチ形の門があり、その上に、〈サウスショア・カントリークラブ〉と金の文字が浮き彫りにされていた。

ミス・トレッドゴールドがその門をくぐってなかに入っていったとは、フロレンティナは一瞬たりと思わなかったが、それでも好奇心に駆られてその奥をうかがった。

「何か用かな？」門の内側に立っている制服の警備員が訊いた。

「先生を探していたんです」フロレンティナは答えた。

「先生の名前は？」

「ミス・トレッドゴールド」フロレンティナはきっぱりと答えた。

「その人ならもうクラブハウスだよ」警備員が四分の一マイルほど急な坂を上った向こうに建っている、木々に囲まれたヴィクトリア様式の建物を指さした。

フロレンティナはそれ以上何も言わずに堂々と門をくぐり、〝芝生への立ち入りを禁じる〟と数ヤードごとに警告を繰り返している標識を横目に見ながら、大人しくその横の小径(こみち)をたどって迂回(うかい)していった。クラブハウスから目を離さずにいたおかげで、ミス・トレッドゴールドが出てくるのが見えたときも、危うく木の陰に飛び込んで隠れることができた。赤と黄色の格子柄のツイードのズボンに厚手のフェアアイル・ニットのセーター、丈夫そうな茶色の靴(ブローグ)という服装のせいで、そのレディがミス・トレッドゴールドだとはすぐにはわからなかった。ゴルフクラブの入ったバッグを軽々と肩に担いでいた。

　フロレンティナは身動きもできずに家庭教師を見つめた。

　ミス・トレッドゴールドは一番ティーへ歩いていくと、そこでバッグを下ろし、ボールを一個取り出した。そのボールを足元にティーアップし、バッグからクラブを選び取った。二度か三度素振りをしたあと、スタンスを決めてボールに正対し、フェアウェイの真ん中にしっかりとボールを打ち出した。フロレンティナは自分の目が信じられなかった。拍手したかったが思いとどまり、ミス・トレッドゴールドが意気揚々とフェアウェイを歩き出すのを見て前方の木立へと走って、その陰に隠れた。

　セカンド・ショットはわずか二十ヤードほどグリーンに届かなかった。フロレンティナはフェアウェイ横の木立へふたたび走り、ミス・トレッドゴールドがチップショットでボールをグリーンに乗せてツー・パットでホールアウトするのを見守った。ずいぶん前からこのゲームをしていたに決まってる、とフロレンティナは確信した。

　そのあと、ミス・トレッドゴールドはポケットから小さな白いカードを取り出して何か書き込み、二番ティーへ向かった。その間も、視線は二番グリーン――フロレンティナが隠れているところから少し左手にあった――へ向けられていた。ミス・トレッドゴールドはふたたびスタンスを決め、ボールに正対してスウィングしたが、今度のボールは右へスライスして、フロレンティナの隠れているところからわずか十五ヤードしか離れていないところに落下した。

　フロレンティナは木立を見上げたが、どれも猫ででもなければ到底登れそうになかった。というわけで、息を殺して一番太い幹の後ろにうずくまったが、ミス・トレッドゴールドの様子をうかがいたいという誘惑に勝てなかった。木の陰から覗いてみると、彼女はボールの状態を調べたあと、よく聞き取れない声で何かつぶやき、別のクラブを取り出した。彼女がスウィングするのに合わせて、フロレンティナは詰めていた息を吐いた。ボールは高く舞い上がり、まっすぐに飛んで、フェアウェイ中央に着地した。

　ミス・トレッドゴールドがクラブをバッグに戻した。

「第一打のときに腕をもう少しまっすぐに保つべきだったわね、そうすればあなたに会わなくてすんだでしょうに」

　フロレンティナはてっきりミス・トレッドゴールドがミス・ショットを反省しているんだと思い込み、木の陰にとどまっていた。

「出ていらっしゃい、お嬢さん」フロレンティナはすぐに木の陰から出ていったが、何も言わなかった。

ミス・トレッドゴールドはバッグのサイドポケットから新しいボールを取り出してフロレンティナの前の地面に置くと、バッグからクラブを選び取って教え子に渡した。

「あの方向に打ってごらんなさい」ミス・トレッドゴールドが百ヤードほど先の旗を指さした。

フロレンティナはぎこちなくクラブを握ると、ボールに向かって何度かスウィングした。しかし、そのたびに、クラブは空しく地面を掘り返し、ミス・トレッドゴールドが〝ディヴォット〟と呼ぶところのものをこしらえただけに終わった。それでも、ついにはボールを二十ヤードほど向こうのフェアウェイへ運ぶことに成功した。フロレンティナは嬉しくなって顔を輝かせた。

「長い午後になるわね」ミス・トレッドゴールドが諦めの声で宣言した。

「ごめんなさい」フロレンティナは謝った。「許してもらえるかしら?」

「両方ね、お嬢さん」ミス・トレッドゴールドが一拍置いた。「わたしを尾行したことは許してあげてもいいでしょう。でも、あなたがゴルフについて無知であることは許せません。基本から教えます。わたしの父親が犯したたった一つの罪をあなたが知ってしまった以上、これからは木曜の午後をわたし一人で過ごすことができそうにないみたいですからね」

以来、ミス・トレッドゴールドはラテン語や歴史を教えるのと同じ熱意と勤勉さでフロレンティナにゴルフを教えた。夏休みが終わるころには、フロレンティナのお気に入りの午後は木曜になっていた。

9

高等部は中等部と大きく異なっていた。体育と美術を除く全教科を一人の教師が教えるのではなく、それぞれの教科をそれぞれの担当教師が教えた。生徒は教科ごとに教室を移動し、いくつかの授業は男子部の生徒と一緒に受けなくてはならなかった。フロレンティナの得意科目は時事問題研究、ラテン語、フランス語、英語だったが、週に二度の生物の時間も待ち遠しかった。顕微鏡を使って学校の虫の標本を覗けるからである。

「昆虫（インセクツ）よ、お嬢さん。あれらの小さな生物は、虫（バグズ）ではなくて昆虫（インセクツ）と呼ばなくてはいけません」ミス・トレッドゴールドは執拗（しつよう）に注意した。

「実際にはあれらは線虫（ネマトーズ）という虫なのよ、ミス・トレッドゴールド」

フロレンティナはファッションにも興味を持ちつづけていて、戦時経済の要請がもたらしたショートドレスの流行が急速に時代遅れになりつつあり、スカートの丈がまた長くなりはじめていることに気がついていた。とはいえ、学校の制服は十年一日で変わることがなかったから、ファッションについて大した実験はできず、〈マーシャル・フィールズ〉

の子供服売り場は〈ヴォーグ〉を読んだことなどないかのようだった。しかし、フロレンティナは最近のファッション雑誌を図書館ですべて読み、母にせがんでファッション・ショウに連れていってもらっていた。一方、武器貸与法の下での我慢の日々ですら男に膝を見せることを自分に許さなかったミス・トレッドゴールドにとって、新しいファッションは自分が終始正しかったことを証明してくれたに過ぎなかった。

フロレンティナの高等部の最初の一年の終わり、バーナード・ショウの『聖女ジャンヌ・ダルク』をフランス語で上演すると現代語担当の女性教師が決めた。フランス語で物事を考えられるのはフロレンティナしかいなかったから、当然のこととしてオルレアンの処女、すなわちジャンヌ役に選ばれた。昔の子供部屋を使って何度も、何時間も繰り返した稽古では、ミス・トレッドゴールドがほかのすべて役だけでなく、プロンプターとキュー・リーダーも務めてくれた。台詞が完全に頭に入って完璧になってからも、ミス・トレッドゴールドは毎日のワン－ウーマン・ショウの相手を最初から最後まで忠実にしてくれた。

「教皇と私だけはおまえの話を聞いてやろう」彼女がフロレンティナに言ったとき、電話が鳴った。

「あなたによ」ミス・トレッドゴールドが言った。

フロレンティナは電話を受けるのがいつも楽しみだった。もっとも、ミス・トレッドゴールドはそれをよしとはしていないようだったが。

「もしもし、エドワードだけど、助けてほしいんだ」

「どうしたの？　あなたのことだから、まさか教科書を開いてたりしないわよね……」

「それはないよ、フローリー。実はフランス王太子の役をもらったんだけど、発音できない台詞が一杯あるんだ」

フロレンティナは笑ってしまいそうになるのをこらえた。「だったら、五時半にきてよ。そうすれば毎日一緒に稽古できるから。いいことを教えてあげるけど、いまやミス・トレッドゴールドが完璧な王太子を創り上げて演じているわよ」

それ以降、エドワードは毎日五時半にやってきて、ミス・トレッドゴールドは〝少年〟がときどきアメリカ訛りになるたびに眉をひそめたものの、衣装稽古の日には〝何とか合格〟の線にたどり着いていた。

上演当日の夜、ミス・トレッドゴールドはフロレンティナとエドワードに対して、どんなことがあっても舞台上から両親や友人を探してはならない、さもないと、観客がそれに気づいて、あなたたちの演じるキャラクターに入り込めなくなってしまう、と釘を刺した。それは俳優として初歩中の初歩の失態だとミス・トレッドゴールドは見なしていた。そして、ミスター・ノエル・カワードはミスター・ジョン・ギールグッドが「ロミオとジュリエット」で独白の最中に自分をまっすぐ見たためにすぐさま席を立った、という話をして重ねて注意を促した。フロレンティナはミスター・ノエル・カワードのこともミスター・ジョン・ギールグッドのことも知らなかったが、その話には納得した。

　幕が上がると、フロレンティナは一度もフットライトの向こうを見なかった。ミス・トレッドゴールドは教え子の努力を〝大いに褒めるに足る〟ものと見なし、オルレアンの処女すなわちジャンヌが舞台中央で一人きりで自分の声と対話する場面について、幕間（まくあい）にザフィアを捕まえ、わざわざ感想を述べた。「心を動かされました」というのがそのときの言葉だった。「本当に感動的でした」

　最後に幕が下りると、フロレンティナは大きな拍手喝采を送られた。フランス語の台詞をすべて理解できたわけではない人々もそこに含まれていた。エドワードは彼女の一歩後ろにいて、笑いものにならずに試練を潜（くぐ）り抜けられたことに安堵（あんど）していた。フロレンティナは興奮を募らせながらメイクアップ——口紅も白粉（おしろい）も初体験だった——を落とし、学校の制服に着替えて、ほかの保護者たちと大食堂でコーヒーを飲んでいる母親やミス・トレッドゴールドのところへ行った。何人かがやってきて賛辞を送ってくれたが、そのなかには男子ラテン語学校の校長も含まれていた。

「年齢を考えれば、目を見張る演技でしたよ」校長はミセス・ロスノフスキに言った。「しかし、考えてみれば、フランスの支配階級に挑みかかった聖ジャンヌはお嬢さんより二つしか年が上ではありませんでしたがね」

「でも、聖ジャンヌはだれかから外国語を教わる必要がありませんでしたよね」ザフィアは応え、われながら気の利いた切り返しだと結構な満足を覚えた。

フロレンティナはそのやりとりを聞いていなかった。混雑する大食堂を見回して父親を捜していた。

「お父さんはどこにいるの?」彼女は訊いた。

「今夜はこられなかったのよ」母親が答えた。

「でも、約束したのよ」フロレンティナは言い返した。「くるって約束したんだから」涙が込み上げ、フットライトの向こうを見るなとなぜミス・トレッドゴールドが言ったのか、その理由がいきなりわかった。

「忘れないで、お嬢さん、あなたのお父さまはとても忙しい人なの。だって、小さな帝国を経営していらっしゃるんだから」

「聖ジャンヌだってそうだったわ」フロレンティナは引き下がらなかった。

その夜、就寝時間になってベッドに入ったとき、フロレンティナはミス・トレッドゴールドを驚かせた。

「お父さんはもうお母さんを愛していないんじゃないの?」

予想もしていなかった質問に、さすがのミス・トレッドゴールドもすぐには答えを見つけられなかった。

「それはわたしにはわからないけど、お嬢さん、一つ、断言できることがあるわ。お二人ともあなたを愛していらっしゃるということよ」

「それなら、どうしてお父さんはうちに帰ってこなくなったの?」

「それもわたしにはわからないことだけど、その理由が何であろうと、わたしたちはお父さまをわかってあげて、大人になろうとしなくてはならないわ」

　フロレンティナは大人になんか全然なれそうにないと思いながら、聖ジャンヌは愛するフランスを失ったとき、こんなに悲しかっただろうかと考えることしかできなかった。ミス・トレッドゴールドが部屋を出ていってドアが閉まると、ベッドの下に手を伸ばしてエレノアの湿った鼻に触り、自分の気持ちを落ち着せながらささやいた。「少なくともわたしにはいつもおまえがいてくれるものね」エレノアがベッドの下の隠れ処から這い出してきて隣りに腰を落ち着けた。顔はドアのほうを向いていたが、それはもしミス・トレッドゴールドが再登場したら、キッチンの籠なかへ大急ぎで退却する必要が生じる恐れがあるからだった。

　夏休みのあいだ、フロレンティナは一度も父親と顔を合わせることがなく、シカゴにいないのは成長著しいホテル帝国のせいだという物語を信じることもとうの昔にやめていた。父親のことを口にすると、母親の返事はしばしば短くて冷ややかだった。彼女が弁護士と相談していることも、聞こえてくる電話での会話からうかがい知ることができた。

毎日、父親の車に出会うかもしれないと期待しながら、エレノアを連れてミシガン・アヴェニューを散歩した。ある水曜日、習慣を変えてミシガン・アヴェニューの西側を歩いてみることにした。風の町(ウィンディ・シティ)シカゴのファッションをリードする、いくつもの店のショウウィンドウを覗けるからだった。最近二十ヤードおきに建てられた立派なガス灯と再会できて、エレノアは大喜びしていた。フロレンティナはすでに毎週五ドルの小遣いを溜めて夜会服と靴を六足購入していて、いまはオーク・ストリートの角の〈マーサ・ウェザード〉のショウウィンドウに飾ってある上品な五百ドルのイヴニングドレスをどうしようかと思案していた。そのとき、ウィンドウに父親の姿が映った。歓喜して振り返ると、通りの向かい側のシカゴ銀行から出てきたところだった。フロレンティナは思わず父親の名前を呼びながら、左右を確かめもせずに通りへ飛び出した。一台のイエローキャブがいきなりブレーキを踏んで急ハンドルを切った。運転手は濃紺のスカートを一瞬目の端に捕らえ、直後に何かがぶつかる大きな鈍い音を聞いた。

　後続の車や対向車線の車がタイヤを鳴らして急停車し、タクシーの運転手が見つめるなか、上品な服装の恰幅のいい紳士と、それにつづいて警察官が一人、通りの真ん中に走り込んできた。直後、アベルとタクシーの運転手は命を失った肉体を茫然(ぼうぜん)として見下ろしていた。「彼女は死んでいます」警察官が首を振りながら言い、ポケットからノートを取り出した。

アベルは震えながら両膝を突き、警察官を見上げた。

「最悪なのは、責められるべきは私だということだ」

「違うわ、お父さん。悪いのはわたしよ」フロレンティナが泣きながら言った。「わたしが通りに飛び出したからよ。わたしの考えのなさがエレノアを殺したんだわ」

ラブラドル犬を轢いた運転手はこう弁明した――女の子か、犬か、選択の余地はなかったんです。

アベルはうなずき、フロレンティナを立たせて抱き寄せると、エレノアの無惨な死体を見せないようにしながら路肩へ連れ戻した。そして、車の後部席に坐らせてやってから警察官のところへ引き返した。

「私はアベル・ロスノフスキ――」

「存じています、サー」

「あとは任せていいかな、巡査」

「結構です、サー」警察官がノートから顔を上げて答えた。

アベルは車に戻ると、〈シカゴ・バロン〉へ向かうよう専属運転手に言った。ホテルへ着くと娘の手を握ったまま人通りの多い廊下を抜け、専用エレベーターで四十二階へ上がった。エレベーターが開くと、ジョージが出迎えていた。彼は自分が名付け親になった娘をポーランド語でからかおうとしたが、彼女の顔を見て思いとどまった。

「ミス・トレッドゴールドを呼んでくれ、ジョージ、いますぐにだ」

「了解」ジョージが応え、自分のオフィスへ消えた。

アベルは腰を下ろし、娘が語るエレノアの物語をさえぎることなく聞いていたが、やがてお茶が運ばれてきて、話が途切れた。フロレンティナはミルクを一口飲んだだけで、そのあとは何も言わずにいたが、いきなり話題を変えてこう訊いた。

「どうしてうちに帰ってこないの、お父さん？」

アベルはお茶を注ぎ直した。少し受け皿にこぼれた。「いつだって帰りたかったさ。だけど、私とお母さんは離婚するんだ」

「何ですって、そんなこと駄目よ。お父さんは――」

「私が悪いんだ。いい夫ではなかったし、それに――」

フロレンティナは父親にかじりついた。「それって、二度とお父さんに会えなくなるということ？」

「そうじゃない。お母さんと話し合って、学校があるときはおまえはシカゴにいて、休みのときはニューヨークで私と過ごすことにした。もちろん、私と話したいときはいつでも電話で話せる。ところで、おまえの聖ジャンヌは見事な出来だったぞ」

「観てたの？」フロレンティナの顔に初めて笑みが浮かんだ。

「ああ、観ていたとも。幕が下りてすぐに帰ったんだ」アベルが答えたとき、ドアに穏やかなノックがあった。

アベルが顔を上げると、ミス・トレッドゴールドがロングドレスの裾の衣擦れの音を立てながら足早に入ってきて、フロレンティナの横に立った。

「娘を連れて帰ってもらえるかな、ミス・トレッドゴールド？」

「もちろんです、ミスター・ロスノフスキ」フロレンティナはまだ涙ぐんでいた。「さあ、帰りますよ、お嬢さん」ミス・トレッドゴールドはそう言うと、腰を屈めてささやいた。

「感情を露わにしないようにね」

十三歳の娘は父親の額にキスをし、ミス・トレッドゴールドの手を取って出ていった。

ドアが閉まると、ミス・トレッドゴールドに教育されたことのないアベルは感情を露わにし、独り坐り込んで泣いた。

10

ピート・ウェリングを知ったのは、高等部第二学年の初めだった。彼は音楽室の隅で最新のヒット曲「まるで恋しているような気分（オルモスト・ライク・ビーイング・イン・ラヴ）」をピアノで弾いていた。音程は少し外れていたが、それはピアノのせいに違いないとフロレンティナは思った。通りかかったことにピートが気づいた様子はなかったから、彼女は踵を返してもう一度後戻りしたが、結果は空しかった。波打つ金髪を片方の手で無造作に掻き上げながら演奏をつづけられては、彼など眼中にない振りをして通り過ぎるしかなかった。翌日の昼食時間までには、彼が二学年上であること、住んでいるところ、サッカー・チームの副主将であること、学級委員長で十七歳であることを突き止めていた。友だちのスージー・ジェイコブスンが忠告してくれたのだが、同じ願いを持って同じ道を歩んだ者は大勢いるが、彼女たちの願いはほとんど叶えられなかったとのことだった。

「でも」フロレンティナは言った。「わたしは彼が抵抗できないものを持っているの」

その日の午後、フロレンティナは教室の机で、生まれて初めてのラヴレターを書いた。

慎重に考えた末に、紫のインクと、斜めに傾いた太い書体を選んだ。

親愛なるピート

あなたを初めて見たときに、あなたは特別だとわかりました。ピアノ、とても上手だと思います。わたしの家にレコードを聴きにきませんか？

心を込めて
フロレンティナ（ロスノフスキ）

フロレンティナは休み時間になるのを待って廊下へ出ると、みんなに見られているような気がしながら、こっそりピート・ウェリングのロッカーを探した。それを見つけると、彼の名前をロッカーの上端の番号と照合した。四十二番。縁起のいい数字のような気がした。ロッカーを開け、絶対に見落とすはずのない数学の教科書の上に手紙を置いて、教室へ戻った。掌に汗が滲んでいた。一時間ごとに自分のロッカーを点検した、返事を待ったが、何も届いていなかった。一週間が過ぎ、諦めかけたとき、ピートが礼拝堂の階段に坐って櫛（くし）で髪を梳（と）かしているのが目に留まった。校則を一度に二つ破るとはわれながらいい度胸だと思いながらも、あの招待を彼が受け取ったかどうかを確かめることにした。

勇気を奮って歩き出したものの、あとわずか一ヤードのところまで近づいたところで、彼が煙のように消えてくれればいいのにと怖気(おじけ)づいた。かける言葉を思いつかなかったのだ。ニシキヘビに睨まれた羊のように立ち尽くしていると、彼のほうから助け舟を出してくれた。「やあ」

「どうも」フロレンティナは何とか返事をしてから訊いた。「わたしの手紙、見てくれた?」

「きみの手紙?」

「そうよ。先週の月曜に、わたしのうちへレコードを聴きにこないかって誘いの手紙を書いたの。『サイレント・ナイト』があるし、ビング・クロスビーの最新ヒット曲ならたいてい揃ってるわ。彼が歌う『ホワイト・クリスマス』を聴いたことがある?」フロレンティナは切り札を切った。

「ああ、あの手紙はきみだったのか」ピートがもっとよく彼女を見た。

「そうなの。先週のパーカー校との試合を見たわ。あなた、すごかったわね。今度はどこが相手なの?」

「学校の行事予定を見ればわかるよ」ピートが言い、櫛を内ポケットにしまって、フロレンティナの肩の向こうを見た。

「応援に行くわ」

「きっとそうだろうな」ピートが言ったとき、上級生と思われる背の高い、フロレンティナが見たところ間違いなく学校の制服として認められていない丈の短い白の靴下の女子生徒が、彼に駆け寄ってきて長く待ったかと訊いた。

「いや、ほんの二分だ」ピートは答え、彼女の腰に手を回してからフロレンティナを見て言った。「気の毒だけど、順番を待ってもらうしかないな」そして、笑って付け加えた。「いずれにしても、クロスビーは堅すぎる。ぼくの好みはビックス・バイダーベックだ」

フロレンティナが歩き去っていく二人を見送っていると、ピートがこう言うのが聞こえた。「あれがぼくのロッカーに置き手紙をした子だよ」金髪の女子生徒が肩越しに振り返って笑い出した。「きっとまだ処女だな」ピートがまた付け加えた。

フロレンティナは女子用ロッカールームへ行き、みんなが下校するまで隅に隠れていた。さっきの話が女子全員の耳に入ったとたんに笑いものにされる気がして怖かったのだ。その晩は眠れず、翌朝は通りすがりにくすくす笑われたりじろじろ見られたりするのではないかと、女子生徒みんなの顔をうかがった。もうそれに耐えられなくなったとき、スージー・ジェイコブスンにこっそり打ち明けて、あの話がみんなの口に上っているかどうかを確かめることにした。話を聞き終えたとたん、スージーが笑い出した。

「やっぱり、あなたも例外じゃなかったんだ」彼女は言った。

スージーの話を聞いて自分の前にどんなに長い順番待ちの列ができているかがわかると、フロレンティナはずいぶん気分がよくなった。それに勇気を得て、〝処女〟とは何のことか知っているかと訊いてみた。

「わたしもよくは知らないわ」スージーが言った。「なぜそんなことを訊くの？」

「わたしがそうだって、ピートが言ったからよ」

「それなら、わたしもきっとそうなんでしょうね」スージーが応じた。「いつだったか、メアリ・アリスが言ってたのを偶然聞いたんだけど、男の子と愛し合うと九か月後に赤ちゃんが生まれるんですってよ。ミス・ホートンが象について言ってたのと同じね。もっとも、象の場合は二年後だけど」

「どんな感じなのかしら？」

「メアリ・アリスがロッカーに山ほど隠してる雑誌によれば、夢心地なんだって」

「試したことのあるだれかを知ってる？」

「マージー・マコーミックが、そう言い張ってるわね」

「あの子は話を聞いてもらえるとなれば何だって自分のことにして吹聴するじゃない。それに、もし本当に試したんなら、どうして赤ん坊が生まれてないの？」

「〝予防措置〟とかいうことをしたんですって。それがどういうものなのか、わたしにはわからないけど」

「それが生理みたいなものだったら、そんな面倒なことをする価値があるとは思えないわ」フロレンティナは言った。

「同感ね」スージーが言った。「わたし、昨日からまた生理なの。男子にも生理があるのかしら？」

「ないわよ」フロレンティナは答えた。「何だって必ず男に都合のいいようになっているんだもの。わたしたちは生理と出産から逃れられないのに、男は髭剃りと兵役以外、すべて逃れられるんだから。でも、それについてはミス・トレッドゴールドに訊かないとね」

「彼女にわかるかしら」スージーが言った。「あの人、いまも処女だって気がするんだけど」

「それはあり得ないわよ」フロレンティナは断言した。「どっちにしたって、ミス・トレッドゴールドは何だって知ってるわ」

その夜、処女とは何かと訊かれたとき、ミス・トレッドゴールドは躊躇なく教え子を坐らせ、出産に至るまでの過程を微に入り細を穿って説明し、同時に、欲望に任せてそれを試したら重大な結果をもたらす恐れがあることも警告した。フロレンティナは黙って聴いていたが、話が終わるとすぐに質問した。「それなら、みんながこれをさも大問題のように騒ぎ立てるのはどうしてなの？」

「現代社会と道徳の緩みが女の子に多くの要求を突きつけているからよ。でも、絶対に忘れてはいけないのは、他人にわたしたちをどう思わせるか、そしてもっと重要なのはこっちなんだけど、自分に自分をどう思わせるかを決めるのは、ほかならぬわたしたち自身だということなの」

「あなたは処女なの?」フロレンティナは訊いた。

「ミス・トレッドゴールドは妊娠と出産について全部知っていたわ」次の日、フロレンティナは確信の塊となってスージーに言った。

「それって、あなたは処女でいつづけるってこと?」スージーが訊いた。

「ええ、そうよ」フロレンティナは答えた。「ミス・トレッドゴールドはいまも処女よ」

「だけど、〝予防措置〟のことはどうなの?」スージーが重ねて訊いた。

「処女でいる限り、それは必要ないの」フロレンティナは保証したが、それは手に入れたばかりの知識の受け売りだった。

　ミス・トレッドゴールドの見方では、今年の最大の行事はフロレンティナの堅信式だった。公式には聖三位一体ポーランド人伝道教会の若い聖職者、オライリー師がフロレンティナを教え導いたのだが、ミス・トレッドゴールドは自分が子供のころに教えられた英国国教会の教義を断固として抑え込み、ローマ・カトリックの堅信式(オーダーズ・イン・コンファメーション)を研究した。そして、敬愛する主に約束した義務について一片の疑いも残さないようフロレンティナに徹底的に説明して、周到に準備を整えた。

堅信式はローマ・カトリックのシカゴ大司教によってオライリー師を補佐として執り行なわれ、アベルとザフィアも出席したが、二人はすでに夫婦ではなくなっていたから肩を並べて信徒席に坐ることはなかった。

フロレンティナの服装は襟ぐりの浅い、裾が膝下数インチのシンプルな白のドレスだった。自作ではあったが、彼女が寝ているあいだにミス・トレッドゴールドが多少の手助けをするというおまけつきで、〈パリ－マッチ〉に載っていたエリザベス王女のドレスを手本にしていた。ミス・トレッドゴールドは教え子の長い黒髪に一時間以上ブラシをかけて艶を出してやっただけでなく、それを肩まで垂らすことさえ許してやった。まだ十四なのに、その若い受堅者はすでにひとかどの女性に見えた。

「わが名付け娘は美人だな」教会の信徒席の最前列でアベルの隣りにいるジョージが言った。

「まったくだ」アベルは応じた。

「私は真面目に言ってるんだぞ。もうすぐシカゴ・バロンの城の前に若い男が長蛇の列を作って扉を叩き、城の主の一人娘に求婚しはじめるだろうな」

「あの子が幸せなら、だれと結婚してくれても私は構わない」

式が終わると、家族は〈シカゴ・バロン〉のアベルの専用居室でお祝いのディナーをとった。フロレンティナは家族や友人から贈り物を受け取った。そこにはミス・トレッドゴールドからの欽定訳聖書も含まれていたが、一番の宝物は価値が娘にわかる年齢になるのを待って父親が金庫にしまっていたものだった。父親の説明によれば、その骨董品の指輪は、自分を信頼してバロン・グループを支援してくれた人物が、フロレンティナの洗礼式に贈ってくれたものだった。

「お礼のお手紙を書かなくちゃ」フロレンティナは言った。

「それは無理だ、マイ・ディア。その人物がだれなのか、私にもわからないんだ。私が果たすべき約束はずいぶん昔に果たしたから、その人物の正体を突き止める必要はなくなったし、実際に突き止めることもたぶんないと思う」

フロレンティナはその指輪を右手の薬指にはめ、その日一日、きらめく小さなエメラルドに繰り返し目をやって倦むことがなかった。

11

「大統領選挙ですが、だれに投票なさいますか、マダム？」きちんとした服装の若者が訊いた。

「投票はしません」ミス・トレッドゴールドは通りを下りながら答えた。

「それは〝未定〟ということですか？」若者が小走りについてきて重ねて訊いた。

「違います」ミス・トレッドゴールドは言った。「そんなことは言っていません」

「では、あなたの立場を明らかにしたくないということだと理解してよろしいですか？」

「立場を明らかにするのにまったくやぶさかではありませんが、お若い方、わたしはイングランドのマッチ・ハダムからきた人間です。したがって、ミスター・トルーマンにも、ミスター・デューイにも影響を及ぼし得ないはずですからね」

〈ギャラップ〉の調査員は引き下がったが、フロレンティナは注意深く彼を観察していた。主だった政治家が例外なくそういう世論調査を真剣に受け取っていることを、〈トリビューン〉を読んで知っていたからである。

一九四八年、アメリカはまたもや選挙運動の真っただ中にあった。オリンピックと違って、ホワイトハウスをゴールとするこの競争は、戦時平時に関わりなく四年ごとに繰り返された。フロレンティナは変わることなく民主党を支持していたが、トルーマン大統領がホワイトハウスの主でありつづける可能性については自信がなかった。トルーマンはそれほど不人気な大統領だった。共和党の大統領候補はトーマス・E・デューイ、最新の〈ギャラップ〉の調査では八ポイント以上リードしていて、勝利を確実視されていた。

フロレンティナは両陣営の運動をしっかり追いつづけ、メイン州でマーガレット・チェイス・スミスが三人の男性候補を破って共和党上院議員の席を獲得すると大喜びした。アメリカ国民がテレビで選挙戦を見られるようになった、初めての年だった。アベルはリッグ・ストリートから出ていく数か月前にRCAのテレビを設置していたが、ミス・トレッドゴールドは学期中のフロレンティナが一日に一時間以上、〝あの新奇な装置〟を観ることを許さなかった。「あれは書かれた文字の代わりにはなりません」家庭教師は断言し、こう付け加えた。「わたしはハーヴァード大学のチェスター・L・ドーズ教授に賛成です。カメラの前であまりに多くの決定が拙速に為(な)され、あとになってそれを悔やむことになるでしょうね」

フロレンティナはミス・トレッドゴールドの意見に全面的に賛成ではなかったが、許された一時間を慎重に――日曜は特に――使い、より人気のあるエド・サリヴァンの「トースト・オヴ・ザ・タウン」ではなく、必ずCBSのイヴニング・ニュースを選択した。ダグラス・エドワーズが選挙の動向をまとめて教えてくれるからである。それでも、ラジオでエド・マロウを聴く時間もまだあった。それはミス・トレッドゴールドに禁止されていなかった。戦争中、ロンドンからの彼の放送を聴いていた何百万というアメリカ国民と同じく、結局のところ、彼女もエド・マロウの報道スタイルにいまも忠誠心を持ちつづけているのだった。

夏休みのあいだはオズボーン下院議員の選挙事務所に通い詰め、年齢も能力も様々な大勢のヴォランティアに混じって、「あなたの議員からのメッセージ」と〝オズボーンをふたたび下院へ〟と大きな文字で印刷されたバンパーステッカーを封筒に入れる作業を手伝った。そして、ほとんど何についても何も意見を言わない青白い痩せた若者と二人で、一枚一枚内容物を入れ終えた封筒を舐めて封をし、届ける地域別に分類した。その封筒を、それぞれの地域を担当するもう一人のヴォランティアが一軒一軒配って回るのである。一日が終わるころには唇も口も糊で覆われ、吐き気と喉の渇きに苦しみながら帰宅することになった。

ある木曜日、電話の問い合わせに応える係から、昼食休憩のあいだ仕事を代わってくれないかと頼まれた。

「いいわよ」フロレンティナは胸を躍らせながら、封筒係の青白いヴォランティアの若者に先を越されまいと空いた席に飛び込んだ。

「難しいことはないわ」電話係が言った。「〝オズボーン下院議員の選挙事務所です〟と応えて、わからないことがあったら『選挙運動の手引き』を見るの。そこに何でも答えが書いてあるから」そして、電話の横の分厚い小冊子を指さした。

「大丈夫よ」フロレンティナは応えた。

立派な椅子に坐って電話を見つめ、呼出し音が鳴るのをいまかいまかと待ち構えたが、長く待つまでもなかった。最初の問い合わせは、投票するにはどこへ行けばいいのかというものだった。おかしな質問ね、とフロレンティナは思った。

「投票所です」と答えたが、わずかながら見下した口調になった。

「当たり前だ、そんなことはわかってる、馬鹿女」と声が返ってきた。「おれの投票所はどこかと訊いてるんだ」

フロレンティナは一瞬言葉を失い、今度は慇懃すぎるぐらい慇懃に現住所を訊いた。

「第七選挙区内だ」

フロレンティナは『選挙運動の手引き』をめくった。「投票所はディアボーン・ストリートのセント・クリソストム教会です」

「どこにあるんだ?」

フロレンティナは地図を見た。「湖畔から五街区（ブロック）、ループから北へ十五街区（ブロック）のところです」電話が切れ、受話器を置いたとたんにまた呼出し音が鳴った。

「オズボーン議員の選挙事務所かな？」

「はい、サー」

「そうか、あの怠け者の馬鹿垂れに言ってやってくれ。生きている候補者がほかにいないとしても、やつには絶対投票しないとな」電話が切れ、フロレンティナは封筒を舐めているときより気分が悪くなった。また呼出し音が鳴りはじめたが、三回目までは手が出せず、四回目が鳴る前に何とか気力を奮い起こして受話器を取って応答した。

「もしもし」声が不安で強（こわ）ばった。「こちらはオズボーン下院議員選挙事務所です。ミス・ロスノフスキがお応えします」

「もしもし。マイ・ディア、わたしはデイジー・ビショップ、投票日に夫を投票所へ連れていくのに車が必要なの。戦争で両脚を失ったのよ」

「まあ、それは大変お気の毒です」

「心配は無用よ、お嬢さん。わたしたちは素晴らしいミスター・ローズヴェルトをがっかりさせるようなことはしないから」

「ですが、ミスター・ローズヴェルトはもう……いえ、そうですよね、もちろんそうでしょう。お名前と電話番号を教えていただけますか？」

「ミスター・アンド・ミセス・ビショップ、KL5-4816よ」

「投票日当日の朝にお電話して、何時に車を迎えに行かせるかをお知らせします。民主党の候補者を応援していただいてありがとうございます、ミセス・ビショップ」フロレンティナは言った。

「わたしたちは昔からそうよ、マイ・ディア。じゃあね、幸運を祈ってるわ」

「失礼します」フロレンティナは受話器を戻して大きく息を吐いた。少し気分がよくなった。そして、ビショップ夫妻の名前のあとに（2）とメモ用紙に書き入れ、〈投票日の輸送〉と記されたファイルに収めて、次の電話を待った。

次に呼出し音が鳴ったのは何分かあとだったが、そのころにはフロレンティナの自信も回復していた。

「おはよう、オズボーン下院議員の選挙事務所かな？」

「はい、サー」フロレンティナは応えた。

「私はメルヴィン・クルーディック、マーシャル・プランに対してのオズボーン議員の意見を知りたい」

「何プランでしょう？」フロレンティナは訊いた。

「マーシャル・プランだ」相手がはっきり発音し直した。

フロレンティナは大急ぎで「選挙運動の手引き」をめくった。答えはすべてそこに書かれてあるはずだった。

「もしもし、聞いてるのか？」相手の声が大きくなった。

「はい、サー。その計画をオズボーン議員がどう考えているか、すべてを詳しくお答えしたかったものですから、失礼しました。よろしければ、もう少しお待ち願えますか？」

マーシャル・プランに関する記述をようやく見つけ、それに関するオズボーンの言葉に目を通した。

「もしもし？」フロレンティナは声をかけた。

「もしもし」相手が応えた。フロレンティナはオズボーンの考えを読み上げた。

「オズボーン議員はマーシャル・プランに賛成です」長い間があった。

「いいだろう、それはわかった」電話の向こうで声が言った。「しかし、その理由は？」

「選挙区のみなさんのためになるからです」フロレンティナはきっぱりと答え、その答えに自分でもかなりの満足を覚えた。

「では教えてくれ、六十億アメリカ・ドルをヨーロッパにくれてやることがどうしてイリノイ州第九選挙区のためになるんだ？」フロレンティナは額に汗が滲むのがわかった。

「お嬢さん、きみの個人的な無能のせいで今回は共和党候補に投票することになりそうだと、下院議員にそう伝えてもらえるかな？」

フロレンティナが受話器を戻して部屋を逃げ出そうかと考えたそのとき、電話係が昼食休憩から戻ってきた。彼女に何と言えばいいか、フロレンティナはわからなかった。

「何か興味深い電話があった？」電話係が席に戻りながら訊いた。「あるいは、昼食休憩にほかにすることを思いつかない変人、奇人、変態といった連中からの悪戯電話とか？」

「特にはなかったけど」フロレンティナは緊張して答えた。「一つだけ、わたし、ミスター・クルーディックという人の一票を失ったみたいなの」

「まさか、またあの〝頭のおかしいメル〟？　今度は何だったのかしら？　下院非米活動委員会？　マーシャル・プラン？　それともシカゴのスラム？」

　フロレンティナは喜び勇んで封筒舐めに戻った。


　投票日当日、フロレンティナは朝八時に選挙事務所へ行き、その日一日、登録されている民主党員に投票を終えたかどうかを訊く電話をかけつづけた。「絶対に忘れないでくれ」ヘンリー・オズボーン下院議員はヴォランティア運動員に檄を飛ばした。「イリノイで負けた候補者がホワイトハウスの主になった例は過去に一度だってないんだからな」

　自分が大統領を選出する手伝いをしていることをフロレンティナはとても誇りに思い、その日は一度も休憩を取らなかった。夜八時、ミス・トレッドゴールドが迎えにきた。十二時間ぶっ通しでやるべきことに集中しつづけたにもかかわらず、家に帰る途中もその口が閉じられることはなかった。

「ミスター・トルーマンは勝つと思う？」フロレンティナは最後に訊いた。

「投票総数の半分以上を獲得しさえすればね」

「違うわ」フロレンティナは言った。「一般投票で過半数を獲得できなくても、相手より多く選挙人団を獲得できれば、アメリカ合衆国では大統領選挙に勝つことができるの」さらに家庭教師に向かって、アメリカの選挙制度についての簡単な講義をしてみせた。

「親愛なるジョージ三世がアメリカがどこにあるかを知っていて、植民地政策を誤らなかったら、アメリカが独立することはなく、そういう制度はできなかったでしょうね」ミス・トレッドゴールドが言った。「それにしても、お嬢さん、日々思い知らされているんだけど、あなたがわたしを必要としなくなる日もそう遠くないようね」

　このとき初めて、ミス・トレッドゴールドがずっと家族の一員でいてくれるわけではないのだということがフロレンティナの頭に浮かんだ。

　帰宅すると、以前は父親のものだった椅子に坐ってテレビの開票速報を見守ったが、疲れ切っていたので暖炉の前でうとうとすることになった。ベッドに入ったときは、ほとんどのアメリカ国民と同じく、トーマス・デューイが勝つだろうと信じざるを得なくなっていた。翌朝、目が覚めると、階段を駆け下りて〈トリビューン〉を手に取った。恐れていたことが現実になった。〝デューイ、トルーマンを下す〟という見出しが躍っていた。それから三十分後、ラジオの速報を聞き、その速報が事実であることを母親が裏付けてくれたおかげで、ホワイトハウスの主になったのはトルーマンだとようやく信じることができた。〈トリビューン〉の夜間担当編集長がデューイ勝利の見出しを掲げると決めたのが昨夜十一時、それは彼にとって死ぬまでつきまとう勇み足になった。とはいえその編集長も、少なくともヘンリー・オズボーンが下院議員として六期目を務めることになった事実については正しかった。

次の日、女子ラテン語学校へ戻ると担任に呼び出され、もう選挙は終わったのだから腰を落ち着けて勉強に精を出すようはっきりと念を押された。ミス・トレッドゴールドも同意見で、フロレンティナはトルーマン大統領のために働いたのと同じぐらいの熱意を持って学校の試験の準備をした。

この年、彼女はホッケーの学校代表チームの二軍に入って右のウィングとして大過なくプレイし、テニスの三軍チームに何とか潜り込んで一試合出場しさえした。夏学期が終わりに近づいたとき、生徒会委員に立候補したい者は新学年の最初の月曜までに男子ラテン語学校の校長に届け出なくてはならないという通知を生徒全員が受け取った。生徒会は男女両校からの委員六名によって構成されていて、最上級の十二学年以外から委員が選ばれた年度はないはずだった。それなのに、同級生の大半がフロレンティナに立候補を提案した。もう何年も前に腕相撲以外でのすべてで彼女に勝つことを諦めたエドワード・ウィンチェスターが、選挙運動本部長を買って出た。

「だけど、わたしの応援をしてくれる人は才能があって、ハンサムで、人気者で、カリスマ性がないとね」フロレンティナはからかった。

「今回ばかりはきみと同意見だよ」エドワードが応じた。「こんな役目を引き受けようとする愚か者には、馬鹿で、不細工で、近づきがたくて、鈍い候補を応援するときに必ずつきまとう問題を克服できる、ありとあらゆる強みが必要だからな」

「そうだとしたら、わたし、もう一年待つほうが賢明かもね」

「それは駄目だ」エドワードが言った。「一年ぐらいで状況がよくなるはずはないからな。いずれにせよ、ぼくは今年、きみに生徒会の委員になってほしいんだ」

「なぜ?」

「第十一学年で唯一の生徒会委員になったら、来年会長になることがほぼ確実だからだよ」

「それ、いま思いついたことじゃないんでしょ?　ずっと前からすべてを計画していたんじゃないの?」

「ぼくの豚の貯金箱の中身を全部賭けてもいいけど、きみだってそうなんじゃないのか?」

「もしかすると……」フロレンティナは言った。

「もしかすると?」

「その計画を実行に移すことを考えるべきかもしれないわね」

フロレンティナは夏休みを〈ニューヨーク・バロン〉で父親と過ごした。そして、大きな百貨店が最近は婦人服部門を設けていることに気づき、それなのに街に女性物の専門店が増えていないのはなぜだろうと不思議に思った。自身は〈ベスト〉、〈サックス〉、〈ボンウィット・テラー〉――三番目の店では生まれて初めて肩紐(かたひも)のないイヴニングドレスを買った――で過ごし、客の違いを観察して、それぞれ三つの店の客と〈ブルーミングデイル〉、〈アルトマン〉、〈メイシー〉の常連客の好みの違いを比較した。その日の夜は、ディナーのときにその知識を披露して父親を大いに喜ばせた。アベルは娘が様々な知識を吸収して自分のものにする速さに感心し、バロン・グループがどうして成功しているかを詳しく説明しはじめた。そして父親が喜んだことに、夏休みが終わるころには、娘は在庫管理、現金収支(キャッシュフロー)、前払い予約、一九四〇年の雇用法、そして、焼きたてのパン八千個の原価にまで詳しくなっていた。というわけで、彼はジョージに、常務というきみの立場が遠くない将来危うくなるかもしれないと警告することになった。

「彼女が狙っているのは常務なんかじゃないんじゃないか、アベル?」

「常務なんかじゃない?」アベルは訊き返した。

「ああ」ジョージが答えた。「あんたの椅子だよ」

夏休みの最終日、アベルは娘を空港へ送り、白黒のポラロイドカメラをプレゼントしてやった。

「何て素敵なプレゼントなの、お父さん。これがあったら、わたし、きっと学校一の人気者よ」

「それは袖の下だ」アベルは言った。

「袖の下？」

「そうだ。おまえがバロン・グループの会長の座を狙っているとジョージが教えてくれたんでね」

「手始めに生徒会長の座を射止めようと考えているの」フロレンティナが言った。

アベルは笑って言った。「まずは確実に委員になることだな」そして、娘の頰にキスをし、タラップを上って機内へ消えていく後ろ姿に手を振った。空港から帰る車のなかで、アベルはワルシャワでの野心について考え、まだ十一のときの娘と交わした合意を思い出した。

「立候補することにしたわ」

「よかった」エドワードが応えた。「実は、男女両校の全生徒のリストをもう作ってある。間違いなくきみを支持してくれると思う生徒にはチェックマークを、そうでなさそうな生徒には罰点をつけてくれ。そうすれば、まだどっちか決めてない生徒にぼくが働きかけて、きみを支持するよう仕向けることができるからな」

「まるっきりその道のプロじゃないの。それで、立候補するのは何人なの？」

「いまのところ、定数六のところに十二人が立候補してる。そのうちの四人にはまず勝てないが、残りの連中とは接戦になると思う。きっときみも興味があると思うんだが、ピート・ウェリングも候補者の一人だ」

「あのろくでなし」フロレンティナは思わず口走った。

「へえ、てっきり首ったけなんだとばかり思ってたけどな」

「馬鹿言わないでよ、エドワード。あいつはただのでくのぼうよ。さあ、リストの名前をチェックしましょう」

　選挙は新年度の第二週に予定されていたから、立候補者の運動期間は十日しかなかった。フロレンティナの友だちの大半がリッグ・ストリートを訪ねてきて支持を保証してくれた。意外なのは、まるで当てにしていなかったのに支持を表明してくれた友だちがいたり、間違いないと確信していたのに絶対に支持しないとエドワードに告げた友だちがいたりしたことだった。この問題をミス・トレッドゴールドに相談すると、こういう答えが返ってきた――特権や利得が得られる可能性のある立場に立候補した場合、その人物が成功して野心を満たすのを見たくないのは往々にして同年代の者たちだけれども、年上や年下の者たちを恐れる必要はない、なぜならその候補者が自分のライヴァルにならないことをわかっているからだ、と。

立候補者は全員、短い立候補宣言を書き、生徒会委員になりたい理由を明らかにしなくてはならなかった。フロレンティナは自分の宣言を父親に見てもらったが、加筆も削除もされなかったし、ミス・トレッドゴールドには文法の間違いを指摘されただけだった。

投票は新年度第二週の金曜日に行なわれ、結果は翌週の月曜の朝礼のあとで校長から発表されると決まっていた。その週末、フロレンティナは不安に苛(さいな)まれつづけ、ミス・トレッドゴールドから終始こう諌(いさ)められつづけた。「落ち着きなさい、お嬢さん」と。エドワードまでもが、日曜の午後にテニスをしたとき、ほとんど汗もかかずに6－0、6－0で勝利したあとでこう言った。

「全然集中してないじゃないか、素人のぼくにだってわかるぞ――お嬢ちゃん」

「うるさいわね、エドワード。生徒会の委員になろうがなるまいが、わたしはどっちだっていいんですからね」

月曜の朝は五時に起きて着替えをし、六時には朝食を待ち構えながら新聞を三度読み返した。学校へ出かける時間になって、ミス・トレッドゴールドがようやく声をかけてきた。

「いいこと、マイ・ディア、リンカーンは当選より落選の回数が多いけど、それでも大統領になったんですからね」

「それはわかってるけど、わたしは勝ってスタートを切りたいわ」

九時の朝礼が始まるころには、すでに全生徒が勢揃いしていた。朝の祈りと校長の話が永遠につづくように思われた。フロレンティナの目は床を見つめたまま動かなかった。

「では、生徒会委員選出の選挙結果を発表します」校長がようやく宣言した。「立候補者十五人のうち、六名が選出されました。

第一位　ジェイスン・モートン　百九票　生徒会長
第二位　キャシー・ロング　八十七票
第三位　ロジャー・ディングル　八十五票
第四位　アル・ルーベン　八十一票
第五位　マイケル・プラット　七十九票」

そこで校長が咳払いしたが、会場は静かなままだった。

「第六位はフロレンティナ・ロスノフスキ、七十六票。次点はピート・ウェリングの七十五票でした。最初の委員会は今日の午前十時三十分に校長室で開くこととします。では、散会」

フロレンティナは嬉しさに圧倒されてエドワードに抱きついたが、彼のほうはこう言っただけだった。「ぼくがきみに投票するのを忘れないで運がよかったよ」

その日の午前中の第一回の委員会で、フロレンティナは下級生として書記を割り当てられた。

「それがびりになったやつの役目だ」新しい生徒会長のジェイスン・モートンが笑いながら言った。

書記の書き留めたことなんてだれも読まないわよね、とフロレンティナは思った。でも、少なくとも話し合われたことを文字にできるし、来年は会長の可能性があるということでもある。フロレンティナは新会長を見た。神経質そうな細面と内気そうな物腰が、多くの票を獲得する役に立ったのではないかと思われた。

「さて、委員の特権だが」ジェイスンがフロレンティナの視線に気づくことなくきびきびと言った。「会長は車通学を認められる。女子は週に一日、パステルカラーのシャツを着ることを許される。男子はオックスフォードではなくローファーを履くことを許される。学校に関わる用があるときは署名の上で自習室を退出できる。校則を破った生徒には罰点を与えることができる」

わたしはそれを必死に戦って手に入れたのか、とフロレンティナは思った。パステルカラーのシャツを着たり、罰点を与えたりすることを。

その夜、帰宅すると、今日あったことを細大漏らさずミス・トレッドゴールドに報告し、選挙の最終結果と、それに付随する新たな責任について誇らかに繰り返した。

「ピート・ウェリングというのはだれなの？」ミス・トレッドゴールドが訊いた。「一票差で落選した子のことだけど？」

「当然の報いよ」フロレンティナは応えた。「廊下ですれ違ったときに、わたしが何て言ってやったと思う？」

「何と言ったの？」ミス・トレッドゴールドが心配そうに訊いた。

「〝今度はあなたが列に並ぶのね、そのうち順番が回ってくるんじゃないかしら〟よ」フロレンティナはそう答えると小気味よさそうに笑った。

「恥を知りなさい、フロレンティナ。わたしも恥ずかしいわ。いいこと、二度とそういう人を貶める言葉を発してはなりません。勝ったときは競争相手を鞭打つのではなく、寛容であるべきです」

ミス・トレッドゴールドは腰を上げると自室へ引き上げた。


翌日の昼食のとき、ジェイスン・モートンが隣りにやってきて、笑みを浮かべて言った。

「生徒会委員になったわけだから、これからは会う機会が多くなるだろうな」フロレンティナは笑みを返さなかった。ジェイスンは女子生徒のなかでピート・ウェリングの同類と見なされていて、二度と笑いものになるような過ちは犯さないとフロレンティナは決めていた。

昼食のあいだに相談したのは、学校のオーケストラのボストン演奏旅行についてと、喫煙現場を見つかった大勢の男子生徒をどうするかについてだった。生徒会委員が彼らを罰するには限度があり、最も重いものであっても、土曜の午前中を自習室で謹慎させることぐらいだった。校長に報告したりしたら、その生徒は退学させられるに決まっていた。生徒会委員は板挟みになっていた。土曜日の自習室での謹慎などという罰はだれも何とも思わないだろうし、同様に、校長に告げ口されることもあり得ないとだれもがわかっているからだ。「喫煙を見て見ぬ振りをしつづけたら」ジェイスンが言った。「生徒会委員の権威なんてあっという間に失われてしまう。そうならないためには、生徒会の権限を最初から最大限に使って態度を明確にしないと駄目だ」

フロレンティナは彼の考えに同意したが、次の質問に驚くことになった。

「土曜の午後、テニスを一試合やらないか？」

フロレンティナは一瞬返事に困ったが、結局応諾した。彼がテニス・チームの主将で、自分のバックハンドがからっきしなのを思い出して、何食わぬ口調になるよう努力しなくてはならなかった。

「よし、三時に迎えに行くよ。それでいいかな？」

「いいわ」フロレンティナは答えたが、依然としてさりげなさを装う努力をしなくてはならなかった。

「そのテニスウェアは短すぎます」ミス・トレッドゴールドが言った。

「わかってるわ」フロレンティナは応えた。「でも、これは去年買ったもので、あれからわたしは大きくなっているの」

「相手はだれ？」

「ジェイスン・モートンよ」

「そのウェアで若い男性とテニスをするなんて絶対にいけません」

「だったら、裸でやるしかないわね」フロレンティナは言い返した。

「生意気を言わないの、お嬢さん。今度だけはその格好を許すけど、月曜の午後には必ず新しいウェアを買っておいてあげます」

玄関でベルが鳴った。「きたみたいね」ミス・トレッドゴールドが言った。

フロレンティナはラケットを取ると、玄関へ走った。

「走らないのよ、お嬢さん。若い男性は少し待たせるの。あなたの気持ちを悟られるのはまずいでしょ？」

フロレンティナは赤くなり、長い黒髪をリボンで後ろにまとめてからゆっくりと玄関へ歩いていった。

「いらっしゃい、ジェイスン」やはり、さりげなさを装わなくてはならなかった。「入る？」

　ジェイスンはまるで今朝買ったばかりのような格好のいいテニスウェアに身を包んでいたが、その目がフロレンティナに釘付け（くぎづ）になった。「似合ってるよ」ジェイスンが何とか口を開き、さらに言葉を継ごうとしたとき、ミス・トレッドゴールドが部屋から出てくるのが見えた。フロレンティナのスタイルのよさに気づいたのはこれが初めてだったが、これまでそうとわからなかった理由がいま明らかになった。

「残念ながら去年のものなの」フロレンティナは自分のほっそりした脚を見下ろして言った。「ひどいでしょ？」

「いや、とてもいいと思うよ。さあ、行こう。コートの予約は三時半で、一分でも遅れるとほかのやつに横取りされるからな」

「すごい」フロレンティナは玄関のドアを閉めたとたんに言った。「あなたのなの？」

「ああ。かっこいいと思わないか？」

「そうね、敢えて意見を求められるのであれば、もっといい時代があったはずだって言わせてもらおうかしら」

「おい、ほんとかよ」ジェイスンが言った。「ぼくはかなりいけてると思ってたんだけどな」

「その〝いけてる〟って言葉の意味がわかったら、わたしも同意できるかもしれないわね。どうぞ教えてくださいますか、サー」フロレンティナはからかった。「わたし、あの機械に乗るの？　それとも、押すの？」

「正真正銘の戦前のパッカードだぞ」

「だったら、早くお葬式をして弔ってあげるべきね」フロレンティナはそう言いながら助手席に乗り込んだが、脚が露わになっていることにいきなり気がついた。

「この金属の塊を前に進める方法は教えてもらったの？」

「いや、ちゃんとは習ってない」ジェイスンが答えた。

「何ですって？」フロレンティナは信じられなかった。

「車の運転なんて常識があればいいんだって聞いたけどな」

フロレンティナは助手席側のハンドルを押し下げ、降りようとするかのようにわずかにドアを開けた。

「馬鹿はやめろ、ティナ。親父(おやじ)に教えてもらって、もう一年近く前からハンドルを握ってるんだ」

フロレンティナは赤くなってドアを閉め直した。テニス・クラブへの道中、道路にあいている穴に引っかかって揺れたり跳ねたりはしたものの、なかなかの運転の腕前だと認めざるを得なくなった。

テニスの試合のほうは、フロレンティナは得点するのに恐ろしく苦労し、ジェイスンは得点を失うのに苦労するというありさまだったが。それでも、ジェイスンが手心を加えてくれたおかげで、6－2、6－1と一応格好のついたスコアになった。勝ったのはもちろんジェイスンだった。

「ぼくにはコークが必要だ」試合が終わると、ジェイスンが言った。

「わたしにはコーチが必要ね」フロレンティナは応じた。

ジェイスンが笑い、フロレンティナの手を取ってコートをあとにした。その手はいまも汗ばんで火照っていたが、クラブハウスの奥のバー・カウンターにたどり着くまで離れることがなかった。ジェイスンが買った一本のコークを、隅に腰を下ろして、二本のストローで分け合って飲んだ。そのあと、ジェイスンが車でフロレンティナを送った。リッグ・ストリートに着くと、ジェイスンが助手席のほうへ身を乗り出し、フロレンティナの唇にキスをした。フロレンティナは反応しなかったが、それはほかのどんな理由にも勝ってショックのせいだった。

「今夜、映画に行かないか？」ジェイスンが誘った。「ユナイテッド・アーティスツで『踊る大紐育(ニューヨーク)』をやってるんだ」

「でも、普段は……そうね、いいわね」フロレンティナは答えた。

「よし。それじゃ、七時に迎えにくる」

フロレンティナはバタバタと騒がしい音を立てて去っていく車を見送りながら、今夜外出しなくてはならない理由を考えようとした。母親にうんと言わせなくてはならなかった。

家に入ると、ミス・トレッドゴールドがキッチンでお茶を淹れていた。

「テニスは楽しかった、お嬢さん?」ミス・トレッドゴールドが訊いた。

「残念ながら、彼はそうでもなかったみたい。それはともかく、今夜――」フロレンティナは口ごもった。「――オーケストラ・ホールへコンサートを聴きに行こうと彼に誘われてるから、ディナーはいらないわ」

「いいじゃないの」ミス・トレッドゴールドが言った。「でも、十一時までには必ず帰ってくるのよ、さもないとお母さまが心配なさるから」

フロレンティナは階段を駆け上がって部屋に入るとベッドの端に腰かけ、今夜何を着ていこうかとか、このままだと髪が見苦しすぎるとか、母親の化粧品を黙って使わせてもらおうかとか、いろいろ頭を悩ませはじめた。さらには鏡の前に立ち、吸い込んだ息を一晩じゅう詰めていなくても胸が大きく見える方法はないものかと思案するありさまだった。

七時、ジェイスンがゆったりした赤のジョー・セーターにカーキのズボンといういでたちで戻ってきて、ミス・トレッドゴールドに出迎えられた。

「いらっしゃい、お若い方」

「こんばんは、マダム」ジェイスンは応えた。

「客間へどうぞ」

「ありがとうございます」ジェイスンはふたたび応えた。

「フロレンティナをコンサートに連れていってくださるんですってね、だれのコンサートなのかしら?」

「コンサート、ですか?」

「ええ、今夜はだれが演奏するのかしら?　朝刊にはベートーヴェンの三番が素晴らしいという評が載っていたけど」

「ああ、そうです、ベートーヴェンの三番です」ジェイスンが言ったとき、フロレンティナが階段の上に現われた。ミス・トレッドゴールドもジェイスンも、ともに度肝を抜かれた。一方は非難の思いで、もう一方は賛嘆の思いで。フロレンティナが着ているミントグリーンのドレスは辛うじて膝が隠れる短さで、後ろに黒いシームが延びている極薄のナイロンストッキングが露わになっていた。長い脚にハイヒールを履き、おぼつかない足取りでゆっくりと階段を下りてきたが、小さな胸がいつもより大きく見えていて、肩まで流れ落ちる艶やかな黒髪はジェニファー・ジョーンズを思わせ、十五歳よりはずいぶん大人っぽく見えた。彼女が身に着けているものでミス・トレッドゴールドが唯一許せるのは、教え子の十三の誕生日に彼女自身が贈った腕時計だけだった。

「さあ、行かないと、ジェイスン。遅れてしまうわよ」フロレンティナは言った。何であれミス・トレッドゴールドとの会話は避けたかった。

「そうだな」ジェイスンが言った。フロレンティナは振り返らなかった。振り返ったために塩の柱に変わってしまったロトの妻のようになりたくなかった。

「十一時までには絶対に連れて帰ってくるんですよ、お若い方」ミス・トレッドゴールドが命令した。

「もちろんです」ジェイスンはそう応えて玄関のドアを閉めた。「どこで彼女を見つけたんだ?」

「ミス・トレッドゴールド?」

「ああ、まるでヴィクトリア時代の小説からそのまま抜け出してきたみたいじゃないか。『十一時までには絶対に連れて帰ってくるんですよ、お若い方』だとさ」ジェイスンが家庭教師の口真似(くちまね)をしながら、車の助手席側のドアを開けた。

「それは彼女に失礼よ」フロレンティナは一応抗議したが、顔には蠱惑(こわく)的な笑みが浮かんでいた。

映画館の前には長い列ができていて、フロレンティナは待ち時間の大半をジェイスンの隣りで、知っているだれかがいても気づかれないよう壁のほうを向いてやり過ごした。なかに入るや、ジェイスンはすぐさま慣れた様子で最後列の席へフロレンティナを連れていった。フロレンティナは彼と並んで腰を下ろし、照明が消えるとようやくリラックスしはじめたが、長くはつづかなかった。ジェイスンが身体を寄せてきて肩を抱き、キスをしてきた。唇を開かれ、初めて舌が触れ合って、フロレンティナはその感触にぞくぞくした。

そのときジェイスンがキスを中断して身体を離し、二人はスクリーンにタイトルが浮かび上がるのを見守った。フロレンティナは昔からジーン・ケリーのファンだった。ジェイスンがふたたび身体を寄せてきて、今度はもっと強く唇を押しつけた。フロレンティナの口が開いた。ほとんど同時に胸に手が触れるのがわかった。フロレンティナはその手をどかそうとしたが、今回も彼のバックハンドには敵わなかった。数秒後、何とか口を離して息をし、スクリーンに映し出される自由の女神へちらりと目をやったものの、すぐにまたジェイスンのもう一方の手が伸びてきて反対側の胸を撫ではじめた。今度は何とかその手を押し戻すことができたが、ジェイスンは面白くなかったらしく、〈キャメル〉を取り出して火をつけた。フロレンティナは起こっていることが信じられなかった。ジェイスンは何度か煙草を吹かすと、それをもみ消し、フロレンティナの脚のあいだに手を差し込んできた。フロレンティナはほとんどパニックになりながら、それ以上の侵入を許すまいと固く腿を閉じた。

「おいおい」ジェイスンが言った。「そんなにいい子ぶるなよ。さもないと、ミス・トレッドゴールドみたいになっちまうぞ」そして、またもや身体を寄せてキスをしようとした。

「やめて、ジェイスン。映画を観ましょうよ」

「馬鹿を言うなよ。映画を観に映画館へくるやつなんかいるわけがないだろう」ジェイスンがまたフロレンティナの脚に手を置いた。「初めてなわけはないよな。だって、もうすぐ十六だろ？　いったい何になりたいんだ？　シカゴで一番年を食った処女か？」

フロレンティナは弾かれたように立ち上がると、何人かの足に躓きながら何とか通路に逃れた。そして、服の乱れを直しもせずに大急ぎで映画館の外の通りへ出た。走ろうとしても母親のハイヒールを履いていたのでは歩くのとほとんど変わらず、それを脱いで、ストッキングを穿いたままの裸足で駆け出した。自分の家の玄関までくると、息を整え、今度こそ服の乱れを直して、ミス・トレッドゴールドに出くわさずに自室にたどり着けるよう祈ったが、その願いは叶わなかった。ミス・トレッドゴールドの部屋のドアが薄く開いていて、忍び足で通り過ぎようとする教え子に声がかかった。「コンサートが早く終わったの、マイ・ディア？」

「ええ……いえ……その、ちょっと気分が悪くなったの」フロレンティナは答え、それ以上質問が飛んでくる前に自室へ駆け込んだ。その晩はベッドに入っても震えが止まらなかった。

翌朝は早く目が覚めた。ジェイスンへの怒りはいまだ収まっていなかったが、気づいてみると、昨夜のことを笑い飛ばし、もう一度あの映画を観に行くことにする――ただし、今度は独りで――ぐらいの余裕が生まれていた。ジーン・ケリーは好きだったが、実在するアイドルをスクリーンの上とはいえ目の当たりにしたのは昨夜が初めてで、ずいぶん痩せてはかなげだという印象を捨てきれなかった。

翌日の生徒会委員会で、フロレンティナはジェイスンを正視できなかった。彼は落ち着いた断固とした口調で、生徒会委員でない男子上級生の中に服装が乱れている者がいると指摘し、今度喫煙している生徒を見つけたら、校長に報告せざるを得ないとも付け加えた。さもないと、生徒会長としての自分の評判が貶められることになる、と。フロレンティナを除く全員がうなずいて同意を示した。

「よし、では、その旨を掲示することにする」

委員会が終わると、フロレンティナはだれからも声をかけられないよう大急ぎで教室へ戻った。その日は自習室での宿題を終えるのに夕方までかかり、六時を何分か過ぎてようやく帰宅の途に就いた。正門のところで雨が降り出し、嵐がすぐに通り過ぎてくれることを願いながらアーケードの下で雨宿りをしていると、ジェイスンが第十二学年の女子生徒と一緒に素知らぬ顔で目の前を通り過ぎていった。二人がジェイスンの車に乗り込むのを見送りながら、フロレンティナは唇を噛んだ。雨が強くなったので、教室へ戻って生徒会委員会の議事録をタイプすることにした。戻る途中で、服装の乱れと喫煙に関する生徒会の方針を通告する掲示板の前に何人かの生徒がいることに気がついた。

議事録をタイプし終えるのに一時間近くかかったが、その理由の一部はジェイスンの二重基準（ダブル・スタンダード）にたびたび考えが向かってしまったことにあった。仕事が終わるころには雨はやんでいて、フロレンティナはタイプライターを閉じて議事録を自分の机にしまった。下校しようと廊下を歩いていると、男子ロッカールームで何か音がしたような気がした。七時を過ぎたら、生徒会委員以外は特別な許可がない限り校内にとどまれない決まりだったから、だれかがいるのかどうか確かめに引き返した。ロッカールームまで数ヤードのところで、ドアの下から漏れていた明かりが消えた。お構いなしに歩いていってドアを開け、明かりをつけ直した。何秒かかかって目が慣れると、彼が隅に一人でいるのがわかった。煙草を背中に隠そうとしていたが、見られてしまったこともわかっているようだった。

「ピートじゃないの」フロレンティナは驚いて言った。

「いやはや、生徒会女子委員殿に見つかったんじゃどうしようもないか。一日に二つも重大な校則違反を犯したんだからな。許可時間外に校内にとどまったことと、煙草を吸ったことだ。ハーヴァードへ行く望みもこれで費え去ったってわけだ」ピート・ウェリングが石の床で煙草を踏み消した。土曜の夜の映画館で生徒会長が煙草をもみ消した光景がよみがえった。

「ジェイスン・モートンもハーヴァード志望なのよね?」

「そうだけど、それとこれと何の関係があるんだ?」ピートが訊いた。「あいつのアイヴィ・リーグ行きを止めるものなんか何もないさ」

「たったいま、思い出したの。男子ロッカールームに女子が入るのは何があろうと禁止なのよね」

「そうだけど、きみは生徒会委員だから――」
「おやすみ、ピート」

フロレンティナは新しい権威の行使を楽しいと思うようになり、生徒会委員としての仕事を実に真面目にこなしはじめた。というわけで一年が経つころには、余計な仕事が増えたせいで学業が疎かになっているのではないかとミス・トレッドゴールドを心配させることになった。しかし、家庭教師がそれをミセス・ロスノフスキに伝えることはなかった。むしろ解決策を見つけるのが自分の義務だと考え、いまのフロレンティナのありようが十代という若気の至りであり、それゆえの方向違いの熱意に過ぎないことを祈った。過去に同様の問題にいくつも対処してきたミス・トレッドゴールドでさえ、教え子がささやかな権力を得たがゆえのあまりの急速な変わりように驚かずにはいられなかった。

第二学期の半ば、ミス・トレッドゴールドはその問題がさらに一段階進み、片手間では処理できなくなっていることに気がついた。いまやフロレンティナは学業ではなく、個人的なことにはるかに度を越して重きを置くようになりはじめていた。学期末の成績も通常の彼女の高いレヴェルからするとひどいもので、ほかの生徒に対して偉そうにしすぎるし、委員の立場をかさに着て罰点を出す権利を濫用しすぎると、担任でさえ明確に指摘するほどだった。

ミス・トレッドゴールドは気がついていたが、以前に較べてフロレンティナがパーティに招待される回数が減り、友人もそんなに頻繁にはリッグ・ストリートへ遊びにこなくなっていた。ただし、忠実なエドワード・ウィンチェスターだけは例外で……ミス・トレッドゴールドは彼が気に入っていた。

春学期のあいだも状況は好転せず、フロレンティナは宿題が終わっていないことを持ち出す家庭教師を避けるようになった。夫を失った埋め合わせのせいで十ポンド肥ったミセス・ロスノフスキは娘に関心がないようだった。「これまでと変わったところは何もないように見えるけど」というのが、ミス・トレッドゴールドが相談を持ちかけたときの母親の唯一の返事だった。

ミス・トレッドゴールドが口を閉ざし、絶望しはじめたのは、ある日の朝の朝食の席で週末の予定を訊いたとき、フロレンティナがこれ見よがしに無礼な態度をとった瞬間からだった。

「あなたに関係があったら教えるわよ」フロレンティナが〈ヴォーグ〉から顔も上げずに答えた。ミセス・ロスノフスキは何も言わなかった。というわけで、ミス・トレッドゴールドは固く口を閉ざしてこう考えた――早晩、この子は〝驕(おご)れる者は久しからず〟という言葉を身をもって知ることになるでしょうね。

12

「根拠もないのに自信満々なんだな」エドワードが言った。

「どうして？　だれがわたしを負かすことができる？　一年近く生徒会委員をやって、ほかの委員はみんな卒業するのよ」フロレンティナは生徒会委員専用の馬毛織りの椅子に背中を預けて言い返した。

　エドワードは立ったままだった。「ああ、それはわかってるさ。だけど、みんながきみを好いてるわけじゃない」

「どういうこと？」

「きみは委員になってから分不相応に偉そうにしすぎてると、そう思ってる生徒が大勢いるってことさ」

「あなたはそのなかの一人じゃないわよね、エドワード」

「ああ、ぼくはそうじゃない。だけど、もう少し丁寧に下級生と交わらなかったら負けるかもしれないと心配なんだ」

「馬鹿を言わないでよ。わたしがだれかなんて、もうみんな知ってるのよ。それなのに、いまさらどうして知ってもらおうとしなくちゃならないの？」フロレンティナは膝の上の書類をいじりながら訊いた。

「何があったんだ、フロレンティナ？　一年前のきみはこんな態度は取らなかったぞ？」

「わたしの仕事の仕方が気に入らないんなら、だれかほかの人を応援したらどう？」

「仕事の仕方とは関係ない。きみがこれまでで一番優秀な書記だってことはみんなが認めてる。だけど、会長には別の資質が必要なんだ」

「助言には感謝するけど、エドワード、わたしにはそんなもの必要ないわ。それなしで生き延びられることを証明してみせてあげる」

「それはつまり、今年はぼくの助けが欲しくないってことか？」

「エドワード、ちゃんと聴いてよ。助けが欲しくないんじゃなくて、単に必要ないってことよ」

「幸運を祈るよ、フロレンティナ。ぼくが間違ってたことが証明されるのを祈るのみだ」

「幸運も必要ないわ。能力だけでできることも世の中にはあるんだから」

その日の夜、家に帰ったとき、フロレンティナはエドワードとのやりとりをミス・トレッドゴールドに話さなかった。

学年末、フロレンティナが自分でも驚いたことに、一番はラテン語とフランス語だけで、総合成績はクラスで三位に落ちてしまっていた。ミス・トレッドゴールドは通知表に丹念に目を通し、最悪の懸念が現実になったことを確認したが、どんな忠告をしても意味がないと結論した。いまの教え子は自分自身がそのとおりだと認めない限り、だれの助言にも一切耳を貸さなくなっていた。フロレンティナは今度の夏休みもアベルとニューヨークで過ごし、父親の経営するホテルの店の一つで店員助手として働くことを許してもらった。

フロレンティナは毎朝早起きをし、ホテルの若手スタッフであることを示すパステルグリーンの制服に着替えた。そして、小さなファッション・ショップがどう経営されているかを学ぶことに精を出し、間もなくして店長のミス・パーカーに新しいアイディアを提言しはじめた。ミス・パーカーはそれを気に入るようになったが、その理由はフロレンティナがシカゴ・バロンの娘だからというだけではなかった。フロレンティナは日が経つにつれて自信を深めていき、自分の特権的地位を意識するようになって、店員の制服を着るのをやめただけでなく、自分の周りにいる若手の店員に命令までしはじめた。だが、ミス・パーカーのいるところでは充分に用心して、そういう素振りは見せなかった。

ある金曜日、ミス・パーカーが自分のオフィスで午前中に必要な少額の現金を確認しているとき、ジェシー・コヴァッツという若手の店員助手が十分遅刻して出勤してきた。フロレンティナは店の入口で彼女を待ち受けた。

「また遅刻ね」フロレンティナは言ったが、ジェシーは返事もしなかった。

「聞いてるの、ミス・コヴァッツ?」

「聞いてるわよ」ジェシーがレインコートを掛けながら答えた。

「だったら、今回の言い訳は何なのかしら?」

「あなたに言い訳する筋合いはないわ」

「筋合いがあるかどうかはすぐにわかるわ」フロレンティナはミス・パーカーのオフィスへと歩き出した。

「いちいち首を突っ込まないでよ、偉そうに。どっちにしても、あなたにはもううんざりしてるんだから」ジェシーが言い返し、ミス・パーカーのオフィスへ入ってドアを閉めた。

フロレンティナは商品カウンターを片づける振りをしながら、ジェシーが戻ってくるのを待った。数分後にミス・パーカーのオフィスを出てきた彼女はそのままコートを羽織り、何も言わずに出ていった。フロレンティナは自分の警告がもたらした結果に満足した。ややあって、ミス・パーカーがオフィスから姿を現わした。

「ジェシーが辞めると言ってるわ。原因はあなただってね」

「ミス・コヴァッツがいなくなっても損失はほとんどありませんよ」フロレンティナは訊かれもしないのに言った。「自分の受け持ちの仕事だってちゃんとできないんですもの」

「そういうことじゃないの、フロレンティナ。あなたはこの休みが終わったら学校へ戻るんでしょうけど、わたしはそのあともこのお店をやっていかなくてはならないの」

「そのころには、ジェシー・コヴァッツという雑草はこの世界から取り除かれているかもしれませんよ。わたしの父のお金と時間を無駄にするだけの雑草はね」

「ミス・ロスノフスキ、この仕事はチームでやるの。全員が頭がよくはないとしても、あるいは、勤勉ではないとしても、それぞれが自分の能力の範囲内で最善を尽くしているし、これまでお客さまから苦情を訴えられたこともないわ」

「それは父が忙しすぎて、あなたをきちんと見て評価する時間がないからじゃないんですか、ミス・パーカー？」

ミス・パーカーが商品カウンターにつかまって身体を支え、その顔が見る見る朱に染まった。「お父さまの別の店で働いてもらう潮時のようね。わたしはあなたのお父さまに二十年近くお仕えしているけど、そのお父さまにだって、いまのあなたのような無礼な口をきかれたことは一度だってないんですからね」

「別の店で働く潮時なのはあなたかもしれませんよ」フロレンティナは言い返した。「それに、わたしの父のお店でないほうがいいかもしれません」そして店を出ると、ホテルの専用エレベーターに直行し、四十二階に到着するや、いますぐ父と話さなくてはならないと秘書に告げた。

「いまは重役会議中です、ミス・ロスノフスキ」

「そうだとしても、中断してもらってちょうだい。わたしが会いたがっていると言えばいいわ」

秘書はためらったが、結局ミスター・ロスノフスキに通じるインターコムのボタンを押した。

「邪魔をしないでくれと言ってあるだろう、ミス・デネロフ」

「申し訳ありません、サー。お嬢さまがお見えになって、どうしてもお目にかかりたいとおっしゃっているものですから」

間があって、答えが返ってきた。「わかった、通してくれ」

「ごめんなさい、お父さん。でも、いまじゃないと駄目な大事なことなの」フロレンティナはそう言いながら入室したが、八人の男が重役会議室のテーブルから腰を上げるのを見ていきなり自信が揺らぐのを感じながら父のオフィスへ連れていかれた。

「いまでないと駄目な大事なこととはどんなことなんだ、マイ・ダーリン？」

「ミス・パーカーのことなの。彼女は融通がきかなくて、無能で、愚かよ」フロレンティナはそれを皮切りに、今朝、ジェシー・コヴァッツとのあいだで起こったことの独断的な解釈を滔々（とうとう）と父親に語って聞かせた。

アベルは一時も休むことなく指で机を叩きながら注意深く耳を傾け、娘の話が終わるやインターコムのボタンを押した。「ファッション・ショップのミス・パーカーにすぐにきてもらってくれ」

「ありがとう、お父さん」

「私がミス・パーカーと話しているあいだ、おまえは隣りの部屋で待っていてくれないか、フロレンティナ?」

「もちろんよ、お父さん」

　数分後、いまも顔が赤いままのミス・パーカーが現われた。アベルは何があったのかを尋ねた。ミス・パーカーは口論の内容を正確に説明し、フロレンティナは有能な店員助手であるという彼女なりの見方を披瀝（ひれき）したうえで、長年勤めてくれている店員のミス・コヴァッツが辞めた原因は一にかかってフロレンティナにあるという事実を説明した。そして、フロレンティナがいまの態度を改めなかったら、さらに退職者が増えるかもしれないと指摘した。アベルは辛うじて怒りを抑えて話を聞き、自分の考えを明らかにしたあとで、最終決定は今日のうちに文書にして届けると伝えた。

「承知しました」ミス・パーカーはそう応えて退出した。

　アベルはインターコムで秘書に言った。「娘をもう一度ここへ呼んでもらえるかな、ミス・デネロフ?」

　フロレンティナが意気揚々と入ってきた。「ミス・パーカーに考えを伝えた、お父さん?」

「ああ、伝えたとも」

「次の仕事を見つけるのは難しいでしょうね」

「彼女が次の仕事を見つける必要はない」

「必要はない?」

「そうだ。昇給と契約延長を伝えたからな」アベルは答え、両手でしっかりと机を押さえて身を乗り出した。「今度私のスタッフをあんなふうに扱ったら、おまえを膝の上に腹這いにさせて尻を叩いてやる。しかも、ヘアブラシでなんて手加減はしないからな。ジェシー・コヴァッツが辞めたのは、そうしなくてはいられないほどおまえの態度が無礼だったからだ。それに、おまえを好いている者はあの店に一人もいないこともはっきりしている」

フロレンティナが信じられないという顔になり、とたんに泣き出した。

「その涙はほかのだれかには効き目があるかもしれんが、私には無駄だ」アベルは容赦なくつづけた。「泣かれたぐらいで動揺はしない。改めて思い出させる必要はないと思うが、私には経営すべき会社がある。あと一週間、おまえがここにいたら、私は会社にとっての危機を招き寄せることになるだろう。いますぐミス・パーカーのところへ行って、恥ずべき態度を取ったことを謝罪するんだ。そのあとは、戻っていいと私が言うまであの店に近づいてはならん。それから、今後は重役会の邪魔をすることは許さんからな。わかったか?」

「でも、お父さん――」

「〝でも〟はなしだ。ミス・パーカーにいますぐ謝罪するんだ」

フロレンティナは父親のオフィスを飛び出すと、泣きながら自分の部屋へ戻った。すぐに荷造りをし、寝室でパステルグリーンの制服を私服に着替えて、タクシーで空港へ向かった。

娘がシカゴへ発ったことを知ると、アベルはミス・トレッドゴールドに電話をした。彼女は事情を聞いて落胆したが、驚きはしなかった。

フロレンティナが帰宅したとき、母親は痩せるために通っているヘルススパからまだ帰ってきておらず、ミス・トレッドゴールドだけが迎えてくれた。

「帰ってくるのは一週間後じゃなかったかしら?」

「そうなんだけど、ニューヨークに飽きてしまったの」

「嘘は駄目よ、お嬢さん」

「あなたもわたしにお説教するの?」フロレンティナは自室へ駆け上がった。週末はそこに閉じこもり、出てくるのは中途半端な時間にキッチンでこっそり空腹を満たすときだけだった。ミス・トレッドゴールドも顔を合わせようとしなかった。

新学年の初日、フロレンティナは〈バーグドーフ・グッドマン〉で買った洒落たパステルカラーの、最近流行っているボタンダウンの襟のシャツを着た。女子ラテン語学校の女子生徒全員が羨むという確信があった。次期生徒会長がどう行動すべきかを全員にわからせてやるつもりだった。生徒会委員の選挙まで二週間あったから、毎日違うパステルカラーのボタンダウンのシャツを着て登校し、生徒会長の仕事を自ら引き受けた。選挙に勝ったらどんなタイプの車を父親にねだろうかということまで考えはじめていた。その間はずっとエドワード・ウィンチェスターを避けていた。彼も生徒会委員に立候補していたが、フロレンティナは彼の人気についてのどんな話も取り合わずに笑い捨てていた。第三週の月曜日の朝礼のときは、自分が新しい生徒会長に指名されることを疑いもしなかった。

校長のミス・アレンが立候補者全員の、それぞれの得票数と名前を発表したとき、フロレンティナは自分の耳を疑うしかなかった。当選者たる上位六人に入っていないどころか、次点でさえやっとというていたらくで、そのうえ、最高得票を勝ち取って会長になったのがエドワード・ウィンチェスターだった。講堂を出るときも同情の声をかけてくれる者はいず、その日一日、教室の後ろで言葉を失って茫然と過ごすことになった。夜、帰宅すると、ミス・トレッドゴールドの部屋へ行き、力なくドアをノックした。

「どうぞ」

ゆっくりとドアを開けると、ミス・トレッドゴールドは机で読書をしていた。

「生徒会長になれなかったわ」フロレンティナは小さな声で報告した。「それどころか、委員にも選ばれなかった」

「そうでしょうね」ミス・トレッドゴールドが聖書を閉じて言った。

「どうして驚かないの？」フロレンティナは訝しく思って訊き返した。

「わたしだってあなたには投票しなかったはずだもの」ミス・トレッドゴールドが一拍置いてつづけた。「でも、問題はそれだけじゃないわね」

　フロレンティナはうなだれたまま言葉もなかった。

「いいでしょう、そろそろ橋の再建に取りかからないといけないわね。涙を拭いて、マイ・ディア、たったいまから始めるわよ。無駄にする時間はありません。ノートと鉛筆を準備なさい」

　フロレンティナはミス・トレッドゴールドの口述を書き留めてやるべきことのリストを作り、いかなる指示にも異論を唱えなかった。その日の夜のうちに、父、ミス・パーカー、ジェシー・コヴァッツ――宛先がわからなかったので、ミス・パーカーの手紙に同封した――、エドワード・ウィンチェスター、リストにはなかったがミス・トレッドゴールドに、長い謝罪の手紙を書いた。翌日はオライリー神父に懺悔（ざんげ）をした。学校へ戻ると、新たに任命された書記の議事録作成を手伝い、自分が見つけておいた最も効率のいいやり方を教えてやった。新しい会長には幸運を祈ってやり、必要なときはいつでも彼と委員会に協力することを約束した。翌週は生徒会委員からの質問に費やされたが、自分のほうからお節介な口出しすることは慎んだ。数日後、廊下でエドワードと出くわしたとき、これまで持っていた特権をそのまま行使していいと委員会が認めたことを告げられた。ミス・トレッドゴールドはエドワードの寛大な申し出を丁重に受け容れるよう助言する一方で、一度たりと自分のために都合よく使ってはならないと釘を刺した。フロレンティナはニューヨークで買ってきたシャツを一枚残らず一番下の引き出しにしまい込み、鍵をかけた。

数日後、校長から呼び出しがあった。どんなに頑張ったとしてももう一度認めてもらうにはもっと長い時間がかかるだろう、とフロレンティナは悲観していた。校長室へ行くと、服装に寸分の隙もない小柄な女性が友好的な笑顔で迎えてくれて、自分の隣りの坐り心地のよさそうな椅子を示して着席を促した。

「選挙の結果にはとても落胆したでしょうね」

「はい、ミス・アレン」フロレンティナはまた叱られるのだろうと思いながら答えた。

「でも、どうやら今度の経験から多くのことを学んだようだし、あなたも償いをしたいのではありませんか?」

「そう思っているとしても、もう間に合いません、ミス・アレン。今年で卒業ですから、生徒会長になることはできません」

「確かにね。だとしたら、登るべき別の山を探すしかありませんね。わたしは今年度で退職です。これは本心だけど、校長を務めた二十五年、成し遂げようとして成し遂げられなかったことがあるという心残りはほとんどありません。本校の生徒は男子も女子も、ハーヴァード、イェール、ラドクリフ、スミスといった大学への進学率には素晴らしいものがあり、イリノイ州のみならず東海岸のどの学校をも常に上回っています。ですが、一つだけ、達成できずにいる目標があるのです」

「どんな目標でしょうか、ミス・アレン？」

「男子はアイヴィ・リーグのすべての大学の主要な奨学金を、少なくとも一度、プリンストンについては三度、獲得しています。でも、この二十五年間で一度も獲得できていない女子の奨学金が一つあるのです。ラドクリフ女子大学のジェイムズ・アダムズ・ウールソン賞古典奨学金です。その奨学金をあなたに目指してほしいのです。その奨学金を獲得できたら、わたしの目標がすべて叶えられるのですよ」

「目指したいのは山々ですが」フロレンティナは応えた。「成績が――」

「それはそのとおりです」ミス・アレンが引き取った。「でも、ミセス・チャーチルが選挙で負けたウィンストンにこう指摘しています――これは変装をした祝福だとわかるかもしれない、とね」

「〝大いなる変装をした……〟です」フロレンティナは訂正し、二人で笑みを浮かべた。

その日の夜、フロレンティナはジェイムズ・アダムズ・ウールソン賞の応募申請書類を丹念に検めた。この奨学金はその年の七月一日時点で十六歳から十八歳のアメリカ人女子生徒すべてに門戸を開いていた。筆記試験はラテン語、ギリシャ語、時事問題小論文の三科目だった。

それからの数週間、フロレンティナは朝食前、ミス・トレッドゴールドを相手にラテン語とギリシャ語でしか会話をしなかった。そして、毎週末にはミス・アレンから小論文問題が三問出され、次の月曜の午前中までに完成させて提出しなくてはならなかった。試験日が近づくにつれて、学校全体の期待が自分にかかっていることを意識せざるを得なくなっていった。夜はキケロ、ヴェルギリウス、プラトン、アリストテレスと格闘し、朝は朝食のあとで憲法修正第二十二条、朝鮮戦争下でトルーマン大統領が議会に対して持っていた力の意味、あるいは、テレビが全土に普及した場合にどういうインパクトがあるかというような、多岐にわたる問題について、五百字で考えをまとめるという苦行を、一日も欠かさず繰り返した。

毎日の終わりにはミス・トレッドゴールドがフロレンティナの努力を確認し、二人ともそれが終わらなければベッドに入ることをしなかったし、翌朝は六時半に起床して奨学金試験の過去問題を解くことをつづけた。それでも自信を得るというには程遠く、日が経つごとに不安が増していくのだとミス・トレッドゴールドにこっそり打ち明けるありさまだった。

試験は三月上旬にラドクリフ女子大学で実施されることになっていて、出発の前夜、フロレンティナは一番下の引き出しの鍵を開け、ニューヨークで買ったお気に入りのシャツを選んだ。ミス・トレッドゴールドが駅までついてきてくれたが、その間の数少ないやりとりもギリシャ語で行なわれた。家庭教師の最後の言葉はこうだった――〝一番簡単な問題に一番長く時間をかけないこと〟。

プラットフォームに出たとき、腰に腕が回されたと思うと、薔薇の花が一本、目の前に差し出された。

「エドワード、馬鹿」

「それが生徒会長に対する挨拶か？　ウールソン賞を勝ち取れなかったら、帰ってこなくていいからな」エドワードが言い、列車に乗ろうとするフロレンティナの頬にキスをした。

二人とも気づかなかったが、ミス・トレッドゴールドの顔には笑みがあった。

フロレンティナはほとんど無人の車両を見つけて腰を下ろした。ボストンへ着くまでの記憶はほとんどなかった。アイスキュロスの『オレステイア』のページから目を離すことが滅多になかったからである。

ボストンに着くと、フォード・〝ウッディ〟・ステーションワゴンが待っていて、きっと同じ列車でやってきたと思われる四人の女子生徒と一緒にラドクリフ・ヤードへ連れていってくれた。そのあいだはとぎれとぎれによそよそしい言葉が交わされるだけで、大半はかった。

緊張の長い沈黙がつづいた。フロレンティナがほっとしたことに、ガーデン・ストリート五五番地にあてがわれた宿泊施設は一人部屋だった。不安と緊張を隠しおおせる自信はなかった。

午前六時、全員がロングフェロウ・ホールに集められ、ミセス・ウィルマ・カービー－ミラー学生部長から試験に関する詳細な指示を受けた。

「みなさん、明日は九時から十二時までラテン語の筆記試験を行ないます。午後は三時から六時までギリシャ語の筆記試験です。次の日の午前中は時事問題に関する小論文作成試験で、それをもって、試験はすべて終了です。わたし全員のウールソン賞獲得を期待するのは馬鹿げていますから、三科目の試験がすべて終わったときに、みなさんの一人一人が最善を尽くせたと感じられることを願うにとどめることにします」

フロレンティナは自分の無知を思い知らされ、痛切な孤独を感じながら、ガーデン・ストリートの宿舎の自室へ戻った。そのあと一階へ下り、公衆電話で母とミス・トレッドゴールドの声を聞いた。そして夜中の三時に起床し、アリストテレスの『政治学』を読んだが、まったく頭に入らなかった。七時に一階へ下り、ラドクリフ・ヤードを何周か歩いてから朝食をとりにアガシズ・ハウスへ行った。二通の電報が待っていた。一通は父からで、幸運を祈り、夏休みに一緒にヨーロッパへ行こうと誘っていた。もう一通はミス・トレッドゴールドからで、〝われわれが唯一恐れなくてはならないのは、恐怖することそれ自体である〟という、フランクリン・デラノ・ローズヴェルトの最初の就任演説の言葉が記されていた。

朝食のあと、もう一度、今度は数人の受験生と一緒にラドクリフ・ヤードを一周し、ロングフェロウ・ホールの自分の席に着いた。二百四十三名の受験生が待っていると九時のチャイムが鳴り、複数いる試験監督が、彼女たちの前に置かれている小さな茶封筒の開封を許可した。フロレンティナはラテン語の問題に最初はざっと目を通し、二度目は注意深く読んでいって、自分にとって正答率が最も高そうな問題を選び出した。十二時になるとまたチャイムが鳴り、答案用紙が回収された。自室へ戻ってギリシャ語を復習したが、その二時間のあいだに口にしたのは〈ハーシー〉のチョコレート一枚だけで、それが昼食の代わりだった。午後はギリシャ語の問題三問に取り組み、六時に答案用紙を回収されたが、まだ見直しがすんでいなかった。疲労困憊（ひろうこんぱい）してガーデン・ストリートの小さな自室に戻ると狭いベッドに倒れ込み、食事の時間まで身動きもしなかった。遅いディナーをとりながら耳を澄ますと、フィラデルフィアからヒューストン、デトロイトからアトランタまで、様々な訛りの言葉で、同じ内容のことが話されているのがわかった。それを聞いて安堵したことに、試験の結果を悲観して不安を感じているのは自分だけではないようだった。この奨学金試験を受験したほとんどがラドクリフへの入学を認められ、そのうちの二十二名に奨学金が与えられる可能性があるが、ジェイムズ・アダムズ・ウールソン賞を獲得できるのはたった一人しかいなかった。

二日目、小論文試験の問題の入った茶封筒を開けたときは最悪の事態を恐れていたが、最初の問題を読んだとたんに少し気が楽になった。〝ローズヴェルトが大統領になる前に憲法修正第二十二条が成立していたら、アメリカにどのような変化が起きたと考えるか〟という質問だった。フロレンティナのペンが猛然と走り出した。

シカゴへ帰ると、ミス・トレッドゴールドがプラットフォームで迎えてくれた。

「賞を獲得できたと思うかという質問はしないけど、マイ・ディア、実力を充分に発揮できたかどうかだけでも教えてもらえるかしら？」

「力は出せたと思うけど」フロレンティナは少し考えてからつづけた。「奨学金を獲得できなかったとしても、わたしがそれに見合わなかったからに過ぎないわ」

「あなたはもう申し分ないし、わたしもあなたのためにできることはもうないわ。だから、そろそろ教えてもいいでしょうけど、わたしは七月にイギリスへ帰ります」

「なぜ？」フロレンティナは虚を突かれて愕然とした。

「あなたが大学へ行くことになったいま、わたしがあなたのために何をできるかしら？　実はイングランドの西部地方のある女子校から、新年度の九月をもって古典部門の主任になってほしいという申し出があって、それを受けたということなのよ」

「わたしがあなたをどんなに愛しているか、それを知ったら、わたしを置いては行けないはずです」

その引用を聞いてミス・トレッドゴールドが微笑し、次の一行を付け加えた。「わたしがいまあなたを置いていかなくてはならないのは、そうしなければならないほど、わたしが深くあなたを愛しているからにほかなりません——ペルダーノ」

フロレンティナはミス・トレッドゴールドの手を握り、彼女は教え子に微笑した。その教え子はすでに美しい若い女性になっていて、通りかかる男を振り返らせずにはいなかった。

それからの学校での三週間は、フロレンティナにとって簡単ではなかった。奨学金試験の結果を待たなくてはならず、発表の日は四月十四日に予定されていた。そして、エドワードを安心させようとしてこう言った——少なくともあなたは間違いなくハーヴァードに行けるわよ。

「だって、あそこは講堂よりも運動場の数のほうが多いんだもの」フロレンティナはからかった。「だったら、あなたが不合格になるなんてあり得ないわ」

不合格になる可能性はあったし、それはフロレンティナもわかっていた。だから、日が経つにつれて、二人の希望は不安に変わっていった。

四月十四日の午前中、フロレンティナは校長室へ呼ばれ、隅に腰かけて、ミス・アレンがラドクリフの学籍記録局長に電話をかけるのを見守った。学籍記録局長はすでに数本の電話を待たせていて、つながるまでしばらく待たなくてはならなかった。

ようやく電話がつながると、ミス・アレンが開口一番に訊いた。「お手数ですが、ミス・フロレンティナ・ロスノフスキが貴学の奨学金を獲得したかどうかを教えていただきたいのですが?」

長い間があった。「綴りを教えてもらえますか?」

「R－O－S－N－O－V－S－K－I、です」

ふたたび間があった。フロレンティナは思わず拳を握った。そのとき、学籍記録局長の声が二人に聞こえる大きさで戻ってきた。「いいえ、残念ですが、ミス・ロスノフスキの名前は奨学生の名簿にはありません。ですが、奨学金試験を受けた生徒の七割以上はラドクリフへの入学を認められます。その場合は、数日のうちにこちらから通知します」

ミス・アレンもフロレンティナも落胆を隠せなかった。校長室を出るとエドワードが待っていて、両腕を肩に回してきたと思うとほとんど叫ぶようにして言った。「ハーヴァードに合格したぞ。きみはどうだった? ウールソン賞を獲得したか?」しかし、顔に書いてある答えを見て取って謝った。「悪かった。考え足らずもいいところだ」そして、涙ぐみながらフロレンティナを抱擁した。通りかかった下級生が、それを見てくすくす笑った。

エドワードに送ってもらって帰宅したが、ディナーのときはフロレンティナはもちろん、母もミス・トレッドゴールドも押し黙ったままだった。

二週間後の保護者参観日にミス・アレンから学校の古典賞を授与されたが、それは慰めにしかならなかった。母とミス・トレッドゴールドは儀礼上拍手をしてくれたが、父には特に祝うこともないからわざわざこなくていいと伝えてあった。

授与式のあと、ミス・アレンが演台を叩いて注目を求めてから話しはじめた。「みなさんもご承知のとおり、わたくしは本校に奉職して以来」はっきりとした、よく通る声だった。「本校の生徒にラドクリフのジェイムズ・アダムズ・ウールソン賞奨学金を獲得してもらいたいと願いつづけていました」フロレンティナはうなだれて足元の木の床を見つめた。「そして、ついに今年」ミス・アレンはつづけた。「この二十五年で最も優秀な奨学生を生み出し、わたくしの年来の夢が叶ったと確信するに至りました。二週間前、わたくしはラドクリフ女子大学に電話をし、わたくしたちの受験生は奨学金を獲得できなかったことを知ったのです。ところが、そうであるにもかかわらず、ここで読み上げる価値のある電報が、今日、届きました」

フロレンティナは父が間違って恥ずかしいお祝いのメッセージを送ってきたのでないことを願いながら坐り直した。

ミス・アレンが老眼鏡をかけた。「〝フロレンティナ・ロスノフスキの名前が一般奨学生の名簿になかったのは、彼女がジェイムズ・アダムズ・ウールソン賞奨学金を獲得したからであることを、改めて喜びとともにお知らせする次第です。受諾する旨の返電をお待ちします〟」

生徒も保護者も一斉に立ち上がって拍手喝采し、講堂全体が沸き立った。ミス・アレンが手でそれを制し、静粛を求めてからつづけた。「わたくしも二十五年前なら、ウールソン賞の発表が一般奨学生のそれよりも遅れて、別個に行なわれる決まりであることを憶えていたはずです。わたくしが年を取った証左に違いありません」小波のような控えめで小さな笑いが収まるのを待って、ミス・アレンはさらにつづけた。「今日、ここにいるわたくしたちは、フロレンティナが本校の名声を高からしめるに違いない形で、大学と国に奉仕してくれることを信じるものであります。いま、わたくしに残されている願いは一つしかありません。それは、その日がくるのをこの目で見るまで長生きすることであります」

フロレンティナは立ち上がって母のほうを見た。ザフィアの頬を大粒の涙が流れ落ちていた。

そのレディはザフィアの隣りで背筋を伸ばして坐り、膝の上で両手を握り締めて正面を見つめていた。そのレディが内心で拍手喝采していることに気づいた者はだれもいないはずだった。

いま、フロレンティナの周囲には多くの幸せと多くの悲しみがあったが、ミス・トレッドゴールドとの別れに匹敵するものは一つとしてなかった。シカゴからニューヨークまでは列車の旅だったが、その車内で、フロレンティナは愛と感謝を表わそうと、一通の封筒を恩師に差し出した。

「これは何かしら、お嬢さん?」ミス・トレッドゴールドが訊いた。

「わたしたちがこの四年で得たバロン・グループの株よ。四千株あるわ」

「でも、これにはあなたの分も含まれているでしょう、マイ・ディア」

「いいえ、それはいいの」フロレンティナは言った。「いまのわたしにはウールソン賞奨学金があるんだもの」

ミス・トレッドゴールドが沈黙した。

一時間後、ミス・トレッドゴールドはニューヨークのハドソン川の埠頭で自分が乗る船を待っていた。教え子を大人の世界に送り出すときがついにきたのだった。

「ときどきあなたのことを考えて、マイ・ディア」彼女は言った。「運命についての父の言葉が正しかったことを祈るわ」

フロレンティナは恩師の両頰にキスをし、タラップを上っていく後ろ姿を見送った。ミス・トレッドゴールドは甲板にたどり着くと向き直って手袋をした手を一度だけ振り、そのあとでポーターを呼んだ。そして、荷物を引き受けたポーターを従え、一度もフロレンティナを振り返ることなく、厳しい顔で自分の船室へ向かった。フロレンティナは身動ぎもせずに埠頭にたたずみ、恩師がよしとしないとわかっていたから懸命に涙をこらえていた。

ミス・トレッドゴールドは船室に入るとポーターに五十セントのチップを渡し、ドアに鍵をかけた。

ウィニフレッド・トレッドゴールドは寝台の端に腰を下ろすや、身も世もなく泣き崩れた。

13

　女子ラテン語学校の初日以来、何についてもこんなに心細く感じたことはなかった。父親と巡った夏休みのヨーロッパ旅行から帰ってみると、ラドクリフ女子大学からの分厚いマニラ封筒が待っていた。いつ、どこへ出頭すべきか、服装はどうあるべきかといった細かい指示、講座一覧、ラドクリフの規則を網羅した〈レッドブック〉などが入っていた。フロレンティナはベッドに坐って一ページずつ丹念に目を通し、情報を頭に入れていった。そしてたどり着いた規則一一aにはこう記されていた――〝男子を部屋に入れるのが許されるのは午後三時から午後五時までに限られるが、その間、お茶を楽しむときもドアを終始薄く開けたままにし、四本の足がすべて、常に床についていなくてはならない〟。フロレンティナは思わず笑ってしまった。これだったら、初めて男性と愛し合うときも、立ったままで、ドアを開けっぱなしにして、お茶のカップを持っていなくちゃならないじゃないの。

　シカゴを去る日が近づくにつれて、自分がいかにミス・トレッドゴールドに頼っていたかがわかりはじめた。荷物は大きなスーツケース三つになったが、そこにはヨーロッパ旅行で買った新しい服が全部含まれていた。最新の〈シャネル〉のスーツに身を包んでいかにも上品に見せた母が、車で駅まで送ってくれた。列車に乗ったとたんに気がついたのだが、どこへ行くのであれ、どのぐらいの期間であれ、着いた先に知っているだれかがいない旅はこれが初めてだった。

　ボストンに着いてみると、九月のニューイングランドは緑と黄色のコントラストが美しかった。学生をキャンパスへ運ぶべく、古くてくたびれたスクールバスが待っていた。そのバスでチャールズ川を渡りながらリアウィンドウ越しに見ると、太陽が州議会議事堂の丸屋根をきらめかせていた。川面のところどころにはヨットが数隻散らばり、曳舟道を自転車で伴走する年配の男が、懸命にオールを引く八人の学生に向かってメガフォンで指示を怒鳴っていた。バスがラドクリフ女子大学で停まると、大学の式服式帽姿の中年女性が新入生をロングフェロウ・ホールへ連れていった。フロレンティナがウールソン奨学金の試験を受けた講堂だった。そこで説明を受けて、これから一年のあいだ生活するホールを教えられ、部屋を割り当てられた。フロレンティナはホイットマン・ホールの七号室に決まった。一人の二年生がホイットマン・ホールまで荷物を運ぶのを手伝ってくれたが、荷ほどきには手を貸してくれなかった。

　部屋は昨日ペンキ屋が引っ越していったばかりのような匂いがした。明らかに三人相部屋だった。ドアの内側に貼ってあるチェックリストによれば、ベッド、衣装箪笥（だんす）、机、その机用の椅子、デスクランプ、枕、掛布団、毛布が、それぞれ三人分あることになっていた。ルームメイトの姿がなかったので、窓際のベッドを選んで荷ほどきを始めた。三つ目のスーツケースを開けようとしたとき、勢いよくドアが開いて、大型旅行鞄（ヴァリース）が部屋の真ん中にどすんと音を立てて置かれた。

「どうも」と、ラドクリフの新入生というより霧笛のようにフロレンティナには聞こえる声が言った。「わたし、ベラ・ヘラマン。出身はサンフランシスコよ」

　ベラが握手の手を差し出し、フロレンティナはそれに応えたが、すぐに後悔することになった。身長は六フィート、体重は優に二百ポンドを超えているに違いない巨人を笑顔で見上げることになったのだった。楽器に例えるなら、体形はコントラバス、声はチューバというところか。ベラが部屋の値踏みを始めた。

「予想はしていたけど、やっぱりわたしに合うサイズのベッドはないわね」というのが次に発せられた言葉だった。「あんたは男子のカレッジに入学申請すべきだったって、校長に言われたんだけどね」

　フロレンティナは笑いを爆発させた。

「そんなに大きな声で笑えるのもいまのうちよ。だって、わたしのせいで一晩じゅう眠れないんだから。わたしって寝相が悪いの。まるで船に揺られているんじゃないかと周りの人が思うぐらいの寝返りを打つんだって」そう警告したあと、ベラがフロレンティナのベッドの上の窓を開けてボストンの冷たい空気を入れた。「ここのディナーは何時なのかしらね？　カリフォルニアを発ってから、ちゃんとした食事をしてないのよ」

「知らないけど、そういうことは全部これに書いてあるわ」フロレンティナはベッドサイドに置いた自分のレッドブックを手に取り、ページをめくって〈食事時間〉の項目を見つけた。〝ディナー：六時半から七時半〟となっていた。

「だったら、六時半ぴったりに」ベラが言った。「食堂の入口でスターターの合図を待つことにするわ。一番乗りをしないとね。ところで、体育館の場所を知ってる？」

「正直に言うけど、それも知らないの」フロレンティナはにやりと笑って答えた。「わたしにとっては、初日の優先順位が高くなかったから」

ドアにノックがあり、ベラが叫ぶようにして応えた。「どうぞ！」あとでわかったのだが、叫んだのではなく、彼女が話すときの普通の声の大きさに過ぎなかった。入ってきたのは金髪をきちんと整え、おとなしめのダークブルーのスーツを着た、マイセンの磁器のような娘だった。微笑んだ口元から覗く歯は小粒で並びもよかった。ベラがまるでディナーが早めに届いたかのように嬉しそうに笑みを返した。

「わたし、ウェンディ・ブリンクロー」彼女が名乗った。かすかに南部の訛りがあった。

「あなたたちと同室だと思うんだけど」ベラとは握手しないほうがいいと注意しようとし

たが間に合わず、フロレンティナは痛みに歪むウェンディの顔を見ているしかなかった。

「あなたのベッドはそれよ」ベラが空いている最後の一つを指さした。「もしかして体育館がどこにあるか知らない？」

「ラドクリフになぜ体育館が必要なの？」ウェンディがスーツケースを運ぶ手伝いをしてくれているベラに訊いた。ベラとウェンディが荷ほどきを始め、フロレンティナは自分が持ってきた本の整理に取りかかる振りをしたが、あまりあからさまにならないようにしながらも、ベラのスーツケースから何が出てくるかが気になってならなかった。まず姿を現わしたのはゴールキーパー用のプロテクター、胸当て、スパイクシューズが二足、次いでフェイスマスク——フロレンティナはそれをかぶってみた——、最後にホッケー用のグラヴ。さらに、ホッケー・スティックが二本、さっき部屋に放り込まれたヴァリースに括りつけてあった。ウェンディがきちんと畳んで小さく重ねた衣類をすべて衣装簞笥にしまい終えても、ベラはホッケー・スティックの置き場所を決められず、結局ベッドの下に放り込んで終わりにした。

　荷ほどきが終わると、三人揃って食堂へ向かった。カフェテリアに一番乗りを果たしたベラは、こぼさないように両手で支えてバランスをとらなくてはならないほど大量の肉と野菜を皿に盛り上げた。フロレンティナは普通だと思う量を取り、ウェンディは辛うじて二口分のサラダを皿に載せただけだった。昔話の『三匹のくま』に例えるなら、さしずめウェンディは金髪娘(ゴルディロックス)で、ベラとわたしは熊ってところかしら、とフロレンティナは感じはじめていた。

ベラが断言したとおり、その晩、ウェンディとフロレンティナは一睡もできなかった。二人が何とか八時間途切れることなく眠れるようになるには数週間が必要だった。フロレンティナは後年気がついたのだが、混雑する空港のラウンジであろうとどこであろうと眠れるのは、ラドクリフでの最初の一年をベラと同じ部屋で暮らしたからにほかならなかった。

ベラはラドクリフの代表チームで正ゴールキーパーを務めた最初の一年生で、だれであれ勇を振るって攻めかかる者全員を恐怖に陥れ、彼女に打ち勝った者とは必ず握手をして、幸福な一年を過ごした。ウェンディはキャンパスにやってきた男どもに常に追い回され、少なくない回数、捕まることになった。そして、講義ノートより『キンゼー報告』を読む時間のほうが多かった。

「ねえ」ウェンディが皿のように目を丸くして言った。「あれは立派な教授が書いた真面目な学術書なのよ」

「百万部以上売れた学術書なんて前代未聞ね」ベラが言い、ホッケー・スティックを持って出ていった。

ウェンディが部屋の一つしかない鏡の前に坐って口紅の具合を確認しはじめた。

「今度の相手はだれなの？」フロレンティナは訊いた。

「特にだれってわけじゃないけど」ウェンディが答えた。「ダートマス大学のテニス・チームがハーヴァードと試合をしに来てるの。午後を楽しく過ごすのにこれ以上の機会はないんじゃないかしら。あなたも一緒にどう？」

「わたしはやめておくけど、あなたが男子学生を魅了する秘訣は知りたいわね」フロレンティナは鏡のなかの自分を値踏みするように見ながら言った。「エドワードを最後に、男子から誘いの声がかかった記憶がないのよね」

「その答えなら簡単よ。あなたには男子学生を寄せつけないところがあるんじゃないかしら」

「寄せつけないって、どんなふうに？」フロレンティナはウェンディに向き直った。

　ウェンディが口紅を置いて櫛を手に取りながら答えた。「あなたはあまりにも頭がいいのよ。たいていの男が太刀打ちできないくらいにね。しかも、一見してそうとわかるの。彼らはあなたを恐れていて、でも、それを認めるのは自尊心が許さないってわけ」

　フロレンティナは笑ってしまった。

「真面目に言ってるのよ。あなたの敬愛するミス・トレッドゴールドに近づく勇気のある男がどのぐらいいたと思う？　まして、言い寄るなんて論外だったんじゃないの？」

「だったら、わたしはどうすればいいの？　教えてよ」フロレンティナは言った。

「あなたは充分美人だし、服装のセンスも飛び抜けているんだから、頭がいいことを隠して、男どもの自尊心を満たしてやるだけでいいんじゃないかしら？　そうすれば、あなたを気にかけてやらなくちゃならないと思いはじめるわよ。それで失敗したことは、わたしにはないわね」

「でも、一緒にハンバーガーを一回食べただけなのにベッドに一緒に入る権利ができたって考えさせないようにするにはどうすればいいの？」

「そうね、わたしの場合、普通はハンバーガーを三回か四回一緒に食べてからでないと何もさせてやらないわ。それに、滅多にうんとは言わないしね」

「それはとてもいいんだけど、最初のときはどうしたの？」

「どうだったかしら」ウェンディが言った。「そんな昔のこと、憶えてないわ」

　フロレンティナはまた笑った。

「わたしと一緒にくれれば幸運に出くわすかもよ。だって、ダートマスの学生五人に加えて、ハーヴァードの学生が六人いるんだもの」

「駄目よ、行けないわ」フロレンティナは残念に思いながら言った。「六時までにオイディプスに関する小論文を仕上げなくちゃならないの」

「みんなが知ってることだけど、その彼はどうなった？」ウェンディがにやりと笑って言った。

興味の対象はそれぞれに異なるものの、三人は離れがたい親友になった。フロレンティナとウェンディは毎週土曜の午後、必ずベラの応援に行った。ウェンディなどサイドラインに立って「ぶっ潰せ！」と叫ぶことまで――もっとも、あまり迫力はなかったが――覚えるほどだった。何にしても慌ただしい一年で、フロレンティナはラドクリフのこと、ベラのこと、そして、ウェンディのことを語りに語って父親を堪能させ、自分もそれを楽しんだ。

勉強も疎かにしなかったが、それは入学してすぐに指導教官のミス・ローズにこう指摘されたからだった――ウールソン奨学金は一年ごとに更新される決まりで、更新されなければお互いの名誉に傷がつくことになる、と。学年末、フロレンティナの成績は満足できるという以上のものであり、学業だけでなく、討論研修会に加わったり、ラドクリフ民主党クラブの一年生代表を務めたりもした。しかし、自分のなかでの最大の成果は、フレッシュポンド・ゴルフコースで七打差をつけてベラに完勝したことだった。

「あなたのミス・トレッドゴールドはよほどゴルフがうまかったに違いないわね」というのが、そのことについてのベラの唯一のコメントだった。

一九五二年の夏休み、フロレンティナは二週間しかニューヨークで父と一緒に過ごさなかった。シカゴで開かれる民主党大会の案内係に応募したからである。

　そして、イリノイ州の母親のところへ帰るやふたたび政治の世界に飛び込んだ。共和党も二週間前にシカゴで党大会を開いていて、ドワイト・D・アイゼンハワーとリチャード・ニクソンを自分たちの正副大統領候補に選出していた。テディ・ローズヴェルト以来最大の国民的英雄であるアイゼンハワーに太刀打ちできる候補者を民主党がどうやって見つけ出すのか、フロレンティナにはわからなかった。〈アイ・ライク・アイク〉の小旗が町のいたるところに翻っていた。

　七月二十一日の民主党大会の初日、フロレンティナは重要人物を演壇の彼らの席へ案内する仕事を与えられた。そしてその四日間で、二つの価値あることを学んだ。一つ目は縁故が大事だということ、二つ目は政治家は虚栄心が強いということである。四日のあいだに二度、上院議員を間違った席へ案内したことがあったのだが、二人とも、電気椅子に坐らされてもここまでではないだろうというほどの大騒ぎをしてみせてくれた。その週で一番気持ちが高揚したのは、マサチューセッツ選出のハンサムで若い下院議員に大学はどこかと訊かれたときだった。

「私がハーヴァードにいたときは」彼は言った。「長すぎるぐらい長い時間をラドクリフで過ごしたものだ。いまはまるっきり逆だそうだがね」

　フロレンティナは彼が憶えていてくれそうな気の利いた面白い言葉を返したかったが結局思いつくことができず、ジョン・ケネディと再会したのは何年も経ってからだった。

党大会のクライマックスは代議員がアドレイ・スティーヴンソンを民主党の看板候補に選出したときに訪れた。フロレンティナはイリノイ州知事時代の彼を崇敬していたが、こういう学究肌の人物が選挙でアイゼンハワーを打ち負かすのは無理だろうとしか思えなかった。歓声と拍手と一九二二年のローズヴェルトのキャンペーン・ソング「ハッピー・デイズ・アー・ヒア・アゲイン」の歌声にもかかわらず、そこいる全員が自分たちの勝利を信じているわけでないことは明らかなようだった。

党大会が終わるとフロレンティナはすぐにヘンリー・オズボーンの選挙本部へ戻り、彼が下院の議席を守る手助けに取りかかった。今回の役目は電話での問い合わせへの対応責任者だったが、その仕事は充実しているとは言いがたかった。フロレンティナもしばらく前から知っていることだったが、肝心の議員本人が、有権者は言うまでもなく運動員からも尊敬されなくなっていたからである。大酒飲みだという評判と二度の離婚は、この選挙区の中流の有権者がよしとするところではなかった。

有権者の信頼に対してこの議員がすべてにおいてあまりにいい加減で表面的すぎることにフロレンティナは気づき、自分たちの選んだ代表に国民が信を置いていない理由がわかりはじめた。ただでさえ危うくなっている信頼にさらに一撃を加えたのが、アイゼンハワーの副大統領候補であるリチャード・ニクソンが、九月二十三日に国民に向かってした言い訳だった。一万八千ドルの買収資金について、富裕層のグループが〝共産主義者を炙(あぶ)り出す〟ために自分に提供してくれた〝必要な政治的支出〟であると言い逃れようとしたのである。

選挙当日、フロレンティナも同僚の運動員も、自分たちの大統領候補や自分たちの下院議員候補の首尾にあまり関心がなく、彼らの気持ちは一般有権者の投票にも反映していた。アイゼンハワーはアメリカ史上最大の票を得て、三千三百九十三万六千二百三十四票対二千七百三十一万四千九百九十二票という大差で圧勝したのだった。この地滑り的な共和党の勝利の犠牲者には、議席を失ったオズボーン下院議員も含まれていた。

政治に幻滅したフロレンティナはラドクリフへ戻って第二学年を開始し、全精力を勉学に注いだ。ベラは名誉なことに二年生として初めてホッケー・チームのキャプテンに選ばれた。ウェンディはロジャーというダートマス大学のテニス部員と恋に落ちたと宣言し、服装についてのアドヴァイスをフロレンティナに求める一方で、〈ヴォーグ〉で花嫁衣装の研究を始めていた。三人ともいまやホイットマン・ホールの一人部屋に移っていたが、いまも頻繁に顔を合わせていた。フロレンティナは雨が降ろうと雪が降ろうと――どちらもケンブリッジ名物だった――一度も欠かすことなくホッケーの試合の応援に行き、ウェンディはときどき男子学生を紹介してくれたが、三度であれ四度であれステーキを奢らせる価値のある相手は一人としていないように思われた。

春学期の半ば、フロレンティナが部屋に帰ってみると、ウェンディが床に坐り込んで泣いていた。

「どうしたの？」フロレンティナは訊いた。「中間試験がうまくいかなかったとか？」

「そんなんじゃないわ、もっとずっと悪いことよ」

「試験に失敗する以上に悪いことって何？」

「妊娠よ」

「何ですって？」フロレンティナは思わず訊き返し、膝を突いてウェンディの肩を抱いた。

「ほんとに間違いないの？」

「生理が二か月きてないの」

「でも、それだけじゃ断定できないでしょう。それに、最悪が現実になったとしても、ロジャーはあなたと結婚しようとするに決まってるわ」

「父親は彼じゃないかもしれないの」

「何てこと」フロレンティナはまたもや声を上げた。「だったら、だれなの？」

「きっとボブだと思う。プリンストン大学のフットボール部員よ。あなたも会ってるわ、憶えてる？」

憶えていなかった。親友三人はその夜遅くまで相談した。ベラはフロレンティナがあり得ないと思ったほどの優しさと理解を示した。結局、来月も生理がなかったら大学の婦人科医、ドクター・マクラウドに診てもらうしかないだろうということになった。

翌月も生理は訪れず、ウェンディはベラとフロレンティナに、ブラトル・ストリートのドクター・マクラウドのクリニックについてきてくれと頼んだ。ドクター・マクラウドはその日の夜のうちにウェンディの妊娠を学生部長に知らせたが、学生部長の決定に驚いた者はいなかった。翌日、ウェンディの父親がやってきて、娘を思いやっていろいろしてくれたことをベラとフロレンティナに感謝し、二人でナッシュヴィルへ帰っていった。

すべてがあまりに突然で、もうウェンディに会えないという事実を、ベラもフロレンティナも受け容れられなかった。フロレンティナは無力感を覚え、もっとしてやれることがあったのではないかと自問した。

第二学年の終わり、フロレンティナは待望の〈全米成績優秀大学生友愛会（ファイ・ベータ・カッパ）〉入会資格を獲得できると信じはじめた。大学の政治への関心は急速に失われつつあった。マッカーシーとニクソンの組み合わせが魅力的であるはずはなく、夏休みの終わりにはもっと幻滅するような小事件が起こった。

フロレンティナは父親の仕事を手伝うためにニューヨークへ戻っていた。ジェシー・コヴァッツ事件以来、そうすることで多くを学んでいた。事実、父は店長が休暇を取っているときのバロン・ショップを喜んで娘に任せるようになっていた。

ある日の昼休み、フロレンティナは同時にホテルのロビーを通り抜けようとする洒落た服装の中年男性と目を合わせまいとした。が、彼のほうが気づいて叫ぶように声をかけてきた。「やあ、フロレンティナ！」

「こんにちは、ヘンリー」フロレンティナは仕方なく返事をした。

彼は身を乗り出すと両腕でしっかりフロレンティナを捕まえ、頬にキスをした。

「今夜のきみは運がいいぞ」彼が言った。

「どうしてですか？」フロレンティナは訊いた。本当にわからなかった。

「実はデートをすっぽかされてね、きみに彼女の代わりをするチャンスを与えようと思っているんだよ」

〝失せろ〟と言ってやりたかったが、ヘンリー・オズボーンはバロン・グループの重役だったからそうもいかず、何とか言い逃れようとしているところへ畳みかけられた。『カンカン』のチケットが二枚あるんだ」

ニューヨークへきてからずっと、ブロードウェイのこの最新ヒット・ミュージカルの席を手に入れようとしていたが、チケットは八週間先まで売り切れていると教えられ、そのころにはラドクリフへ戻ってしまっているはずだった。フロレンティナは束の間迷ったあとで言った。「ありがとうございます、ヘンリー」

〈サーディーズ〉で待ち合わせ、そこで一杯飲んでから、シューバート・シアターへ歩いていった。ショウはフロレンティナの期待を裏切らず、ヘンリーの夕食の誘いを断わるのも野暮だろうと結論した。〈レインボウルーム〉へ行ったのだが、面倒はそこで始まった。ヘンリーは最初の料理が出てくる前にスコッチをダブルで三杯飲み、フロレンティナの膝に手を置いた。そういう男性は初めてではなかったが、父の友人では初めてだった。食事が終わるころにはひどく酔っぱらって呂律が怪しくなっていた。

〈ニューヨーク・バロン〉へ戻るタクシーのなかでは、葉巻をもみ消してフロレンティナにキスをしようとした。フロレンティナは酔っぱらいのあしらい方を知らなかったし、彼らがどんなにしつこいかもそのときまで知らなかった。ホテルに着いても部屋まで送っていくと言って譲らず、公衆の面前で騒ぎ立てて父の耳に入るのが怖かったから、拒絶するわけもいかないような気がした。専用エレベーターに乗り込むやオズボーンはまたキスをしようとし、四十二階のこぢんまりした部屋に着いてフロレンティナがドアを開けたとたんに無理矢理押し入ってきた。そしてその足でミニバーへ行き、グラスにたっぷりスコッチを注いだ。父はフランスに行っていたし、ジョージはとうの昔に帰宅しているはずだった。残念なことに、このあとどうすればいいか、よくわからなかった。

「そろそろ帰ったほうがいいんじゃないですか、ヘンリー？」

「何だって？」オズボーンがもつれる舌で訊き返した。「お愉しみはこれからだってのにか？」そして、千鳥足で近づいてきた。「町で一番人気のあるショウに連れていってもらい、最高級の食事をご馳走になったら、女の子たるもの感謝の気持ちぐらいは表わすべきだろう」

「感謝しています、ヘンリー。でも、疲れたのでベッドに入りたいんです」

「それこそまさに私が思っていることだ」

オズボーンが覆いかぶさるようにしてのしかかり、両手が背中を這いまわって尻まできたとき、フロレンティナは本当に吐きそうになった。

「ヘンリー、本当に帰ったほうがいいですよ、あとで後悔するようなことをしでかす前に」フロレンティナは言ったが、われながらいささか滑稽に聞こえた。

「私は何であれ後悔しないんだ」オズボーンがフロレンティナのドレスの背中のジッパーを下ろそうとしながら言った。「きみにも後悔はさせないよ」

フロレンティナは彼を押しのけようとしたが到底無理だとわかって両腕の横を殴りはじめた。

「あんまり気をもたせるなよ、マイ・ディア」オズボーンが息を切らしながら言った。「きみだって本当はその気なんだろ、わかってるんだ。若い連中の知らないことを、一つか二つ、私が教えてやるよ」

フロレンティナはとうとう膝が持ちこたえられなくなり、オズボーンが上になった状態でともども絨毯に倒れ込んだ。テーブルの上の電話が弾みで床に落ちた。

「それでいいんだ」オズボーンが言った。「まあ、多少は気が強いのも悪くないがね」

オズボーンがフロレンティナを押さえ込み、彼女の両手を片手で絡め取って頭の上で押さえつけると、もう一方の手で腿を撫で上げた。フロレンティナは渾身の力で片方の腕を自由にし、オズボーンの横面に平手打ちを見舞った。しかし、押さえつける力がさらに強くなり、腰の上までドレスがめくり上げられることになっただけだった。布地が裂ける音がし、オズボーンが酔っぱらい特有の濁った声で笑った。

「そもそも……最初から自分で脱いでいたら……こんな手間はかけずにすんだ……」オズボーンが息を切らしてとぎれとぎれに言いながら、ドレスの裂け目を広げようとした。

なす術もなく後ろを見ると、テーブルから落ちた電話の隣りに頑丈なクリスタルの花瓶が数本の薔薇を挿したまま転がっていた。フロレンティナは自由なほうの手でオズボーンを引き寄せ、顔と首に熱烈にキスをした。

「そうこなくっちゃ」オズボーンが言い、フロレンティナのもう一方の腕も自由にした。

フロレンティナはそろそろと手を伸ばしてしっかり花瓶を握り締めると、いきなり身体を離し、オズボーンの後頭部に花瓶を叩きつけた。そして、頭から前のめりに倒れてくるオズボーンを力を振り絞って押しのけた。頭から流れ出る血を見て真っ先に思い浮かんだのは、殺してしまったということだった。そのとき、ドアが強くノックされた。

フロレンティナはその音に驚いて立ち上がろうとしたが、両膝に力が入らなかった。ドアがもう一度、さらに強くノックされたが、今回はだれのものでもないあの声が一緒だった。フロレンティナがよろめきながら歩いていってドアを開けると、そこにベラが立っていた。

「どうしたの、ひどい格好じゃないの？」

「気分もひどいわ」フロレンティナは無惨なありさまになった〈バレンシアガ〉のイヴニングドレスを見下ろした。

「だれにこんなひどい目にあわされたの？」

　フロレンティナは一歩後ろへ下がり、ぴくりとも動かないヘンリー・オズボーンを指さした。

「あなたの電話が通じなかった理由がいまわかったわ」ベラが俯せに倒れているオズボーンのほうへ歩きながら言った。「この男、こんなものじゃ全然足りないわね」

「まだ生きてるの？」フロレンティナは力なく訊いた。

　ベラが膝を突いて脈を確かめた。「残念ながら、答えはイエスよ。一箇所、皮膚が裂けているだけよ。わたしが殴ったんなら生きてはいなかったでしょうけどね。明日の朝、何かろくでもないことをしでかしたとみんなに教えてくれるのは、せいぜいが頭にできた大きな瘤（こぶ）ぐらいよ。そんなの、こんな男の報いとして不充分だわ。窓から投げ捨ててやろうかしら」ベラが言い、じゃがいもの袋か何かのようにオズボーンを肩に担ぎ上げた。

「やめてよ、ベラ。ここは四十二階よ」

「四十二階だろうと四十二分の一階だろうと、気がつきゃしないわよ」ベラが窓のほうへ歩き出した。

「駄目よ、やめて」フロレンティナは制止した。

ベラがにやりと笑って振り向いた。「今度だけは心の広いところを見せて、貨物エレベーターに放り込むだけで勘弁してやることにするわ。ホテル側が適当に対処するでしょう」そして、無抵抗のフロレンティナを尻目に、ヘンリー・オズボーンを担いだまま部屋を出ていき、しばらくしてヴァッサー大学のホッケー・チームのペナルティ・ショットを防いだときのような会心の笑みを浮かべて戻ってきた。

「地下階送りにしてやったわ」ベラが満足げに言った。

フロレンティナは床に坐って〈レミ・マルタン〉を飲みはじめた。

「わたし、男の人にロマンティックに口説かれることってあるのかしら?」彼女はベラに訊いた。

「そういう問題なら、訊く相手を間違ってるわね。わたしに触ろうとした男すら一人もいないのよ。ロマンティックに口説かれるなんて論外よ」

フロレンティナは笑いながらベラの腕のなかに倒れ込んだ。「あなた、ほんとにいい時にきてくれたわ。でも、分不相応だとは言わないけど、どうしてこのホテルにいるの?」

「実利一辺倒でそれ以外に興味のない可愛らしいお嬢さんはお忘れのようだけど、わたしが今夜このホテルにいるのは、明日、デヴィルズ対エンジェルスのホッケーの試合に出場するからよ」

「でも、どっちも男子チームじゃない」

「それは彼らがそう思っているだけよ。いいから、最後まで話を聞いて。フロントでチェックインしようとしたら、わたしの名前では予約を受けていないし、今日は満室だって断わられたの。それで、あなたに電話して文句を言ってやろうとしたんだけど、通じないから仕方なくここまで足を運んだってわけ。枕を貸してちょうだい、浴槽でもどこででも寝るから」

　フロレンティナは顔を覆った。

「どうして泣いてるのよ？」

「泣いてるんじゃなくて、笑ってるの。ベラ、今夜のあなたにはキングサイズのベッドがふさわしいし、わたしならそれを手に入れられると思う」フロレンティナは床に転がっている電話の受話器をいったん架台に戻し、もう一度それを上げた。

「ご用件を承ります、ミス・ロスノフスキ」

「今夜、プレジデンシャル・スイートは空いているかしら？」

「はい、空いております、ミス・ロスノフスキ」

「では、ミス・ベラ・ヘラマンをそこへご案内して、請求はわたしにしてちょうだい。すぐにミス・ヘラマンにあなたのところへ行ってもらいます」

「承知しました、ミス・ロスノフスキ。ミス・ヘラマンをお見分けする方法を教えていただけますか?」

翌朝、ヘンリー・オズボーンがフロレンティナに電話をかけてきて、昨夜のことはお父さんに黙っていてくれと懇願した。まったく酒の上の過ちで、そうでなければ起こり得なかったことだと弁解し、重役を外される余裕はないのだと哀れっぽく付け加えた。フロレンティナは絨毯に残っている血の染みを見つめ、怪我をさせたことを思い出して渋々同意した。

14

パリから戻ったアベルは、重役の一人が貨物用エレベーターのなかで泥酔状態で発見され、頭を十七針縫うはめになったと知って仰天した。

「きっとヘンリーのことだから、躓いて貨物用エレベーター（ダム・ウェイター）に倒れ込んだんだとでも言い張っているんだろうな」アベルは感想を口にしながら机の引き出しの鍵を開け、何も印のついていないファイルを取り出して新たなメモをそこに付け加えた。

「どっちかと言えば、馬鹿な金髪（ダム・ブロンド）だろう」ジョージが笑った。

　アベルはうなずいた。

「ヘンリーのことだが、どうにかするか？」ジョージが訊いた。

「いや、いまのところは何もしない。ワシントンとつながりを持っているあいだはまだ役に立つ。いずれにせよ、ロンドンとパリにホテルを建てる問題から目が離せないし、アムステルダム、ジュネーヴ、カンヌ、エディンバラの用地獲得の検討を重役会が期待していることもわかっている。それに何より、扶養手当を増額しなかったら法的手段に訴えるとザフィアが脅してきているんだ」

「ヘンリーに年金をくれてやって、辞めてもらうのが一番簡単な道かもしれんぞ」

「いや、まだ駄目だ」アベルは言った。「まだ、やってもらわなくちゃならんことがある」

それが何なのか、ジョージには見当がつかなかった。

「こてんぱんにやっつけてやるわよ」ベラが言った。ハーヴァード大学のアイス・ホッケー・チームにフィールド・ホッケーの試合を申し込むというベラの決断に驚いた者はだれもいなかったが、当のハーヴァード大学アイス・ホッケー・チームだけは別で、その招待を丁重に、一切の論評を加えることなく辞退した。それに対してベラは即座に対応し、〈ハーヴァード・クリムゾン〉に半ページ広告を出した。

〝ハーヴァード男子運動部、ラドクリフ女子運動部の挑戦に怖気づく〟

〈クリムゾン〉編集長は進取の気性の持ち主で、掲載される前にその広告を見てベラへのインタヴューを思いついた。というわけで、ベラもまた、その日の第一面に登場することになった。マスクとプロテクターを着けてスティックをかざした写真には、こういうキャプションがつけられていた。〝マスクを外した彼女のほうがもっと恐ろしい〟。ベラは写真もキャプションも気に入ったが、その度合いは後者のほうが勝っていた。

それから一週間としないうちに、三軍を送り込みたいという申し出がハーヴァードから届いた。ベラはそれを拒否し、代表戦（ヴァーシティ・マッチ）しか受け容れないと返した。その結果、妥協が成立し、ハーヴァードは一軍が四人、二軍が四人、三軍が三人というチーム編成になった。日取りが決まり、必要な準備がなされた。この挑戦はラドクリフの学生の愛校心をいたく刺激し、ベラはキャンパスの崇拝の対象になりはじめた。

「崇拝の対象以上よね」というのがフロレンティナの見方だった。

　勝利を得ようとするベラの戦術は、後の〈ハーヴァード・クリムゾン〉の形容を借りるなら〝徹頭徹尾狡知（こうち）に長（た）けて〟いた。バスで到着したハーヴァード・チームは、ホッケー・スティックを肩に担いだ十一人のアマゾネスの出迎えを受けた。鍛え上げた肉体を持つ若者たちはすぐに昼食会場に連れていかれた。ハーヴァード・チームは試合前は一滴のアルコールも口にしないことになっていたが、ラドクリフの女性軍が一人の例外もなくビールを注文するので、儀礼上やむを得ないと感じ、普段の決まりを破って付き合うことにした。大半が昼食前に缶ビールを三本空け、食事のあいだじゅう供された素晴らしいワインを楽しんだ。ラドクリフの気前の良さを不審に思ったとしてもそれを口にする者はいなかったし、大学の規則に違反しているのではないかと訊く者もいなかった。昼食は両軍二十二名が双方の幸運を祈っての乾杯で締めくくられた。

　ハーヴァード・チームの十一人が案内されたロッカールームでは、さらなるシャンパンのマグナム・ボトルが待っていた。十一人の幸福なレディは彼らに着替えをさせるために出ていった。主将を先頭にフィールドに現われたハーヴァード・チームを迎えたのは、五百人の観客と、いま初めて見る十一人の大女だった。さっきまで一緒に昼食を楽しんでいた十一人のレディは、ほとんど目を開けていられない様子で観客席にいた。ハーヴァード・チームはハーフタイムの時点で3－0とリードを許し、最終的には7－0で敗北したのだが、そのスコアでさえ幸運と言うべきだった。〈ハーヴァード・クリムゾン〉がベラを〝詐欺師〟呼ばわりしたのは仕方のないことではあったが、〈ボストン・グローブ〉は〝見事な洞察力を持つ女性〟であると宣言した。

ハーヴァード大学チームの主将はすぐさま、今度は全員一軍の代表チームでのリターン・マッチを申し込んだ。「それこそわたしがそもそも望んだことよ」と、ベラはフロレンティナに言った。そして、ケンブリッジ・コモンの一方の端からもう一方の端へ電報を打った。〝そちらで？　それとも、こちらで？〟ラドクリフ女子大学は応援団を運ぶために何台も車を手配しなくてはならず、試合のあとでダンス・パーティをやるとハーヴァード側が決めたために、運ばなくてはならない人数が膨れ上がることになった。フロレンティナは手に入れたばかりの一九五二年型オールズモービルにベラと三人の選手を乗せ、ホッケー・スティック、レガース、そして、イヴニングドレスを車のトランクに押し込んで川を渡った。到着しても出迎えはなく、フィールドで初めて顔を合わせることになった。今回の観客は三千人、そこにはハーヴァード大学のコナント学長とラドクリフ女子大学のジョーダン学長も含まれていた。

ベラは今回も反則ぎりぎりの戦術を採用し、自分がマークする相手を絶対に自由にさせないこと、ボールに気を取られすぎないことを、自軍の選手に明確に指示していた。ボールではなく無防備な脛をスティックで攻撃しつづけたおかげで、前半はハーヴァードを無得点に抑えることができた。

ラドクリフは後半開始早々にもう少しで得点というところまで行き、それがいつもの試合以上にやる気をもたらしてくれた。そして、最終的に引き分けで終わるかに思われたとき、ベラよりほんの少し身体が小さいだけのハーヴァードのセンター・フォワードが防御を破って突進してきて、いまにもシュートの体勢に入ろうとするかに見えた。ベラはそのフォワードがシューティング・サークルに入るか入らないかの瞬間にゴールを離れて前に飛び出し、突っ込んできた相手をショルダー・チャージで吹っ飛ばした。そのセンター・フォワードはそこで試合の記憶が途切れ、数秒後には担架でフィールドを去るはめになった。審判二人がすぐさまホイッスルを鳴らし、ハーヴァード側にペナルティ・シュートの権利を与えた。試合時間は残り一分だった。身長五フィート九インチの瘦せ型のレフト・ウィングがシューターに決まり、両軍の準備が整うのを待った。シューターは鋭い打球をライト・インナーへ送り、ライト・インナーはそのボールに角度をつけてベラのプロテクターを狙った。一直線に飛んでいったボールがベラの胸に当たって足元に落ちた。ベラが右へはたいたそのボールはふたたび小柄なレフト・ウィングの前に転がっていった。観客の数人が目を覆ったが、今回の相手はしたたかだった。素早くサイドステップを踏んで突進をかわし、ラドクリフの主将を四つん這いに地面に這わせてから、悠々とボールを打ってゴールネットを揺らした。ホイッスルが鳴り、ラドクリフは1－0で敗北した。

フロレンティナはベラが泣くのを見たのは初めてだったが、観客はチームを率いてフィールドを去る彼女に総立ちで拍手を送った。試合には負けたけれども、ベラはその代わりに二つのものを手に入れることになった。女子ホッケーのアメリカ代表の座と、将来の夫である。

フロレンティナは試合後の懇親会でクロード・ラモントを紹介された。きっちりと身体に合ったブルーのブレザーコートとグレイのフランネルのズボン姿の彼は、フィールドにいるときよりもっと小柄に見えた。

「可愛くて素敵でしょ？」ベラが彼の頭を軽く叩いて言った。「見事なゴールだったわよね」フロレンティナはまるで子供のように扱われているのに抗議しないクロードに驚いた。彼はこう言っただけだった。「彼女は第一級の試合をしたと思うよ」

ベラとフロレンティナはラドクリフの部屋に戻ってダンス・パーティのための着替えをした。クロードが二人を案内してくれたが、ベラの言葉を借りるなら、男どもがかつてのルームメイトに群がるさまは、〝さながら家畜市〟だった。全員がフロレンティナとジルバを踊りたがり、クロードは軍隊一つを丸々満足させられるほど大量に料理と飲み物を調達しなくてはならなくなり、ベラはそれを貪りながら、ダンスフロアのトリジェール・シルクの渦のなかで踊る親友を眺めていた。

フロレンティナが部屋の隅で女子学生と話している彼を最初に見たのは、まだ自分が踊っているときだった。身長は六フィートはあるに違いなく、金髪が波打っていて、日焼けした肌が冬休みをケンブリッジで過ごしていないことを明らかにしていた。目が離せずにいると、彼がダンスフロアのほうを見た。目が合った瞬間、フロレンティナは視線をそらし、踊っている相手の言葉に集中しようとした。アメリカはコンピューターの時代に移りつつあり、自分も何とかその波に乗るつもりだというようなことだった。踊り終えるとお喋りなパートナーがベラのところへ送り届けてくれた。気がつくと、さっきの彼が隣りに坐っていた。

「何か食べたかい？」彼が訊いた。

「いいえ、何も」フロレンティナは嘘をついた。

「ぼくのテーブルにこないか？」

「ありがとう」フロレンティナはベラとクロードをそこに残したままにして立ち上がった。

二人はアイス・ホッケーとフィールド・ホッケーを比較し、ウィング同士のパスの利点を議論している最中だった。

最初の数分はどちらも口を開かなかった。彼がビュッフェから二皿分の料理を持ってきてくれて、そのあと、双方が同時に話そうとした。彼はスコット・ロバーツ、ハーヴァード大学で歴史を専攻していた。フロレンティナはスコットについてボストンの新聞の社交欄で読んだことがあった。ロバーツ一族の家業の一つを引き継ぐことになっていて、東海岸で最も人気のある若者の一人だということだった。そうでないほうがフロレンティナはよかったが、名前なんてどうでもいいじゃないのと自分に言い聞かせながら自己紹介をした。彼のほうはロスノフスキという名前を知らないようだった。

「美しい女性に似合いの可愛いらしい名前じゃないか」彼が言った。「もっと早く出会えなかったのが残念だよ」フロレンティナが微笑すると、彼が付け加えた。「実は数週間前にラドクリフ女子大学にいたんだ。7－0で負けた不名誉なホッケー・チームの一人としてね」

「あの試合に出ていたの？　気がつかなかったわ」

「そりゃそうだろうな。試合の大半、気分が悪くてろくに動けないでいたんだから。あんなに飲んだのは生まれて初めてだ。ベラ・ヘラマンは素面（しらふ）で見てもでかいけど、酔っぱらって見ると、まるでシャーマン戦車だぜ」

　フロレンティナは笑い、彼が語るハーヴァードのこと、家族のこと、ボストンの生活のことに楽しく聴き入った。それ以降は一人の男性としか踊らず、パーティがお開きになると、その一人の男性にラドクリフまで送ってもらった。

「明日、会えるかな？」スコットが訊いた。

「もちろんよ」

「郊外へドライヴして、昼を一緒にどうかな？」

「いいわね」


フロレンティナとベラはその日の夜の大半をお互いのパートナーについて語り合うことに費やした。

「彼が『名士録』からそのまま出てきたような家柄で、わたしが間抜けなポーランド人だってことは問題かしら？」

「大丈夫よ、彼に本物を見る目があればね」フロレンティナの不安が深刻なものだと気づいたベラが答え、付け加えた。「わたしなんかクロードが『名士録』に載っているかどうかすら知らないわ」


翌朝、スコットとフロレンティナは新しくて格好のいい彼のＭＧで田園地帯へ遠出した。人生で最高に幸せだった。デダムの小さなレストランで昼食をとった。満員で、スコットはみんなを知っているようで、ローウェル、ウィンスロップ、キャボット、そして、もう一人のロバーツをフロレンティナに紹介した。エドワード・ウィンチェスターが黒髪の美人と手をつないでコーナーテーブルのほうからやってくるのが目に留まり、フロレンティナはほっとした。少なくともわたしの知り合いがいないわけではなさそうだ。驚いたことに、エドワードはとても幸せそうで、その理由はすぐにわかった。ダニエルと紹介された黒髪の美人は彼のフィアンセだった。

「きみならダニエルと仲良くなれるな」エドワードが言った。

「どうして?」フロレンティナは彼女に微笑みながら訊いた。

「ダニエルはフランス人なんだ。それで、彼女に話したんだよ、ぼくが王太子で、きみが聖ジャンヌの役を演(や)ったんだけど、ぼくがきみを魔女だと宣言するときでさえ、ぼくに〝魔女(ソルシエール)〟の発音を教えなくちゃならなかったんだとね」

手をつないで店を出ていく二人を見送るフロレンティナに、スコットが小声で言った。

「ぼくともあろう者が魔女に恋することになるとはな(ジュ・ナイ・ジャメ・パンセ・ク・ジュ・トンブレ・アムール・デユヌ・ソルシエール)」

フロレンティナはシンプルに舌平目を一品だけ選び、ワインは彼の選んだ〈ムスカデ〉に同意してうなずいた。料理とワインの知識があることがありがたかった。そして、四時になって驚いたことに、店に残っている客は彼ら二人だけで、そろそろ夜の料理の準備にかかりたいのだと、ヘッドウェイターが素振りで仄めかしていた。その日の夕刻遅くにラドクリフへ帰ると、スコットが頰にそっとキスをし、明日また電話すると言った。

その電話は翌日の昼食時間にあり、土曜日にペンシルヴェニア大学とのアイス・ホッケーの二軍戦に出場するけど見にこないかと誘われた。そのあとで食事をしよう、と。フロレンティナは嬉しさを押し殺して誘いを受け容れた。早く会いたくてたまらなかった。人生で最も長い一週間に感じられた。

土曜の朝、週末に関して一つの重要な決断をした。小さなスーツケースを荷造りすると、それを自分の車のトランクに入れ、フェイス－オフのはるか前にリンクへ向かった。そして、観覧席に腰を下ろし、スコットが現われるのを待った。一瞬、会うのは三度目だけれども、彼はわたしが思うほどには思っていてくれないのではないかという不安が頭をよぎった。しかし、その不安は同じく一瞬にして解消した。彼が手を振りながら、滑ってきてくれたのである。

「ベラが言ったんだけど、あなたが負けたら、わたしは家に帰っちゃいけないんだそうよ」

「ぼくも帰したくないかもしれないな」彼が言い、身体を斜めに倒しながら向きを変えて滑り去った。

試合を見ていると寒さが募っていった。スコットは午後を通じてほとんどパックに触ることができず、それなのに何度もフェンスに叩きつけられた。愚かなスポーツだとフロレンティナは決めつけたが、自分の気持ち――ホッケーについての――を伝えることはしないことにした。試合が終わると、彼が着替えるのを車で待った。そのあと懇親会があり、それがお開きになってようやく二人だけになれた。連れていかれた〈ロックーオーバーズ〉でも彼は全員と知り合いらしかったが、フロレンティナにとってその人たちは流行の雑誌でお目にかかっただれかというように過ぎず、知った顔には一人として出くわさなかった。彼も最高に気を使って気づかない振りをしてくれ、おかげでフロレンティナも気を許すことができた。今度もまた最後の客になり、スコットの車で自分の車に送ってもらうことになった。彼が優しく唇にキスをしてくれた。

「明日、ラドクリフでお昼はどう?」

「無理だな」彼が言った。「午前中に仕上げなくちゃならないリポートがあって、二時までに終わるかどうかおぼつかないんだ。きみがお茶をしにくるのはどうかな?」

「いいに決まってるじゃないの、馬鹿ね」

「残念、そうとわかっていたら、きみのために来客宿舎を予約しておいたのに」

「ほんとに残念だわ」結局車のトランクから出ないで終わることになるスーツケースを思い浮かべながら、フロレンティナは応じた。

翌日、スコットが三時を過ぎてすぐに迎えにきて、お茶をするために自分の部屋へ連れて帰った。彼がドアを閉めるのを見て、フロレンティナの頰が緩んだ。異性とお茶をするときはドアを開けておくことという、ラドクリフの規則を思い出したのだった。部屋はフロレンティナのところよりかなり広く、机には母親に違いないと思われる、貴族的でいささか厳しい容貌（かおだち）の女性の写真が飾られていた。部屋を見回して気づいたのだが、大学備え付けの家具は一つもなかった。スコットがお茶を淹れ、アメリカの新しいアイドル歌手、エルヴィス・プレスリーを聴いたあと、フランク・シナトラが歌う「ストレンジャー・イン・パラダイス」のレコードに合わせて踊った。そのあいだもお互いが何を考えているかを知ろうとし、ソファに腰を下ろすと、彼が最初は優しく、次第に情熱的にキスをした。

　彼はもっと先へ進むことをためらっているようで、フロレンティナはあまりに恥ずかしく、あまりに無知なせいで、次にどうすればいいかがわからずにいた。そのとき、突然彼の手が左の胸に置かれた。フロレンティナの反応を待っているかのようだった。彼の手がついに襟元に伸びてきて、第一ボタンをいじりはじめた。その手が第二ボタンに移っても、フロレンティナは押しとどめようとしなかった。間もなく、スコットがキスをしはじめた。最初は肩に、それから胸に。フロレンティナは彼を欲しいあまり、自分から立ち上がって着ているものを脱いだ。スコットもすぐに彼女に倣ってシャツを脱いだ。そして、互いがまだ身に着けているものをもどかしい手つきで剝（は）ぎ取り合おうとしながらベッドへ向かった。一瞬見つめ合ったあとでベッドに倒れ込んだ。フロレンティナが驚いたことに、すべてはあっという間に終わってしまった。

「ごめんなさい、わたしのせいよね」フロレンティナは謝った。

「そうじゃない、ぼくのせいだ」スコットが一拍置いて言った。「白状するけど、初めてだったんだ」

「あなたも？」フロレンティナは言い、二人で笑い出した。

その夜はベッドで抱き合って過ごし、さらに二度愛し合ったが、そのたびに少しずつではあるが自信が深まった。翌朝、目を覚ましたとき、フロレンティナは少し狭苦しい感じがし、かなりの疲労感があったが、この上なく幸せな気分だった。そして、死ぬまで彼と一緒に過ごすことになると直観した。

その学期のあいだ、二人は毎週末、ときには週の半ばにも、欠かすことなく会いつづけた。

春休みにはこっそりニューヨークで会い、長い週末を共にした。フロレンティナの記憶にある限りで最高に幸せな三日間だった。『波止場』を観て、『ライムライト』を観て、ブロードウェイで『南太平洋』を観て、〈21クラブ〉、〈サーディーズ〉、プラザ・ホテルの〈オークルーム〉まで出かけていった。昼は二人で買い物をし、フリック・コレクションを訪れ、セントラル・パークを散策した。夜は愛し合い、将来について話し合った。春学期はまさに完璧で、離れていることは滅多になかった。最後の週、スコットが、マーブルヘッドで何日か過ごしてほしいし、両親にも会ってもらいたいとフロレンティナを招待した。

「二人とも、きみを大好きになるに決まってるよ」シカゴ行きの列車に乗る彼女を見送りながら、スコットが言った。

「そうなってくれたらいいんだけどね」フロレンティナは応えた。

フロレンティナは何時間も費やして、スコットがどんなに素晴らしい男性か、自分がどんなに彼を愛しているかを母に話して聞かせた。ザフィアはとても幸せそうな娘を見て喜び、スコットの両親と会うのが心から楽しみになった。フロレンティナが生涯の伴侶たり得る男性を見つけてくれることを祈り、衝動的な決断をしてあとで後悔するはめにならないことを願っていたのだった。フロレンティナは〈マーシャル・フィールズ〉で様々な色の布地を何ヤードも購入し、毎晩、スコットの母親の心を捕らえられると確信できるドレスのデザインに没頭した。

その手紙は月曜に届き、フロレンティナはすぐにスコットの筆跡だとわかった。期待を込めて開封したが、同封されていたのは、家族の計画が変更になったのでマーブルヘッドへきてもらうのは延期せざるを得なくなったという、短いメモだけだった。フロレンティナはそれを何度も読み直し、隠されたメッセージを探した。別れたときが最高に幸福だった記憶しかなかったから、自宅へ電話をかけてみることにした。

「ロバーツ邸でございます」執事らしい声が応えた。

「ミスター・スコット・ロバーツをお願いしたいのですが」彼の名前を口にするときに声が震えるのが自分でもわかった。

「どちらさまでしょうか？」

「フロレンティナ・ロスノフスキです」

「少々お待ちください」

フロレンティナはスコットの声が戻ってきて安心させてくれるのを、受話器を握り締めて待った。

「スコットさまはただいま留守にしていらっしゃいますので、お電話があったことをお伝えしておきます」

フロレンティナは相手の言葉の後段を信じなかったから、一時間後に改めて電話をした。

執事の声が応えた。「スコットさまはまだお戻りになっておりません」それで八時まで待って三度目の電話をしたが、いまはディナーの最中だと同じ声が応えた。

「それなら、わたしから電話だと伝えてください」

「承知しました」

ややあって声が戻ってきて、明らかに丁重さが減じた口調で言った。「いまは電話に出られないとのことでございます」

「嘘よ、あなた、わたしの名前を言ってないんでしょう」

「そんなことは決してありません――」そのとき、別の声――女性だった――が割り込んできた。抑えてはいるが権威的な響きがあった。

「どなたでしょう?」

「フロレンティナ・ロスノフスキです。スコットと話したいのですが――」

「ミス・ロス－エン－オヴスキ、スコットはいまフィアンセとディナーを楽しんでいるところです。ですから、電話に出ることはできません」

「フィアンセですって?」フロレンティナは思わず小声で繰り返した。爪が掌に食い込んで血が滲んだ。

「ええ、そうですよ、ミス・ロス－エン－オヴスキ」電話が切れた。何秒かかかってその意味を理解するや、フロレンティナは叫ぶように言った。「何てこと、わたし、死んでしまうかもしれない」そして、気を失った。

　気がつくと母がベッドの脇にいた。

「なぜ?」それがフロレンティナの第一声だった。

「彼があなたにふさわしい立派な男でなかったからよ。立派な男性なら、生涯の伴侶を母親に選ばせたりはしないわ」

ケンブリッジに戻っても状況はよくならなかった。勉強であれ何であれ真剣に取り組まなくてはならないことにまるで集中できず、何時間もベッドで泣きつづけることもたびたびだった。ベラが何をしても何を言っても無駄らしく、作戦を変更してスコットをこう馬鹿にしてみせることぐらいしか思いつかなかった――〝わたしのチームにはいらない類いの男だわ〟。ほかの男子学生からデートに誘われてもすべて断わり、そういう娘を心配するあまり、アベルとザフィアまでが不本意ながら顔を合わせて相談することにもなった。

ついにはある科目で落第しそうになり、〈ファイ・ベータ・カッパ〉に入会したいというまでも望んでいるのならもっと勉強に身を入れなくてはならない、と指導教官のミス・ローズに警告された。当の本人はそれでも上の空で、夏休みの初めのころはシカゴの自宅にこもり、パーティやディナーの誘いも断わりつづけた。母の新しい衣装選びには協力したが、自分の服は一着も買わなかった。〈ボストン・グローブ〉が〝今年最大の社交界の出来事〟と謳ったスコット・ロバーツとシンシア・ノウルズ結婚の記事を熟読したが、またもや泣くことにしかならなかった。エドワード・ウィンチェスターからの結婚式の招待状も助けてはくれなかった。

夏休みも後半に入ろうとするころになって、ニューヨークへ行った。父親が経営する〈ニューヨーク・バロン〉のショップの一つで時間を忘れて働けばスコットのことを頭から締め出せるかもしれないと考えたのだった。夏休みが終わりに近づくにつれて、ラドクリフへ戻って最終学年と向き合うのが怖くなった。父がどんなにアドヴァイスをしようと、母がどんなに同情しようと、状況は改善されないようだった。二十一歳の誕生日の準備に関心を示さない娘を見て、二人とも絶望しはじめた。

ラドクリフへ戻る数日前、フロレンティナはレイクショア・ドライヴの反対側にいるエドワードを目撃した。自分と同じぐらい不幸に見えた。手を振って微笑を送ってやると、手を振り返してくれたが、笑顔はなかった。お互いにその場に立ち尽くして見つめ合っていると、エドワードが通りを渡ってきた。

「ダニエルは元気？」フロレンティナは訊いた。

エドワードがフロレンティナを見つめて言った。「聞いてないのか？」

「何を？」

エドワードが言葉を失ったかのようにフロレンティナを見つめつづけたあとでようやく言った。「彼女は死んだよ」

フロレンティナは耳を疑って彼を見つめ返した。

「新車のオースティン－ヒーリーを見せびらかしたくてスピードを出しすぎ、転覆してしまったんだ。ぼくは助かったけど、彼女は助からなかった」

「何てこと」フロレンティナはエドワードを抱擁した。「わたしったら、何て自分勝手だったのかしら」

「そんなことはないさ。きみだって苦しんでいたんだからな、知ってるぞ」エドワードが言った。

「わたしの苦しみなんて、あなたと較べたらちっぽけなものよ。ハーヴァードへは戻るの？」

「戻らなくちゃならないんだ。絶対に卒業しろって、ダニエルのお父さんが譲らなくてね。できなかったら許さないと言ってるんだ。というわけで、いまのところはやることがあるというわけだ。泣くなよ、フロレンティナ、ぼくだって泣きたいんだし、泣き出したら止まりそうにないんだからな」

フロレンティナは身体を震わせながら繰り返した。「わたし、何て自分勝手だったのかしら」

「いつか、ハーヴァードへきてくれよ。テニスをして、フランス語の動詞変化を教えてくれ。昔みたいにね」

「わたしたち、昔みたいになれるかしら？」

15

ラドクリフ女子大学に戻ったフロレンティナを待っていたのは二百ページからなる科目案内で、それを消化するのに三日を必要とした。そこから専攻分野以外に一科目を選ぶことができ、ミス・ローズは新しい何か、この先深く学ぶチャンスがなさそうなものを選択することを薦めた。

ほかの学生と同じくフロレンティナの耳にも、ルイジ・フェルポッツィ教授が一年間、ハーヴァード大学で客員として教鞭を取り、週に一度のセミナーを持つという情報が届いていた。ノーベル平和賞を受賞して以来、教授は世界を経巡って様々な賞を受けていて、オックスフォード大学から名誉学位を授けられたときは、神を別にすればローマ教皇と学長の意見が完全に一致した人物であると授与状に認められた。イタリア建築に関する世界的権威が選んだテーマは〝バロック時代のローマ〟と銘打たれ、最初の講義の題目は〝目と心の都市〟であり、科目案内の講義紹介を読む限りではとても魅力的だった。芸術家貴族のジャン・ロレンツォ・ベルニーニと石工の息子のフランチェスコ・ボッロミーニが、歴代ローマ皇帝と教皇の永遠の都を世界が最も高く評価する首都に変容させたという内容で、受講条件としてラテン語とイタリア語の知識が必須とされ、ドイツ語とフランス語もできるほうがいいとのことで、定員は三十名に限定されていた。

その三十人にフロレンティナがなれるかどうか、ミス・ローズは楽観的でなかった。「すでにワイドナー記念図書館からボストン・コモンまで、彼を一目だけでも見ようとする列ができていて、言うまでもない事実だけど、彼は女嫌いで有名なの」

「ジュリアス・シーザーもそうでした」

「昨夜、わたしは談話室で顔を合わせたけど、クレオパトラのようには扱ってもらえなかったわね」ミス・ローズが言った。「だけど、第二次大戦のときに爆撃航空軍に加わって偵察飛行をしたことは尊敬せざるを得ないわ。彼が直接の責任者として重要な建物への爆撃を回避させ、イタリアの教会の半分を無傷で救ったのよ」

「ともかく、わたしは選ばれた弟子の一人になりたいと思います」フロレンティナは言った。

「そう?」ミス・ローズが素っ気なく応じたあとで、笑ってフェルポッツィ教授宛の推薦状を書きながら付け加えた。「もしなれなくても、地質学概論ならいつでも迎え入れてもらえるわ。定員無制限のようだから」

「地質学なんて」フロレンティナは馬鹿にして言った。「わたし向きじゃありません。何としてもフェルポッツィ教授をその気にさせてみせます」

次の日の朝の八時半、その日の教授の面会開始公式時刻の丸々一時間前、フロレンティナはワイドナー記念図書館の大理石の階段を上った。建物に入るやエレベーター――本を一冊持った彼女一人が精一杯の狭さだった――に乗り、古参の教授連の研究室が軒下に並ぶ最上階へ向かった。最上階までの上り下りやエレベーターがいつでも満員だという不便さを耐え忍んででも、遠く離れて熱心な学生につきまとわれずにすむほうがましだと昔の教授たちは考えたようだった。

最上階に着くと、目の前に曇りガラスのドアがあった。そのガラスに〈フェルポッツィ教授〉と黒い文字で新しく刷り込まれていた。一九四五年にコナント学長とミュンヘンで会談し、ドイツの建築物の運命――どれを残して、どれを壊すか――を決めたのがこの人物だったことをフロレンティナは思い出した。少なくともあと一時間は邪魔をすべきでないことはよくわかっていたからいったん引き上げることにして踵を返したが、エレベーターはすでに下の階へ下ってしまっていた。それで思い直し、大胆にもドアをノックした。がちゃんという何かが壊れる音がした。

「だれだか知らんが帰りたまえ。きみのせいで私のお気に入りのティーポットが割れてしまったではないか」イタリア語が母語でしかあり得ない怒りの声が返ってきた。

フロレンティナは逃げ出したいという衝動を何とか抑え込み、ゆっくりとドアノブを回した。ドアの隙間から恐る恐る様子をうかがうと、本来なら見えるはずの壁が見えなかった。書籍や定期刊行物がまるで煉瓦（れんが）とモルタルの代わりをしているかのように床から天井まで積み上げられていて、果たして壁があるのかどうかもわからないありさまだった。

散らかった部屋の真ん中に、四十歳から七十歳のあいだのどこかとしかわからない、いかにも学者然とした人物が立っていた。その長身の男性は古着屋で買ったか、祖父から譲られたかのような、古いハリス・ツイードの上衣とグレイのフランネルのズボンという服装だった。手にはついさっきまでティーポットについていたはずの茶色の把手があった。足元にはティーバッグを囲むようにして茶色の磁器のかけらが散らばっていた。

「三十年以上も愛用していたお気に入りで、『悲しみの聖母（ピエタ）』の次に愛していたものなのだよ、お嬢さん。代わりはあり得ないんだがね」

「ミケランジェロに同じものをもう一つ作ってもらうわけにはいかないので、わたしが〈ウールワース〉へ行って買ってくるしかないと思います」

教授が心ならずも口元を緩め、ティーバッグを拾い上げながら――破片には手を出さなかった――訊いた。「それで、用件は何かね？」

「教授の講義を受講したいのです」フロレンティナは答えた。

「一番機嫌のいいときでも、私は女が嫌いだ」フロレンティナを見ようともしなかった。

「朝食の前にティーポットを割る原因を作った女だからな、好意など持てようはずがないだろう。名前はあるのか？」

「ロスノフスキです」

教授が顔を上げて一瞬フロレンティナを見つめ、机に戻ってティーバッグを灰皿に捨てた。そして、何かを走り書きした。「ロスノフスキ、三十番目の受講生だ」

「ですが、わたしの成績も、受講条件を満たしているかもご存じないのではありませんか？」

「きみが受講条件を満たしているのはわかっている」不吉な声だった。「来週のグループ・ディスカッションのリポートを準備するんだ。テーマは――」そのあと、一瞬間を置いて付け加えた。「ボッロミーニの初期作品、サン・カルロ・アッレ・クアットロ・フォンターネ教会について、だ。退がってよろしい」そして、大急ぎでリーガルパッドにメモを取るフロレンティナなどいないかのように、ティーポットの残骸へ戻っていった。

フロレンティナは退出して廊下に出ると静かにドアを閉め、大理石の階段をゆっくり下りながら考えをまとめようとした。なぜあんなにあっさり受け入れてくれたのだろう？何かわたしのことを知っている可能性があるだろうか？

それからの一週間は長い一日を過ごすことになった。何しろ、フォッグ美術館の地下室にこもって学術誌を渉猟し、ボッロミーニがサン・カルロ教会のために作成した計画書の複製のスライドを作り、あの壮大な建築物にどれだけの製作費がかかったかを知るために、ボッロミーニ自身が書き残した支出一覧にまで目を通したのである。それでも、時間を見つけて〈シュリーヴ、クランプ&ロウ〉の磁器売り場へ足を運ぶことも忘れなかった。

リポートが完成すると、前の日の夜に予行演習をして出来に自信を持ったが、その自信はフェルポッツィ教授のセミナーの席に着いたとたんに消えてなくなった。すでに研究室には期待に満ちた学生が勢揃いしていて、学部生なのも美術を専攻していないのも、女子なのも自分だけだとわかって恐ろしくなった。教授の机の上のプロジェクターが大きな白いスクリーンを睨んでいた。

フロレンティナが唯一残っている最前列の空席に腰を下ろすと、教授が言った。「ああ、壊し屋の帰還だな。ミス・ロスノフスキが初めての諸君に忠告しておくが、彼女をお茶に招かないことだ」そして、自分の冗談に満足したのか笑みを浮かべ、机の隅の灰皿にパイプの灰を落とした。講義開始の合図だった。

「ミス・ロスノフスキが」教授が確信ありげに言った。「ボッロミーニのオラトリオ・ディ・サン・フィリッポ・ネリ教会についての発表をしてくれる」フロレンティナはがっくり気落ちした。「いや、そうではないな」教授が二度目の笑みを浮かべた。「私が間違えた。私の記憶が正しければ、サン・カルロ教会だ」

フロレンティナは二十分にわたって発表を行ない、スライドを映し、質問に答えた。フェルポッツィはパイプをくわえたままほとんど身動ぎもせず、十七世紀のローマの硬貨の発音を彼女がときどき間違えたときに訂正するだけだった。

　フロレンティナが発表を終えて着席すると、教授は考える様子でうなずいて宣言した。「天才の仕事に関する見事な発表だった」フロレンティナがその日初めて緊張を緩めると、フェルポッツィ教授がきびきびと立ち上がった。「さて、これからは私が辛い義務を果たすときだ。サン・カルロ教会と対照的な建築物を紹介するから、全員、しっかりとノートを取り、来週のフル・ディスカッションの準備をしてもらいたい」そして、ゆっくりとプロジェクターのところへ行き、一枚目のスライドを挿し込んだ。フロレンティナが困惑して見つめたことに、それはミシガン・アヴェニューの小振りで上品なアパートメント・ビル群を睥睨（へいげい）する、十年前の〈シカゴ・バロン〉だった。教室に奇妙な沈黙が落ち、受講生の一人か二人が、どういう反応を示すかとフロレンティナをうかがった。

「野蛮ではないかな？」フェルポッツィ教授が三度（みたび）微笑した。「私が言っているのはこの金権主義的自己満足の無価値な建物のことだけではなく、この巨大な建物が周囲の景色に及ぼす全体的な影響のことも含まれる。人々の目に確実にこの高層建築しか入らないようにするために、視覚的な対称性と釣り合いをどう壊しているかに注目してもらいたい」そして、二枚目のスライドを映し出した。今回は〈サンフランシスコ・バロン〉だった。「だ「わずかな改善が見られる」教授は暗闇のなかにいる熱心な学生を見つめて宣言した。「だが、それは一九〇六年の地震以来、サンフランシスコの指導者たちが二十階以上の建物の建築を禁止したからに過ぎない。では、国外へ移ろう」教授はスクリーンに向き直った。現われたのは、〈カイロ・バロン〉だった。ぎらぎらときらめく窓に、互いに肩を寄せ合うように密集している遠くのスラムの混乱と貧困が映し出されていた。

「人々が粗末な小屋に住み蠟燭の明かりで暮らして何とか生きていこうと苦闘しているところでこのような拝金主義の記念碑的建造物を見せられたら、そもそもここに暮らしていた人たちが時として革命を支持したとしても、それを責めることはだれにもできないはずだ」教授は容赦なくスライドを交換し、ロンドン、パリ、ヨハネスブルグのバロン・ホテルを映し出したあとでつづけた。「来週はこれらの醜悪怪異な建物のすべてについての批判的意見を聞かせてもらいたい。これらに建築学的価値があるか、経済という見地から容認され得るか、諸君の孫の代まで存在しつづけるか、そうだとすればその理由は何か、といった観点からの意見だ。以上」

全員が研究室を出たあともフロレンティナだけはそこに残り、横に置いていた茶色の包みを開いた。

「お別れのプレゼントをお持ちしました」フロレンティナは磁器のティーポットを持って立ち上がると、教授がそれを受け取ろうとした瞬間に手を離した。ティーポットは床に落ち、教授の足元でいくつかの破片になった。

教授がそのかけらを見つめて言った。「当然の報いだな」そして、フロレンティナを見て微笑した。

「今日の講義は」フロレンティナは自分の言い分をはっきりと口にした。「先生のような立派な方のなさることではないと思います」

「まったくそのとおりだ」教授が認めた。「だが、きみに芯があるかどうかを確かめなくてはならなかったのだよ。女性というのはそれを持ち合わせないのが普通だからだ、違うかね？」

「あなたの立場なら何をしても許されるとお思いなのですか――？」

教授がもう充分だというように手を振った。「来週はきみが提出するであろう父上の帝国の弁護リポートを興味深く読ませてもらおう。それが水準に達していることを願っている」

「わたしが来週も出席すると？」

「ああ、もちろんだよ、ミス・ロスノフスキ。きみについての同僚の評価が半分でも当たっていたら、来週は私にとって難しい戦いになるだろうな」

フロレンティナは退出したが、ドアを叩きつけるように閉めるのを危うく思いとどまった。

それからの七日間は建築学の教授たち、ボストンの都市計画担当者、国際都市環境保護論者たちの意見を聞いて回った。父と母、ジョージ・ノヴァクとも電話で話をし、その結果、それぞれに異なる言い訳はあるにせよ、フェルポッツィ教授の主張が大袈裟でないという結論に不本意ながら達せざるを得なかった。一週間後、ワイドナー記念図書館の最上階の研究室の最後列に戻った。ほかの学生たちがどんな意見を述べるかが不安だった。

フェルポッツィ教授が着席した彼女を見つめ、パイプの灰を灰皿に落として講義を開始した。「この授業の最後に、諸君が書いた小論文を私の机の角に置いていくこと。今日は、ボッロミーニの死後百年のあいだに、彼の作品がヨーロッパの教会に与えた影響について話し合いたい」そして生彩と権威に満ちた講義を行ない、三十名の受講生は一言も聞き漏らすまいと耳を澄ました。講義を終えると、最前列の砂色の髪の若者を指名し、ボッロミーニとベルニーニの最初の出会いについてのリポートを来週までに準備するよう指示した。

フロレンティナは今回も受講生全員が教授の机の端に小論文を提出して退出するのを待ち、残っているのが自分だけになってから、茶色の紙包みを渡した。教授が包みを開けると、現われたのは一九一二年の日付のある〈ロイヤル・ウースター・ヴァイスロイ〉のボーン・チャイナのティーポットだった。「素晴らしい」教授が言った。「毎日使わせてもらおう、だれかがこれを落とさない限りはだがね」二人は声を揃えて笑った。「ありがとう、お嬢さん」

「こちらこそありがとうございました」フロレンティナは応えた。「おかげで、今日は恥ずかしい思いをしなくてすみました」

「女性には稀有な見事な自制心を持っていることを証明してくれたからな、その必要がないとわかったというわけだよ。先週のことは赦してもらいたいのだが、いつの日か世界最大のホテル帝国を率いるだれかに何もせずに拱手傍観するのは、恥をかかせるのと同じぐらい非難さるべきことだったはずなのでね」いまこの瞬間まで、そんな考えはちらりともフロレンティナの頭に浮かんだことがなかった。「どうか父上にはっきり伝えてほしいのだが、私が旅行で使うホテルは常にバロンなんだ。部屋も食事もサーヴィスも、ほかのどの大手ホテルより満足のいくものだし、なかから外を見るぶんには何ら文句のつけようがない。私がスウォーニム出身の帝国建設者について知っているのと同じぐらい多くのことを、きみも石工の息子について知らなくてはならないぞ。移民であることは、父上と私が共通して常に誇りに思っていることなのだ。では、退出してよろしい、お嬢さん」

フロレンティナはワイドナー記念図書館の軒下の研究室をあとにした。父の帝国の仕組みについてほとんど何も知らなかったことが悲しかった。

その一年、フロレンティナは近代語学の勉強に集中したが、火曜日の午後は必ず積み上げられた本の上に腰を下ろしてフェルポッツィ教授の講義を吸収した。わが博識な同僚がフロレンティナなる学生と友情を得たようだが、本来ならそういう友情は三十年前に得るべきだったのだと残念がったのは、古参教員のディナーの席でのコナント学長だった。

しかし自分と同等の人間に出会ったのはこれが初めてなのだというのが、学長の言葉に対するフェルポッツィ教授の答えだった。

ラドクリフ女子大学の卒業式は華やかな行事だった。洒落た服装の得意げな両親と、肩書に応じて赤、紫、多色のフードをかぶった教授が、互いに入り混じって歓談した。教授たちは聖職者会議の司教たちにも見えるような物腰で回遊しながら、訪問者たちを相手に彼らの娘がどれだけよく勉強したかを、ときには少し点数を上乗せして教えていった。フロレンティナの場合、成績を誇張する必要はなかった。最優等(スマ・クム・ラウデ)での卒業であり、すでにその年の〈ファイ・ベータ・カッパ〉に入会を認められていた。

フロレンティナとベラにとっては、めでたくもあり悲しくもある日でもあった。アメリカの両端に分かれて、一方はニューヨークに、一方はサンフランシスコに住むことになるからである。ベラは二月二十八日にクロードにプロポーズし――女性のほうから求婚が許される閏年(うるうどし)まで待てないというのがその理由だった――、春休みにハーヴァード大学のホートン・チャペルで結婚式を挙げていた。クロードが愛と貞節と従順を誓い、ベラも同じ誓いをした。二人がどんなに運がいいかフロレンティナが気づいたのは、クロードが披露宴でこうささやいてきたときだった――「ベラって美人だろ?」

フロレンティナが微笑してベラを見ると、ウェンディが一緒に卒業できないのが悲しいと話しているところだった。

そして、にやりと笑って付け加えた。「もっとも、真面目に勉強していたわけじゃないけどね」

　フロレンティナの指導教官のミス・ローズがアベルを隅のほうへ連れていって教えた。「実は、ケンブリッジへ戻って勉強をつづけ、博士号を取るよう、お嬢さんを説得できないかと思っているところなのです。そうすれば、ここで教鞭を取ることも可能になるかもしれませんのでね。ですが、お嬢さんには別の考えがあるようなのですよ」

「その考えには私も一枚嚙んでいるんです」アベルは応えた。「バロン・グループの重役にして、各ホテルの売店の賃貸契約部門を特別に任せるつもりでいます。その部門がこの数年で急激に成長して、いまのままでは戦力不足で手に負えなくなる心配があるのですよ」

「そんな考えがあるなんて、わたしには一言も教えてくれなかったわよね、フロレンティナ」ベラが大声で言った。「あなたが考えているのは、てっきり――」

「やめて、言わないで、ベラ」フロレンティナは人差し指を口に当てた。

「おいおい、今度は何だね、お嬢さん？　私に隠し事か？」

「いまはその時でも場所でもないわ、お父さん」

「なあ、気を持たせるなよ」エドワードが言った。「きみなしでは生き延びられないと思っているのはどこだ？　国連か？　それとも〈ゼネラル・モーターズ〉か？」

「正直なところ」ミス・ローズが追い打ちをかけた。「本学が与え得る最高評価を手にしたわけだから、そのあなたが次に何を目標にするのか、わたしも是非とも知りたいわね」

「もしかしてロケット・ガールズだったりして」クロードがラジオ・シティ・ミュージック・ホールのダンシング・チームを持ち出して茶化(ちゃか)した。

「いまのところ、これまでのだれよりも正解に近いわね」フロレンティナは言った。

全員が笑ったが、母親は例外だった。

「まあ、ニューヨークで仕事を見つけられなかったら、いつでもサンフランシスコへくるといいわ。働き口ならあると思うわよ」ベラが言った。

「憶えておくわ」フロレンティナは軽く受け流した。

フロレンティナがほっとしたことに、自分の将来についての話はそこで打ち切りになった。卒業式が始まる時間になったのである。元ソヴィエト駐在大使のジョージ・ケナンが祝辞を述べ、熱狂的に受け容れられた。フロレンティナが特に気に入ったのは、締めくくりに引用されたビスマルクの言葉だった——〝われわれの子供たちにいくつか、なすべき仕事を残しておいてやろうではないか〟。

「いつか、きみがこの祝辞を述べる日がくるだろうな」三百周年記念講堂(トライセンテニアル・ホール)に差しかかったところでエドワードが言った。

「では、そのときのテーマは何になるんでしょう、サー?」

「『アメリカ合衆国初の女性大統領が抱える諸問題』かな」

フロレンティナは笑った。「あなた、まだそれを信じてるのね？」

「きみだって信じてるはずだ。もっとも、常にぼくが思い出させてやらなくちゃならないようだけどな」

その年、エドワードとは定期的に会いつづけた。もうすぐ婚約を発表するのではないかと友人たちは期待したが、それがあり得ないことをエドワードはわかっていた。絶対に手が届かない女性だと、そう思っていた。親友ではありつづけるけれども、恋人にはなれない運命だと。

最後のいくつかの荷物を詰め終わり、母に別れの挨拶をすると、忘れ物がないか自室をもう一度検めたあとベッドの端に腰かけて、ラドクリフの四年間を思い返した。誇れるとすれば、スーツケースを三つ持ってやってきて、スーツケースを六つと文学士号を一つ持って去ろうとしていることだけだった。昔、スコットからもらったアイス・ホッケーの真紅のペナントが壁に残ったままになっていた。それを外して少しのあいだ手に持っていたが、結局屑籠（くずかご）に捨てた。

父と後部席に腰を下ろすと、専属運転手がロールスロイスを発進させた。キャンパスとの最後の別れだった。

「少しゆっくり走ってちょうだい」フロレンティナは頼んだ。

「承知しました、お嬢さま」

フロレンティナは振り返るとリアウィンドウの向こうを見つめ、ケンブリッジの尖塔(せんとう)群が視界から消えて、自分の過去が見えなくなるまでそのままでいた。

16

専属運転手はパブリック・ガーデンの西側のアーリントン・ストリートの赤信号で一時停止した。信号が青になるのを待つ車内で、フロレンティナは父親と来るべきヨーロッパ旅行の相談をした。

信号が変わったとき、もう一台のロールスロイスが並びかけてきたと思うと、コモンウェルス・アヴェニューへと曲がっていった。車内ではもう一人の卒業生と得意満面の母親が話に没頭していた。

「いまでもときどき思うんだけど、リチャード、あなたはイェール大学へ行ったほうがよかったんじゃないかしらね」母親が言った。

母親は自慢げに息子を見た。二十年前に彼女を惹きつけた息子の父親と同じ、繊細で貴族的な容貌をすでに備えていた。そして、その息子は今日、一族で五世代つづいたハーヴァード大学卒業の日を迎えたのだった。

「どうしてイェールなの？」息子は穏やかに尋ね、母親を追憶から引き戻してやった。

「そうね、ボストンの内向的な空気から離れているほうがあなたにとって健全だったんじゃないかと思ってね」

「それをお父さんには言わないほうがいいな。裏切り以外の何物でもないと見なされて、ぼくもお母さんも焼き殺されかねないからね」

「だけど、リチャード、どうしてもハーヴァード・ビジネス・スクールに戻らなくちゃならないの？　ほかのビジネス・スクールだって間違いなくあるでしょうに？」

「ぼくもお父さんと同じ銀行家になりたいんだ。お父さんの足跡をたどって歩くのであれば、イェールの靴紐はハーヴァードの靴に合わないからね」リチャードは冗談めかして答えた。

数分後、ロールスロイスはビーコンヒルの大邸宅の門の前で停まった。玄関のドアが開き、執事が入口に姿を現わした。

「お客さんが到着するまで一時間ほどある」リチャードは時計を見て言った。「すぐに着替えなくちゃ。七時半になるちょっと前にウェストルームで待ち合わせるのはどうかな、お母さん？」口振りまで父親に似てきたわね、と母親は思った。

リチャードは一段飛ばしで——普通の家なら二段飛ばしでも何とかなった——駆け上がった。母親もあとを追ったが、足取りはもっと優雅で、手摺に触れることは一度もなかった。

執事は二人が上階へ消えるまで見送ってから配膳室へ戻った。ミセス・ケインのいとこ、ヘンリー・キャボット・ロッジがディナーにやってくることになっていたから、迎えの準備がすべて完璧であることをもう一度確認する必要があった。

リチャードはシャワーを浴びながら、母親の懸念を思い出して苦笑した。彼自身は昔からハーヴァードを卒業したいと思っていたし、あらゆる面で父親を凌ごうとした。秋のビジネス・スクール入学が待ち遠しかったが、この夏休みにメアリ・ビゲロウをバルバドスに連れていくのを楽しみにしていることも認めざるを得なかった。メアリと出会ったのは音楽部のリハーサル室で、後に、二人して大学の弦楽四重奏団に誘われたのだった。この小柄で生意気なラドクリフ女子大学の学生は、彼のチェロよりはるかにうまくヴァイオリンを弾いた。渋るメアリを何とかベッドに誘い込んだときも、またもや彼女のほうが――経験のない振りをしてみせてはいたが――上手だと思い知らされることになった。そういう日々のあと、彼女がとても神経質であることもわかっていた。

リチャードは水に切り替えた冷たいシャワーを数秒浴びただけで飛び出し、身体を拭いてフォーマルなスーツに着替えた。そして、姿見で服装を点検した。ダブルの上衣――今夜、いま流行のその服装をしているのは自分だけだろうという気がした。もっとも、身長が六フィートをわずかに超え、ほっそりと引き締まっていて、肌が日焼けして浅黒ければ、何を着るかは問題ではなかったが。あなたはサポーターからモーニング・コートまで、何を着てもよく似合うと、メアリにいつだったか言われたことがあった。

階段を下りてウェストルームへ行き、母親がやってくるのを待った。合流すると、執事が二人に飲み物を運んできた。

「あら、またダブルのスーツが流行りなの？」母が訊いた。

「信じたほうがいいと思うけど、お母さん、流行の先端なんだぜ」

「いいえ、信じられないわね」母が言った。「わたしの記憶では……」

執事が咳払いをし、二人は振り返った。「ヘンリー・キャボット・ロッジ議員がいらっしゃいました」

「キャボット」リチャードの母が迎えた。

「ケイト、マイ・ディア」ロッジが応え、頬にキスをした。ケイトは苦笑した。ロッジが着ているのもダブルの上衣だった。

リチャードはにやりと笑った。ロッジが着ているのは少なくとも二十年は前のものだった。

バルバドスから帰ったとき、リチャードもメアリも先住民と変わらない肌の色になっていた。二人はニューヨークに立ち寄ってリチャードの両親とディナーを共にした。二人とも、息子の選択を一も二もなく認めた。何しろ、彼女はリチャードの祖父のあとを襲って一族の銀行の頭取になったアラン・ロイドの甥（おい）の娘だった。

リチャードはボストンのビーコンヒルにある一族の住まい、レッドハウスに戻るや、すぐに腰を落ち着けてビジネス・スクールの準備に取りかかった。そこは大学でも最難関の課程で脱落者も最大だとだれもが警告してくれていたが、実際に学期が始まると、覚悟していたとはいえ、勉強以外のほかの楽しみに使う時間がほとんどないことに改めて驚くことになった。彼が四重奏団を辞めざるを得なくなり、ぎりぎり週末にしか会えなくなったことに、メアリは絶望しはじめた。

一年目の終わり、彼女はふたたびのバルバドス行きを提案し、ボストンにとどまってさらなる教材のページをめくるつもりだというリチャードの返事に落胆した。

最終学年を前にして戻ってきたリチャードは、首席で、あるいはそれに近い成績で卒業すると決意していた。父親は最後の試験の答案用紙が配られるまでは気を抜いてはならないと忠告し、もし上位十パーセントに入れなかったら自分の銀行に応募しても無駄だと付け加えた。ウィリアム・ケインは縁故主義（ネポティズム）と批判されるのを嫌ったのだった。

クリスマスはニューヨークで両親と過ごしたが、三日いただけでボストンへ戻った。母親は息子にひどい重圧がかかっていることを心配したが、父親はあとわずか半年の辛抱に過ぎないと指摘した。そのあとは一生気を許していられるのだと。ケイトは自分の意見を保留した。この二十五年というもの、夫が気を許したところを一度たりと見たことがなかった。

復活祭のとき、リチャードが電話をしてきて、短い春休みはボストンにとどまっていなくてはならないだろうと言った。それでも、父親の誕生日にはニューヨークにいるべきだと、母親は何とか息子を説得しようとした。同意は得られたものの、翌朝にはハーヴァードへ帰るという条件付きだった。

リチャードが東六十八丁目の家族の住まいに着いたときは、父親の誕生日の午後四時を少し過ぎていた。母と二人の妹、ヴァージニアとルーシーが彼を迎えた。母親の目には息子がやつれて疲れているように見え、早く試験が終わってくれることを願った。リチャードはだれの誕生日であろうと、たとえ自身の誕生日であろうと、父親が日々の銀行業務を疎かにしないことを知っていた。帰宅するのはいつもどおり、七時を数分過ぎるはずだった。

「お父さんの誕生日に何を買ったの？」ヴァージニアが訊いた。

「おまえがアドヴァイスしてくれるのを待っていたんだけどな」リチャードは妹を持ち上げたが、実はプレゼントのことなどすっかり忘れていたのだった。

「それを待った挙句の手遅れって言うのよ」ルーシーが咎めた。「わたしなんか、三週間前に決めていたんだから」

「お父さんに絶対に必要なものはわかってるわ」母親が言った。「手袋よ――いましてるのはもう擦り切れかけてるもの」

「濃紺、革製、模様なし」リチャードは笑って言った。「これから〈ブルーミングデイル〉へ買いに行くよ」

レキシントン・アヴェニューを下る足取りは、せわしないニューヨークの人の流れに呑み込まれて速くなった。秋に父親の銀行に入るのがいまから楽しみだった。これからの最後の数か月のあいだによほど気持ちをそらされることがなければ、父親が要求している成績上位者の十パーセントに入る自信もあった。父と張り合い、いつか頭取になると決めていた。それを思うと口元が緩んだ。〈ブルーミングデイル〉のドアを押し開け、勢いよく階段を上がって、店員に手袋売り場の場所を訊いた。混雑する店内を売り場へ向かいながら時計を見た。父が帰宅する前に帰って着替える時間は充分にあった。顔を上げると、手袋売り場のカウンターに二人の女子店員がいた。笑顔を向けると、狙ったのではないほうの店員が笑みを返してきた。

その店員が微笑しながらすぐにやってきた。ハニーブロンドで、口紅が少し濃すぎ、たぶん〈ブルーミングデイル〉ではよしとされないのではないかと思われたが、ボタンが一つ、余分に外されていた。いい度胸だ、とリチャードは感心せずにいられなかった。左胸にピンで留めてある名札は〝メイジー・ベイツ〟となっていた。

「何かお求めでいらっしゃいますか、サー？」彼女が訊いた。

「ああ」リチャードは黒髪の店員のほうを一瞥して答えた。「手袋が欲しいんだ。濃紺、革製、模様なしのやつがね」目は訊いてきたほうの店員を見ていなかった。

メイジーが手袋を選び、リチャードの手にはめて指を一本ずつゆっくりと通していき、最後に、手袋をし終えた両手を持ち上げて感想を待った。

「お気に召さないようでしたら、別のものをお試しになれますが」

「いや、これでいい」リチャードは言った。「支払いはきみにするのかな、それとも、彼女か?」

「わたくしが承ります」

「残念」リチャードはつぶやき、渋々その場を離れた。明日、またくるつもりだった。その日の午後まで、〝一目惚れ〟なんて女性誌読者限定の、最も愚かな決まり文句だと決めつけていたのだった。

父親はディナーのときに息子がプレゼントしてくれた手袋に言及し、実際的で気の利いた選択だと褒めただけでなく、ビジネス・スクールの成績に不安がないことを知ってさらに満足した。

「上位十パーセントに入ったら、私のところの見習い行員として雇うことを考えてもいいぞ」父親はこれまで何度となく繰り返してきた言葉を今度も繰り返した。

ヴァージニアとルーシーがにやりと笑い、ルーシーが訊いた。「首席だったらどうするの、お父さん？　頭取にする？」

「冗談も休み休み言うんだな、娘よ。リチャードが頭取になるとしたら、長い年月、献身的かつ勤勉に仕事に励んだあとのことだ」そして、息子を見た。「ところで、ハーヴァードへはいつ戻るんだ？」

「明日戻る」と答えようとしたが、口から出たときはこう変わっていた。「明日のつもりだったんだけどね」

「そうか」父親はそれ以上何も言わなかった。

翌日の午前中、リチャードが戻ったのはハーヴァードではなくて〈ブルーミングデイル〉だった。手袋売り場へ直行したのだが、今回も目当ての女子店員ではなくてメイジーに目ざとく見つけられ、声をかけられた。仕方なくまた手袋を買い、実家へ戻った。

次の日の午前中、三度目の〈ブルーミングデイル〉行きを決行し、隣りのカウンターでネクタイを品定めする振りをしながら、メイジーが客の応対で忙しく、目当ての女子店員の手が空いているときを待って、そうなった瞬間に手袋売り場のカウンターへ移動した。今度こそ彼女が相手をしてくれるという確信があったが、あろうことか、メイジーが応対している最中の客を、リチャードが狙っている女子店員に譲って足早にやってきた。

「また手袋がお入りようですか？」ハニーブロンドがくすくす笑って訊いた。

「いや……まあ……そうだな」リチャードは力なく答えた。

そして、またもや濃紺で模様なしの革手袋を買わされて〈ブルーミングデイル〉をあとにした。

翌日、もうちょっとニューヨークにいることにしたと父親に告げた。リポートを仕上げるためにウォール・ストリートのデータを少し集める必要があるからと。そして、また〈ブルーミングデイル〉へ行った。今回は確実に目当ての女子店員に応対をしてもらうべく作戦を練ってあった。今度もメイジーがすっ飛んでくることを疑わずに足早に手袋売り場へ向かうと、思いもかけないことにあの目当ての女子店員がやってきて挨拶した。「いらっしゃいませ」

「ああ、どうも」リチャードは思いがけない状況に一瞬言葉を失った。

「何をお探しでしょうか？」

「いや――そうだな、手袋かな」リチャードはしどろもどろに答えた。

「承知しました、サー。濃紺の革手袋でしょうか？　ぴったりのサイズのものをご用意できると思います――売り切れていなければ、ですけれど」

リチャードは彼女の襟の名札を見た――ジェシー・コヴァッツ。彼女が手袋を渡してくれて、リチャードは試着してみた。サイズが合わなかった。別の手袋を試しながら、メイジーを見た。にやりと励ますような笑みが返ってきて、リチャードも強ばった笑みを返した。ジェシー・コヴァッツがまた別の手袋を渡してくれた。今度はぴったりだった。

「これがお探しのものかと思いますが」ジェシーが言った。

「いや、実はそうじゃないんだ」リチャードは言った。

ジェシーが声を潜めた。「メイジーを救い出してきますから、誘ってごらんになったらどうでしょう。きっと応じると思いますけど」

「いや、違うんだ」リチャードは言った。「ぼくが誘いたいのは彼女じゃない――きみだ」ジェシーが呆気にとられた。「今夜、ディナーに付き合ってくれないか」

「わかりました」ジェシーが恥ずかしそうに応じた。

「迎えに行こうか？」

「いえ、レストランで待ち合わせましょう」

「どこがいい？」答えがなかったから、リチャードのほうから提案した。「七十三丁目と三番街の角の〈アレンズ〉でどうだろう？」

「はい、そこで結構です」ジェシーはそれしか言わなかった。

「八時ごろでいいかな？」

「では、八時ごろに」ジェシーが復唱した。

リチャードは求めていたものを手に入れて〈ブルーミングデイル〉をあとにした――手袋ではない、もう一つ求めていたものを手に入れて。

一人の女性のことだけを考えて丸々一日を過ごした記憶はなかったが、ジェシーが〝わかりました〟と言ってくれた瞬間から、彼女以外のことは何も考えられなくなった。息子がもう一日ニューヨークにいてくれることを母親は喜び、もしかしてメアリ・ビゲロウがこの町にいるのではないかと考えた。そして、バスルームの前を通りかかったときに息子が「ワンス・アイ・ハッド・ア・シークレット・ラヴ」を歌っているのを聴いて、そうに違いないと結論した。

その日の夜のために何を着ていくかリチャードは尋常ならず頭を悩ませた挙句、スーツではなく、ネイヴィブルーのブレザーコートにグレイのフランネルのズボンとようやく決めた。そして、姿見で服装を検めるのにいつもより少し時間をかけた。アイヴィ・リーガー然としすぎているような気がしないでもなかったが、こんなに時間がないのではどうすることもできなかった。

七時になる少し前に六十八丁目の実家を出た。爽やかに晴れた夕刻で、〈アレンズ〉には七時半を少し過ぎて到着し、〈バドワイザー〉を注文した。数分ごとに時計を見るたびに針は八時へと進みつづけ、待ち合わせた時間を過ぎると時計を見るのが数秒おきになった。その間今度彼女に会ったら落胆することになるのではないかという不安が頭をもたげた。

それは杞憂に終わった。

入口に現われた彼女は眩いばかりに輝いていた。シンプルなブルーのドレスはリチャードの目には〈ブルーミングデイル〉のものに見えたが、女性ならだれでもわかるはずだけれども、実は〈ベン・ザッカーマン〉のものだった。彼女はそこに立ってリチャードを探し、自分のほうへ歩いてくる彼を見つけた。

「遅くなってごめんなさい」ジェシーがまず謝った。

「そんなことはどうでもいい、大事なのはきみがきてくれたことだ」

「こないと思ったの？」

「きてくれるという確信はなかったな」リチャードは微笑し、彼女と見つめ合ったまま言った。「申し訳ないが、きみの名前をまだ知らないんだ。このところ毎日〈ブルーミングデイル〉へ通って名札を見ていたことを認めたくなかった。

彼女がためらったあとで答えた。「ジェシー・コヴァッツよ。あなたは？」

「リチャード・ケインだ」と答えて手を差し出した。彼女はその手を握り返しながら、どこかで聞いたことがあるような気がしたが、その理由を思い出せなかった。

「それで、〈ブルーミングデイル〉で手袋を買っていないときは何をしているの？」ジェシーが訊いた。

「ハーヴァード・ビジネス・スクールで勉強しているよ」

「驚きね、そこではたいていの人間には手が二つしかないってことを教えてくれなかったの？」

リチャードは笑った。今夜を忘れられないものにしてくれるのは彼女の美しさだけではなさそうだとわかって嬉しかった。

「坐ろうか」リチャードは彼女と腕を組んでテーブルへ向かった。

ジェシーが黒板のメニューを検めはじめた。

「ソールズベリー・ステーキってどんな料理かしら？」彼女が訊いた。

「ほかのどんな名前で呼んでも、常にハンバーガーだよ」リチャードは教えてやった。

ジェシーが笑い、リチャードはいまの返答が『ロミオとジュリエット』の台詞をもじったものだと彼女がすぐさま気がついたことに舌を巻き、後には後ろめたさを感じることになった。夜が深まるにつれて、観ている演劇も、読んでいる小説も、聴きに行っているコンサートも、彼女のほうが多いことが明らかになったからである。ビジネスに関する勉強しか頭になかったことを、リチャードは生まれて初めて後悔した。

「ニューヨークに住んでるの？」彼は訊いた。

「ええ」リチャードがウェイターに注ぐことを許した三杯目のコーヒーを口にしながら、ジェシーが答えた。「両親と一緒にね」

「ニューヨークのどこ？」

「東五十七丁目よ」ジェシーが教えた。

「だったら、歩けるな」リチャードは彼女の手を取った。

ジェシーが微笑し、二人は町をジグザグにゆっくりと横断しながら五十七丁目を目指した。リチャードは一緒にいる時間を引き延ばそうと、普段なら見向きもせずに足早に通り過ぎる店の前で足を止め、ショウウィンドウを覗いたりした。ファッションと商店経営に関するジェシーの知識はリチャードも敵わないと感じるほどだった。高等教育を受けられずに十六歳で就職し、〈ブルーミングデイル〉の前に〈ニューヨーク・バロン〉に職を得ていたことが残念に思われた。

レストランからの十六街区（ブロック）を一時間近くかけて歩き通して五十七丁目にたどり着くと、ジェシーが小さくて古いアパートの前で足を止めた。「ここよ、ここに両親が住んでいるの」ジェシーが言い、リチャードは彼女の手を握った。

「また会いたいんだけどな」リチャードは言った。

「そうね」あまり気乗りしているように聞こえなかった。

「明日はどう?」リチャードは恐る恐る訊いてみた。

「明日?」ジェシーが訊き返した。

「ああ。〈ブルー・エンジェル〉でボビー・ショートを聴くのはどうだろう?」リチャードは彼女の手を握り直した。「〈アレンズ〉より多少はロマンティックだぜ」

ジェシーは即答しなかった。応じると何か問題でも生じるかのような様子だった。

「無理にとは言わないけど」リチャードは付け加えた。

「行きたいわ」ジェシーが小さな声で答えた。

「父とディナーを一緒にとることになってるんで、十時ごろに迎えに行くのでいいかな?」

「いいえ、迎えは結構よ」ジェシーが言った。「〈ブルー・エンジェル〉で待ち合わせましょう。ここからほんの二ブロックだもの」

「それじゃ、明日の夜、十時に」リチャードは腰を屈めて彼女の頰にキスをした。そのとき初めて繊細な香水の香りに気がついた。

「おやすみ、ジェシー」リチャードは言って歩き出した。

ドヴォルザークのチェロ・コンチェルトを口笛で吹きはじめ、帰り着くころに第一楽章が終わった。こんなに愉しい夜は記憶になかった。ガルブレイスやフリードマンではなく、ジェシーのことを考えながら眠りに落ちた。翌朝は父親と一緒にウォール・ストリートを歩き、〈ウォール・ストリート・ジャーナル〉の図書室で一日を過ごした。その間、短い昼食休憩を取っただけだった。夕刻はまた父親と一緒にディナーをとり、そのあいだに、いまやっている証券取引に関する逆公開買い付けの調査の話をしたが、少し浮かれすぎているのを気取られるのではないかと気になった。

父親とのディナーをすませると自室へ引き上げ、十時になる数分前に、絶対にだれにも見られないようにしながら玄関を忍び出た。〈ブルー・エンジェル〉に着くやテーブルを予約し、ロビーへ戻ってジェシーを待った。

心臓の鼓動が自分でもわかるほど大きくなり、メアリ・ビゲロウのときはどうしてこうならなかったんだろうと訝った。ジェシーがやってくると、頬にキスをしてからラウンジへ向かった。そこからボビー・ショートの歌声が流れ出していた。〝あなたはわたしに本当のことを言っているの？　それとも、また嘘をついているだけかしら？〟

リチャードとジェシーがラウンジに入っていくと、ショートが手を上げて合図した。リチャードはこの歌手をこれまでに一度しか見たことがなかったし、紹介されたこともなかったが、気がついてみるとその合図に応えていた。部屋の中央のテーブルに案内され、ジェシーはピアノを背にする席を選んだ。

リチャードは〈シャブリ〉のボトルを注文し、今日はどんな一日だったかとジェシーに訊いた。

「リチャード、実は話しておかなくてはならないことがある――」

「やあ、リチャード」リチャードは声のほうを向いた。

「やあ、スティーヴ。ジェシー・コヴァッツを紹介するよ。ジェシー、スティーヴ・メロンだ。ハーヴァードで一緒だったんだよ」

「最近、ヤンキースの試合を観てるか？」スティーヴが訊いた。

「観てないな」リチャードは答えた。「おれは勝馬にしか乗らないんだ」

「アイゼンハワーと同じだな。彼のゴルフのハンディキャップからすると、おまえさんのことだ、彼はイェールの卒業生だと考えたんじゃないか？」お喋りは数分つづき、ジェシーは邪魔をしようとしなかった。「ああ、ようやく彼女の御入来だ」スティーヴが入口を見て言った。「じゃあな、リチャード。あなたに会えてよかったですよ、ジェシー」

　その夜、リチャードはニューヨークへきて父親のレスター銀行に職を得るつもりだとジェシーに打ち明けた。実は退屈していたのではないかとリチャードが心配になるほど、彼女は黙って聞いてくれた。彼自身は昨夜以上に愉しく、店を出るときには、まるで幼馴染でもあるかのようにボビー・ショートに手を振った。ジェシーが両親と住んでいるアパートに着くと、初めて唇にキスをした。彼女は一瞬反応したが、すぐに「おやすみなさい」と言っただけでアパートのなかに姿を消した。

　翌朝、リチャードはボストンに戻った。レッドハウスに着くや否やジェシーに電話をした。金曜日にコンサートへ行く時間があるだろうか？　答えはイエスだった。リチャードは生まれて初めて、カレンダーに何日か×印をつけた。その週、メアリが電話をしてきたときは、自分が恋に落ちたことをできる限り穏やかに説明しようとした。

　その週末は忘れがたいものになった。ニューヨーク・フィルハーモニックのコンサート、ヒッチコックの『ダイヤルMを廻せ！』――ジェシーはニューヨーク・ニックスのバスケットボールの試合まで楽しんだようでさえあった。日曜の夜、リチャードは渋々大学へ戻った。これからの四か月は長い一週間と短い週末の繰り返しになるはずだった。ジェシーには毎日電話し、週末はほとんど一緒に過ごした。日曜の夜にボストンへ戻る列車が、リチャードは怖くなりはじめた。

　ある月曜日、一九二九年の大恐慌についての講義のあいだ、自分が集中できないことにリチャードは気がついた。〈ブルーミングデイル〉のカウンターの向こうで手袋、マフラー、ウールの帽子（ハット）を売っている女子店員に恋してしまったことを、父親にどう説明するか？　あんなに頭がよくて魅力的な娘がどうしてあんなに野心的でなくいられるのか？　自分と同じようなチャンスを与えられさえすれば、ジェシーは……リチャードは講義ノートの上端にある名前を走り書きした。父にはこの名前に慣れてもらうしかない。そして、走り書きした名前を見つめた――ジェシー・ケイン。

　その週末、リチャードはニューヨークへ戻ると、剃刀（かみそり）の刃を切らしてしまったと母に嘘をついた。母は父親のを借りることを薦めた。

「いや、いいよ」リチャードは言った。「自分のでなくちゃ駄目なんだ。いずれにしても、メーカーが違うからね」

　おかしい、とケイト・ケインは首をひねった。いつだって二人の剃刀の刃は、それぞれの分を充分に買っているのに。リチャードは〈ブルーミングデイル〉までの八街区（ブロック）をほとんど走り通した。手袋売り場のカウンターにジェシーの姿はなかった。メイジーが隅で爪を磨いていた。

「ジェシーはいるかな？」リチャードは息を切らしながら訊いた。

「いいえ、もう帰りました。ついさっきだから、まだそんなに遠くへは行っていないんじゃないでしょうか。それで、どういう――？」

リチャードはレキシントン・アヴェニューに飛び出し、足早に行き交う人々のなかにジェシーの顔を探した。諦めかけたところで、鮮やかな赤い色が目に留まった。彼女にプレゼントしたスカーフだった。通りの反対側を五番街のほうへ歩いていた。彼女のアパートとは反対の方向だった。あとを尾けてみることにした。彼女が四十八丁目のスクリブナー書店に入っていくのを、足を止めて見守った。何かを読みたいのなら、〈ブルーミングデイル〉でも本は売っているはずだ。どういうことだろう？　窓越しに覗いてみると、店員と話しているところだった。話を終えた店員がどこかへ行き、やがて二冊の本を持って戻ってきた。リチャードは辛うじてタイトルを読み取ることができた。ジョン・ケネス・ガルブレイスの『大暴落１９２９』と、ジョン・ガンサーの『ソ連勢力圏の内幕』だった。リチャードが驚いたことに、ジェシーはそれをサインで買って店を出た。リチャードは見つからないよう、腰を屈めて角を曲がって姿を隠した。

「彼女は何者なんだ？」いまきた道を引き返して今度は〈ベンデル〉に入っていく彼女を

見て、リチャードは思わず声に出した。ドアマンが明らかに相手がだれかわかっている様子で恭しく敬礼した。今度もウィンドウ越しに覗くと、複数の女性店員が儀礼以上の敬意を持って、お世辞を言いながらジェシーにつきまとっていた。年配の女性が包みを持って現われた。ジェシーが予約していたもののようだった。その店員が包みを開けると、フルーレングスの赤のイヴニングドレスが出てきた。ジェシーが笑みを浮かべてうなずき、年配の女性店員はそのドレスを茶色と白の箱に収めた。ジェシーが口の動きで「ありがとう」だとわかる礼を言い、購入のサインもしないで出口へ向かった。そのあと急いで店を出てタクシーに飛び乗る彼女と、リチャードは危うく鉢合わせするところだった。

リチャードは年配の女性が乗り込もうとしているタクシーを横取りし、ジェシーのタクシーを追ってくれるよう運転手に指示した。「まるで映画みたいですね」と運転手が言ったが、リチャードは応えなかった。いつも彼女と別れていた小さなアパートに差しかかったとき、不安が頭をもたげはじめた。前を行くタクシーはさらに百ヤードほど走ると、真新しくて豪華な大規模アパートの前で停まった。ドアマンまで配置されていて、ジェシーのためにきびきびとドアを開けた。リチャードは驚きと腹立ちがないまぜになりながらタクシーを飛び降り、彼女が消えたドアへ向かおうとした。

「九十五セントです、お客さん」背後で運転手の声がした。

「ああ、そうだった、申し訳ない」リチャードはポケットに手を突っ込んで急いで札を一枚取り出し、運転手に差し出した。釣りのことは頭になかった。

「ありがとうございます、お客さん」運転手が五ドル札を握って言った。「きっといい一日になりますよ」

リチャードはアパートの玄関ドアを大急ぎで抜け、エレベーターの前でジェシーに何とか追いつくと、ドアが開いて乗り込もうとする彼女のあとにつづいた。彼女はリチャードを見つめるばかりで、言葉を失っていた。

「きみは何者なんだ?」リチャードはドアが閉まるや詰問口調で訊いた。

ドアが閉まって二階へと動き出したエレベーターにはほかに二人が乗り合わせていたが、彼らは素知らぬ振りで正面を見つめていた。

「リチャード」ジェシーが口ごもった。「全部話すつもりでいたんだけど、いい機会を見つけられなかったのよ」

「全部話すつもりだった、だって?」リチャードはエレベーターを降りて自分の部屋へ歩いていく彼女を追った。「それが三か月近くも嘘を連ねて騙しつづけた挙句に言うことか? まあいい、いまがそのときだ。本当のことを洗いざらい聞かせてもらおう」

そして、ドアを開けたジェシーをぞんざいに押しのけ、茫然と入口に立ち尽くす彼女の向こうの室内を覗いた。玄関ホールの向こうは広い居間になっていて、高級な東洋の絨毯が敷かれ、ジョージ王朝様式の格調高い引き出し付きの書き物机が置かれていた。サイドーブルにはアネモネの生花が花瓶に活けられ、その向かいに立派なグランドファーザー・クロックが鎮座していた。リチャードの実家とまったく遜色ないと言っても過言ではなかった。

「デパートの店員にしてはいいところに住んでるんだな」リチャードは皮肉を言った。「この費用を払ってくれてるのはどの恋人なんだろうな？」

ジェシーが一歩リチャードに詰め寄り、自分の手に痛みが走るほどしたたかに彼の頰を叩いた。「よくもそんなひどいことが言えるわね！　ここはわたしのうちよ、出ていきなさいよ！」

そう言いながら泣き出した彼女を、リチャードは抱擁した。

「すまない、悪かったよ」彼は謝った。「ひどいことを言ってしまった。赦してくれ。それもこれも、ぼくがきみをとても愛していて、きみのことなら何でも知っていると思っていたのに、実は何も知らなかったとわかったからなんだ」

「リチャード、わたしもあなたを愛しているわ。ぶったりしてごめんなさい。わたしだって騙したくはなかったわ。それに、ほかに恋人なんていない――誓って本当よ」ジェシーがリチャードの頰を撫でた。

「ひっぱたかれて当然だよ」リチャードはそう言ってキスをした。

しっかりと抱き合いながらソファに沈み、しばらくのあいだはほとんど身動ぎもしなかった。髪を撫でてやっていると、ジェシーの涙も治まった。彼女がリチャードのシャツの第一ボタンと第二ボタンの隙間に手を挿し込んだ。

そして、小さな声で訊いた。「わたしと一緒にずっと起きていたい？」

「いや」リチャードは答えた。「きみと寝たい」

あとは言葉はいらなかった。裸になって愛し合った。お互いを何としても喜ばせたかったが、傷つけたくなかったから、最初は優しくおずおずとしたものになった。最後になってようやくジェシーがリチャードの肩に顔を預け、会話が始まった。

「愛してる」リチャードは言った。「一目見た最初の瞬間から愛してる。結婚してくれないか？　きみが何者だろうと、ジェシー、何をしていようと、そんなことはどうでもいい。だけど、これからの人生がきみと一緒でなくてはならないことはわかっている」

「わたしもあなたと結婚したいわ、リチャード。でも、その前に本当のことを話さなくちゃ」

ジェシーがリチャードの上衣で自分の裸を覆い、彼は横になったまま彼女が話しはじめるのを待った。

「わたしの本当の名前はフロレンティナ・ロスノフスキなの」から始まって、彼女は自分についてのすべてを明らかにした。ジェシー・コヴァッツと名乗った理由も明らかになった。シカゴ・バロンの娘ではなく、一介の店員として物の売り買いについて学びたいと考えたからだった。リチャードはその間も、彼女が話し終えてからも、口を開かなかった。

「わたしへの愛は消えてしまった？」フロレンティナは訊いた。「わたしの正体がわかってしまったんだものね」

「ダーリン」リチャードがとても小さな声で言った。「ぼくもきみに話しておかなくてはならないことがある。ぼくの父はきみのお父さんをひどく嫌っているんだ」

「どういうこと？」

「いつだったか、一度だけ、うちできみのお父さんの名前が出たことがあったんだけど、そのときの父ときたらほとんど逆上したと言っていいほど取り乱して、アベル・ロスノフスキの人生の目的はたった一つ、ケイン一族を破滅させることだと口走ったんだ」

「何ですって？　でも、どうして？」フロレンティナは衝撃を受けた。「わたしはあなたのお父さまのことなんて聞いたことがないわ。そもそもどうしてお互いを知っているの？　あなたの勘違いに違いないわ」

「そうだったらどんなにいいか」リチャードがかつて母親から聞いた、自分の父親とフロレンティナの父親とのあいだの争いについて説明した。

「何てことかしら。そういえば、父がそれまで取引のあった銀行を二十五年経ったあとでほかの銀行に変えたんだけど、そのときに『ユダ』と口走った記憶があるわ。きっと、その〝ユダ〟はあなたのお父さまのことだったのね」フロレンティナは言った。「わたしたち、どうすればいいのかしら？」

「二人に本当のことを話すんだよ」リチャードが言った。「ぼくたちは何も知らずに出会って恋に落ち、いまは結婚するつもりだということ、二人が何をしようとぼくたちを止めることはできないということをね」

「何日か待ちましょうよ、リチャード」フロレンティナは言った。

「どうして？」リチャードが訊いた。「ぼくとの結婚をやめるよう説得するチャンスをきみのお父さんに与えるのか？」

「そうじゃないわよ、リチャード」フロレンティナは彼に優しく触りながら、ふたたび頭を肩に預けた。「そんなこと、あり得ないわ、マイ・ダーリン。いきなり既成事実（フェタコンプリ）を突きつけるんじゃなくて、もっと穏やかにわからせる方法がないか、考えてみましょうよ。いずれにせよ、あなたが思っているほど嫌い合っていないかもしれないし」

「いや、いまだってこれっぽっちも変わることなく心底から嫌い合ってるね。それは絶対に間違いない。ぼくたちが一緒にいるところを見ただけで激怒するに決まってる。結婚するつもりだなんて知ったらどうなるかわからないぞ」

「それなら尚更（なおさら）、二人に知らせるのはもう少し待つべきだわ。時間をかけて、最悪の事態を避ける方法を考えましょうよ」

リチャードがキスをした。「愛してるよ、ジェシー」

「もう一つ、ぼくが慣れなくちゃならないことができたわけだ」

「フロレンティナよ」

リチャードは手始めに、週に一日、午後に時間を取り、双方の父親同士の反目について調べた。が、時間が経つにつれてそれが頭から離れなくなり、講義への出席に重大な支障をきたすようになっていった。シカゴ・バロンがレスター銀行の重役会からリチャードの父親を締め出そうとする企ては、ハーヴァード・ビジネス・スクールの格好の教材になるだろうと思われた。さらなる事実が明らかになっていくにつれて、自分の父親とフロレンティナの父親が凄まじいライヴァル同士であることがもっとわかってきた。リチャードの母親は二人の反目について、ずっと前からだれかに話さなくてはならないと思っていたかのように話してくれた。

「どうしてミスター・ロスノフスキにそんなに関心があるの？」母は訊いた。

「〈ウォール・ストリート・ジャーナル〉のバックナンバーに目を通していたときに、その名前に出くわしたんだ」本当のことでもあるが、嘘でもあった。

フロレンティナは〈ブルーミングデイル〉を一日休んでシカゴへ飛び、リチャード・ケインと恋に落ちたことを母に打ち明けた。父親同士の反目について知っていることを教えてほしいと頼むと、一時間近く、ほとんど休むことなく滔々と話してくれた。尾ひれがついて誇張されていることを願うしかなかったが、ジョージ・ノヴァクとディナーをとりながら慎重に言葉を選んで質問した結果、残念なことに尾ひれもついていないし、誇張もされていないことがわかった。

二人の恋人は毎週情報交換をしたが、そのたびに憎悪のリストに新しい項目が付け加えられるだけだった。

「すべてが些末なことのようだし」フロレンティナは言った。「会って話せばすむことだと思うんだけど、どうしてそうしないのかしら？　よく似た者同士で仲良くなれる気がするんだけど」

「同感だ」リチャードが言った。「だけど、どっちが二人の首に鈴をつけるかだな」

「遅かれ早かれ、どっちもやらなくちゃならないわ」

一週間が過ぎ、また一週間が過ぎるにつれて、リチャードはこれ以上はあり得ないぐらい思いやりと優しさを深めていった。フロレンティナの頭から〝遅かれ早かれ〟を取り除いてやろうと、観劇に連れ出し、ニューヨーク・フィルハーモニックを聴きに行き、セントラル・パークをゆっくりと時間をかけて散歩したが、話はいつも双方の父親のことへと移ろっていった。

リチャードが彼女のアパートでチェロを弾いて聴かせてやったときでさえ、フロレンティナの頭は父親で占められていた——どうして父はそこまで頑なでいられるのだろうか？

バッハの組曲を弾き終えると、リチャードは弓を置き、彼女の灰色の瞳を見つめた。

「そろそろ二人に話さないとな」彼はフロレンティナを抱き寄せた。

「わかってる。ただ、父を傷つけたくないのよ」

「ぼくもだ」

フロレンティナが俯(うつむ)いて言った。「今度の金曜日、父がメンフィスから帰ってくるわ」

「そういうことなら、金曜日だな」リチャードは彼女を抱擁したまま小さな声で言った。

その夜、車で帰っていくリチャードを見送りながら、決めたことを守りつづけられるだけの強さが自分にあることをフロレンティナは祈った。

二人が楽しみにしていなかった金曜日、リチャードは午前中の講義を欠席し、その日の残りをフロレンティナと過ごせるようニューヨークへ向かった。

午後は互いの両親に対面したときにどう話すかを検討して過ごした。午後七時、フロレンティナのアパートの前の五十七丁目の舗道に出ると、無言で歩き出した。パーク・アヴェニューに着くと、赤信号で足を止めた。

「ぼくと結婚してくれるか?」

勇気を奮い起こして父親と対峙(たいじ)しようとしながらいまだ頭にある疑問への、心強い、最後の答えになってくれた。涙が頬を伝った。人生で一番幸せなときに出てきてはいけないはずのものだと彼女が思った涙だった。リチャードが赤い小箱から指輪を取り出した。ダイヤモンドがサファイアを取り囲んでいた。それが彼女の左手の薬指に通された。リチャードはキスでフロレンティナの涙を止めようとし、しばらくして身体を離すと、束の間彼女を見つめてから踵を返して歩き去った。

お互いの試練が終わったら、すぐに彼女のアパートで再会することに決めてあった。フロレンティナは左手の薬指の指輪を見つめ、右手の、これまでのお気に入りだった骨董品の指輪を見つめた。

リチャードはパーク・アヴェニューを上りながら、頭のなかで練り上げた台詞の推敲を重ねた。六十八丁目に着いたときも、父親と対峙する準備ができているとはまるで思えなかった。

父親は客間にいて、いつものとおり、ディナーのための着替えをする前の一杯――〈ティーチャーズ〉のソーダ割り――を飲っていた。母は娘があまり食べないことを心配していた。「ヴァージニアときたら、ニューヨーク一の痩せっぽちになるつもりなのかしら」

リチャードは笑いたくなった。

「あら、リチャード、思ったより遅かったわね」

「うん、帰る前に人と会わなくちゃならなかったんだ」リチャードは応えた。

「だれ?」母が訊いたが、特に興味はなさそうだった。

「結婚するつもりの女性だよ」

両親がびっくりして息子を見た。リチャードが注意深く練り上げた切り出し方でないことは確かだった。

気を取り直すのは父親のほうが早かった。「ちょっと若すぎないか？　メアリとの結婚はもう少し先のほうがいい」

「メアリじゃないんだ」

「メアリじゃない？」母が訊き返した。

「そうなんだ」リチャードは答えた。「フロレンティナ・ロスノフスキという娘だよ」ケイト・ケインの顔から血の気が引いた。

「アベル・ロスノフスキの娘か？」ウィリアム・ケインが表情のない顔で訊いた。

「そうだよ、お父さん」リチャードははっきり認めた。

「これは悪い冗談か、リチャード？」

「違うよ、お父さん。ちょっと普通じゃない状況で出会って、父親同士が誤解し合っていることを知らずに恋に落ちたんだ」

「誤解？　誤解だと？」父親が繰り返した。「おまえは気づいていないのか？　あの成り上がりのポーランド移民は人生の大半をかけて、私の銀行の重役会から私を締め出そうとしているんだぞ。しかも、一度は危うく成功するところだったんだ。レスター銀行の重役になりたいのなら、あの悪党の娘とは二度と会わないことだ。おまえ、それを考えたのか？」

「考えたよ、お父さん。何度も考えた。そのたびに同じ結論に達した。一生を共にするに値する女性と出会ったとね。そして、ぼくの妻になることを彼女が考えてくれただけでも誇りに思っているよ」

「その女は父親と共謀しておまえを騙し、誘惑して、私の銀行を奪い取ろうとしているんだ。おまえにはそれが見えないのか？」

「そんなとんでもなく馬鹿げた話、お父さんだって信じられるはずがないでしょう」

「とんでもなく馬鹿げた話だと？　かつて、あの男は自分のパートナーのデーヴィス・リロイを私が殺したと非難したんだぞ、あのとき、私は――」

「お父さん、フロレンティナはぼくと出会ったとき、お互いの父親がいがみ合ってることも、そうなった経緯も知らなかったんだよ。どうしてそんな筋の通らない滅茶苦茶(めちゃくちゃ)なことが言えるのかな？」

「妊娠したから結婚しろと言ってきたんじゃないのか？」

「お父さん、あなたらしくないな。出会ってからこの方、フロレンティナがぼくに無理矢理何かを迫ったことなんか一度だってないよ。その逆だ」リチャードは母親を見た。「二人で彼女に会ってもらえないかな。そうすれば、きっと賛成する気になるはずだから」

母親が答えるより早く、父親が怒鳴った。「絶対に駄目だ！」そして妻を見て、息子と二人だけにしてくれと言った。リチャードは部屋を出ていく母親が泣いていることに気がついた。

「いいか、よく聴け、リチャード。ロスノフスキの娘と結婚したら、一セントたりとくれてやらないからな」

「あなたもこの一族の悪いところを受け継いでいるんだ、お父さん、金で何でも買えると思ってる。だけど、あなたの息子は売りものじゃないんだよ」

「メアリ・ビゲロウと結婚すればいいじゃないか。きちんとした娘だし、家柄も引けを取らない」

リチャードは笑った。「フロレンティナに敵う女性なんていないよ。どんなにわが一族にふさわしいニューイングランドの旧家の友人の娘であっても、フロレンティナの素晴らしさには敵わないよ」

「わが一族をあのポーランド移民と同列に扱うんじゃない」

「そんな悲しい偏見に満ちた言葉を、あなたのような普通に教養ある人の口から聞くことになるとは思わなかったよ、お父さん」

父が息子に一歩詰め寄った。息子はたじろがなかった。父親がそこで足を止めて言った。

「出ていけ、おまえはもう家族ではない。絶対に……」

客間を出て玄関ホールへ向かったリチャードは、母親が階段の手摺にうずくまるようにしてもたれているのに気がつき、そこへ行って彼女を抱擁した。「わたしはいつまでもあなたを愛しているわ」母はささやき、夫が玄関ホールへ出てくる気配を察して息子の腕をほどいた。

リチャードは玄関を出て静かにドアを閉めると、束の間六十八丁目の舗道に立ち尽くした。フロレンティナの首尾はどうだっただろうと、それしか頭になかった。タクシーを止め、実家を振り返ることもせずに、フロレンティナのアパートの住所を告げた。

これまでに感じたことのない解放感を味わっていた。

五十七丁目に着くと、フロレンティナが帰っているかどうかドアマンに訊いた。帰っていないということだったので、庇(キャノピー)の下で待つことにした。父親から逃れられずにいるのではないかと不安になり、その懸念だけが頭を占めていたせいですぐには気がつかなかったが、タクシーが停まって、フロレンティナの華奢(きやしや)な姿が降りてきた。唇をティッシュペーパーで押さえていた。彼女がリチャードの下へ駆け寄り、二人はすぐさまエレベーターに乗って上階へ上がると、彼女の部屋で二人きりになった。

「愛してる」それが彼女の最初の言葉だった。

「ぼくも愛してる」リチャードは応え、彼女を抱き寄せて腕に力を込めた。そうすることで問題が解決するかのように。

　フロレンティナにしがみつかれたまま、リチャードは口を開いた。

「きみと結婚したら勘当する、一セントたりとくれてやらないと言われたよ」リチャードは言った。「親の金なんか当てにしてないことをいつになったらわかるんだろうな？　母に助けを求めたんだけど、母でさえ父の怒りを押しとどめられなかった。結局母は部屋を追い出されたんだけど、父が母にあんな仕打ちをするのを見たのは初めてだった。母は泣いていたけど、それはぼくの決意をさらに強くすることにしかならなかった。父がすべてを言い終わる前に家を出てきたんだ。ともあれ、妹二人があらぬとばっちりを食わなければいいんだけどね。きみのほうはどうだった？」

「叩かれたわ」フロレンティナが蚊の鳴くような声で答えた。「生まれて初めてよ。わたしたちが一緒にいるのを見たら、あなたを殺すんじゃないかしら。リチャード、ダーリン、ここにいるのを知られる前にここを出ましょうよ。真っ先にこのアパートを探すはずだもの。わたし、ほんとに怖いの」

「怖がることはない。今夜のうちにここを出て、できるだけ遠くまで行こう。あの二人のことなんか気にすることはない」

「どのぐらいで荷造りできる？」

「荷物なんかないよ」リチャードは答えた。「もう実家へは帰れない。きみの荷造りが終わり次第、出発しよう。百ドルぐらいは持ってるし、きみの寝室にはいまもチェロがあるけど、百ドルの男と結婚することをどう思う？　次の仕事がストリート・ミュージシャンになるかもしれない男と？」

「デパートの店員には似合いかもしれないけど、本当は専業主婦になるのが夢だったのよね。あなたは結婚持参金を期待していたんでしょうけどね」フロレンティナがハンドバッグを引っ掻き回した。「わたしは二百二十ドルと〈アメリカン・エキスプレス〉のカードを一枚持ってるわ。あなた、わたしに五十六ドルの借りがあるけど、リチャード・ケイン、一年に一ドルずつの返済で勘弁してあげる」

「結婚持参金ということにしてもらえないかな」リチャードは言った。

三十分後、フロレンティナは荷造りを完了すると机に向かって父親に手紙を書き、リチャード・ケインとの結婚を認めてくれない限り二度と会うつもりがないことを宣言した。そして、それを封筒に収め、ベッドサイド・テーブルに置いた。

リチャードはタクシーを止め、スーツケース三つにまとめたフロレンティナの荷物と自分のチェロをトランクに積み込んでから運転手に言った。「アイドルワイルド空港まで頼む」

フロレンティナは空港へ着くや電話をし、応答があったことにほっとした。リチャードはその電話の内容を聞いてから搭乗便を予約した。

アメリカン航空スーパー・コンステレーション一〇四九便が滑走路へタキシングし、七時間の空の旅を開始した。

リチャードはフロレンティナがシートベルトを締めるのを手伝ってやった。彼女が微笑して言った。

「わたしがあなたをどんなに愛しているか、わかってる、ミスター・ケイン？」

「わかってると思うよ――ミセス・ケイン」リチャードは答えた。

「あなた、今夜自分がしたことを一生後悔するわよ」

彼はすぐには応えず、身動ぎもせず坐ったまま正面を凝視しているだけだったが、やがて短くこう言った。「今後、あいつには絶対に連絡してはならんからな」彼女は返事もせずに出ていった。

彼は栗色の革張りの椅子に独り坐っていた。時間が停まっているような気がした。電話の呼出し音が何回か鳴ったが、耳に入らなかった。執事がドアを低くノックして入ってきた。「ミスター・アベル・ロスノフスキなる方からお電話ですが、サー、お出になりますか？」ウィリアム・ケインは胃壁に鋭い痛みを感じた。出なくてはならないことはわかっていた。椅子から腰を上げたが、ふたたびそこへ崩れ落ちないよう必死の努力をしなくてはならなかった。何とか電話の前まで行って受話器を取った。

「ウィリアム・ケインだ」

「アベル・ロスノフスキだ」

「いやはや、自分の娘を使って私の息子をたぶらかすなど、いったいいつ思いついた？　そうだ、あのときに決まってる、私の銀行を倒産させようと画策して失敗したときだ」

「よくもそんな馬鹿馬鹿しいことを――」アベルはそこで何とか自分を抑えて言葉をつづけた。「この結婚を何としてもやめさせたいのは私もきみと同じだ。きみの息子の存在を知ったのだってついさっきのことだ。私はきみを忌み嫌っている以上に娘を愛しているし、失いたくない。それで、相談して対策を練ることはできないだろうか」

「断わる」ウィリアム・ケインは拒否した。「私は過去にそれと同じことをきみに頼んだよな、ミスター・ロスノフスキ。あのとき、きみは次に私と会うであろう時と場所をはっきりとわからせてくれた。それまで待たせてもらうよ。そのとき、地獄にいるのが私ではなくて自分だと、きみにもわかるに違いない」

「いまさら過去を蒸し返して何になるというんだ、ケイン？　あの二人がどこにいるかをきみが知っていれば、結婚を止められるかもしれないんだぞ。きみもそれを望んでいるんだろう。それとも、私に協力するなどプライドが許さず、そんなことをするぐらいならきみの息子と私の娘の結婚を手を拱(こまぬ)いて見ているほうがましだとでも――」

ウィリアム・ケインは受話器を戻して革張りの椅子に戻った。

執事がふたたび姿を現わした。「ディナーの用意ができました、サー」

「ディナーはいらない。それから、私は留守だ」

「承知いたしました、サー」執事が退出した。

ウィリアム・ケインは独りになった。次の日の朝の八時まで、彼の邪魔をする者はいなかった。

17

一〇四九便がサンフランシスコ国際空港に着陸すると、フロレンティナは連絡するのが急すぎたのではないかと不安になった。リチャードが滑走路にまだ足をつけるかつけないかのとき、大柄な女性が彼女より小柄な男性を従えて突進してくるのが見えた。彼女は飛びつくようにしてフロレンティナを抱擁した。フロレンティナは抱擁しようにも、ベラの身体に完全には腕が回らなかった。

「女の子に迎えにこさせるには連絡が急すぎるんじゃないの？　搭乗直前に電話してくるなんて？」

「ごめんなさい、ベラ。ほかのだれかを思いつかなかったものだから——」

「本気にしないで。今夜はすることがないって、クロードともどもぶつくさ言ってたんだから」

フロレンティナは笑い出し、二人にリチャードを紹介した。

「荷物はそれだけ？」ベラがチェロと三つのスーツケースを見下ろして訊いた。

「出発がとても急だったの」フロレンティナは説明した。

「それはともかく、ここにはいつだってあなたのおうちがあるからね」ベラが言い、ことなげにスーツケース二つを手に取った。

「本当に感謝するわ、ベラ。あなた、ちっとも変わってないわね」

「一つだけ変わったわよ、妊娠六か月なの。もっとも、ジャイアント・パンダよろしく、だれにもそうとは見えないみたいだけどね」

女性二人は空港の車の往来を避けながら先頭に立って駐車場へたどり着き、クロードとチェロを持ったリチャードがあとにつづいた。サンフランシスコ市街までの車内で、クロードが〈ピルスビリー、マディソン・アンド・シュートロ法律事務所〉に弁護士（アソシエイト）としての職を得たことを明らかにした。

「彼、すごくない？」ベラが言った。

「ベラは地元の高校で体育の上級講師をしていて、彼女がホッケー・チームのコーチになってから負け知らずなんだ」クロードが同じぐらい誇らしげに付け加えた。

「それで、あなたは何をしているの？」ベラがリチャードの胸を指で突きながら訊いた。

「持ってる荷物からすると、失業中の音楽家だとしか思えないんだけど？」

「必ずしもそういうわけじゃない」リチャードは苦笑して答えた。「銀行家志望で、明日から仕事を探すつもりでいるけどね」

「結婚はいつするの？」

「少なくとも三週間は無理ね」フロレンティナは答えた。「教会で結婚したいし、そのためには、まず結婚予告をしなくちゃならないから」

「ということは、その間は罪深い生活を送るわけだ」クロードが〝安全運転のみなさん、サンフランシスコへようこそ〟という看板を横目に見ながら宣言した。「まあ、今風ではあるよね。ぼくもずっとそうしたいと思っていたんだけど、ベラが頑としてうんと言ってくれなくてさ」

「こんなに急にニューヨークを離れることになった理由は何なの？」ベラがクロードを無視して訊いた。

フロレンティナはリチャードと出会った経緯、両方の父親同士が長いあいだいがみ合っていることについて説明した。ベラもクロードもそれを聞いて信じられないらしく、珍しく沈黙していた。やがて、車が減速しはじめた。

「さあ、わが家に到着だ」クロードがしっかりとブレーキを踏み、ギアをローにしたまま車を降りた。

フロレンティナが外に出ると、そこはサンフランシスコ湾を望むところまでいかない、急な丘の中腹だった。

「クロードが共同経営者（パートナー）になったらもっと上に住み替えるつもりなんだけど」ベラが言っ

た。「いまのところはこれで我慢しなくちゃね」

「素敵じゃない」フロレンティナは小さな家に入るや言い、傘立てにホッケー・スティックが六本突っ込んであるのを見て微笑した。

「まずは部屋へ案内するから、荷ほどきをしてしまうといいわ」ベラが二人を先導して小さな螺旋階段を上がり、最上階の予備の部屋へ案内した。「バロン系列のホテルのプレジデンシャル・スイートじゃないかもしれないけど、通りのビートニクと一緒よりはましでしょう」

何週間か経ってからわかったのだが、ベラとクロードはその日の午後を費やしてフロレンティナとリチャードに使わせるために自分たちのダブルベッドを最上階の予備の部屋に運び上げ、自分たちのためにシングルベッドを二つ一階に下ろしたのだった。

ニューヨーク時間の午前四時、フロレンティナとリチャードはようやくベッドに入った。

「さて、グレイス・ケリーが結婚してぼくに望みがなくなったいまとなっては、きみにかじりつく以外にないらしい。わからないけど、クロードの言うとおりかもしれない。ぼくたちは罪深い生活をすることになるのかもな」

「万に一つあなたとクロードが罪深い生活を送ったとしても、サンフランシスコじゃ気づく人なんて一人もいないんじゃないの？」

「ここまでで後悔していることがあるかな？」

「あるわ。ベッドの左側で寝てくれる男性と一緒になりたいと、ずっと願っていたんだけどね」

　翌朝、ベラ・スタイルの実にたっぷりした朝食のあと、フロレンティナとリチャードは新聞各紙の求人欄を熟読した。

「とにかく、早く何かを見つけなくちゃね。手持ちのお金だってひと月は保ちそうにないもの」フロレンティナは言った。

「きみのほうが簡単に見つかるかもしれないぞ。学位を持ってないぼくを採用してくれる銀行は間違いなく多くないだろうからな。せめて父の推薦状でもあれば別かもしれないけど、それもないし」

「心配しなくて大丈夫よ」フロレンティナは彼の髪をくしゃくしゃにしながら言った。

「わたしたち、両方の父親をぎゃふんと言わせてやれるわよ」

　リチャードの見立ては正しかった。フロレンティナはたった三日で仕事を見つけた。人事部長が〈ブルーミングデイル〉に電話を一本しただけで、〈サンフランシスコ・クロニクル〉に〝聡明（そうめい）な店員を求む〟と広告を出していた、〈ウェイアウト〉というファッション・ショップに採用されたのだった。その新人が大当たりだったことに支配人が気づくのに、一週間しかかからなかった。

一方、リチャードはサンフランシスコじゅうの銀行を当たったが、人事部長はもう一度電話をし直してくれと言い、言われたとおりにもう一度電話をすると、〝現時点であなたの資格にふさわしい地位が急に空く予定はない〟という返答が戻ってくるばかりだった。結婚を予定している日が近づくにつれて、リチャードの不安はいやましに募っていった。

「彼らを責めるわけにはいかないよ」彼はフロレンティナに言った。「父と大きな取引をしているんだから、機嫌を損ねたくないんだ」

「臆病者ばかりね。レスター銀行と喧嘩していて、そのせいで取引を拒否しているところをどこか思いつかない？」

リチャードはしばし頭を抱えてその質問の答えを探したあとで言った。「〈バンク・オヴ・アメリカ〉しか思いつかないな。以前、父はあそことぶつかっているんだ。損失の増大を防ぐための保証の件でね。彼らがかなり長いことそれを認めるのを渋ったんで、そのあいだに利子の損が膨らんだんだよ。やつらとは二度と取引をしないと父は息巻いていたっけ。当たってみる価値はあるな――明日、電話するよ」

翌日面接に応じてくれた支配人は、本行で仕事をしたいのは本銀行と父上との有名な不和が理由かと訊いた。

「そうです、サー」リチャードは答えた。

「よろしい、お互いに共通しているところがあるわけだ。現金出納見習いとして採用しよう。月曜からくるように。それから、きみが本当にウィリアム・ケインの子息なら、いつまでもその地位に甘んじることはないはずだ」

サンフランシスコにきて三週目の土曜日、リチャードとフロレンティナはカリフォルニア・ストリートのセント・エドワーズ教会で簡素な結婚式を挙げた。オライリー神父――フロレンティナの母が連れてきたのだった――がシカゴから空路やってきて、式を執り行なってくれた。クロードは父親代わりになって花嫁を花婿に引き渡すと、今度はそのままリチャードの側に立って新郎付き添い役になった。ベラは巨体をピンクのマタニティドレスに包み、花嫁に付きそう既婚婦人役を務めた。その夜、六人はフィッシャーマンズ・ウォーフの〈ディマジオズ〉でディナーを共にし、お祝いをした。フロレンティナとリチャードの週給を合わせても払いきれなかったので、ザフィアが助け舟を出してくれた。

「今度あなたたちが四人で外食したいと思ったら」ザフィアが言った。「わたしに電話をちょうだい。一番早い便で飛んでくるから」

新郎新婦は夜中の一時になってようやくベッドに潜り込んだ。

「銀行の現金出納見習いと結婚することになるとは思わなかったわ」

「売り子と結婚することになるとは思わなかったよ。だけど、世間的には五十歩百歩かもな」

「そのままにならないことを祈りましょう」フロレンティナは言い、リチャードが明かりを消した。

アベルは使える手段を総動員してフロレンティナの行方を探した。何日も電話をかけつづけ、電報を打ちつづけ、警察の手まで借りた挙句、残されている手掛かりは一つしかないと気がついた。そして、シカゴのある番号をダイヤルした。

「もしもし」ウィリアム・ケインに徹頭徹尾引けを取らない冷ややかな声が応えた。

「私がこの電話をしている理由はわかっているはずだな」

「たぶんね」

「フロレンティナとリチャード・ケインのことをいつから知っていたんだ？」

「三か月ほど前からかしら。フロレンティナがシカゴへ飛んできて、彼のことを教えてくれたわ。わたし、結婚式で彼に会ったわよ。あの子の言葉は大袈裟じゃなかった。稀に見る好男子だわ」

「いま、どこにいるか知っているのか？」

「知ってるわ」

「どこだ？」

「自分で見つけるのね」電話が切れた。手助けを拒む者がもう一人いることがわかった。

目の前の机には来るべきヨーロッパ旅行のために準備されたものを収めたファイルが開かれないまま置かれていた。航空券が二枚、ロンドン、エディンバラ、カンヌのホテルの予約が二人分、オペラと演劇のチケットがそれぞれ二枚ずつ。しかし、いまや一人分しか必要でなくなっていた。フロレンティナは〈エディンバラ・バロン〉のオープンにも、〈カンヌ・バロン〉のオープンにも立ち会うことがないのだから。

そのまま、浅い、目覚めたくない間歇的な眠りに沈んだ。翌朝八時、ジョージ・ノヴァクが机に突っ伏している彼を見つけた。

ヨーロッパから戻ってくるまでにはフロレンティナを見つけておくとノヴァクは約束したが、当のアベルは娘の置き手紙を繰り返し読み、たとえ見つかったとしても絶対に会ってはくれないだろうと気づいていた。ただし……。

18

「三万四千ドルの融資をお願いしたいのですが」フロレンティナは言った。

「使途をお教えいただけますか？」

「ノブヒルの建物を賃借してファッション・ショップを開きたいのです」

「契約期間はどのぐらいでしょう？」

「十年で、こちらの意志よる更新も可能です」

「私どもが融資するとして、その担保はどのようなものでしょうか？」

「バロン・グループの株を三千株保有しています」

「しかし、あそこは上場していませんよね」リチャードが言った。「公開されていなくて市場で取引できないから、事実上無価値です」

「ですが、バロン・グループの総資産は五千万ドルと評価されていますし、わたしの持ち株はその一パーセントに相当します」

「どういう経緯でその株を保有することになったのですか？」

「父がバロン・グループの会長をしていて、わたしの二十一歳の誕生日にプレゼントしてくれたのです」

「では、今回の三万四千ドルもお父さまから直接お借りになればいいのではありませんか?」

「まったく」フロレンティナはげんなりした。「銀行って、そこまで要求するものなの?」

「残念ながら、そうなんだよ、ジェシー」

「銀行の支配人って、みんながあなたみたいに手強(てごわ)いの? シカゴでこんな扱いをされたことは一度もなかったけど?」

「それは彼らにはきみのお父さんの口座という担保があったからさ。きみがだれだか知らない者はそんな融通をきかせてはくれないよ。融資部長は新規の客を相手にしたら例外なく、本当に返済してもらえるかどうかを心配しなくてはならないんだ。その危険に二重の歯止めがない限り、自分の首が危険にさらされるという仕事なんだよ。だから、融資を依頼するときは、必ずテーブルの反対側にいる相手の立場になって考えなくちゃ駄目だ。融資を頼んでくる相手は自分は勝者になると確信しているけれども、融資部長は彼らの半分以上が敗者になる、あるいはせいぜいが引き分けに終わることを知っている。だから、貸した金を必ず回収できる方法を常に持てるよう、相手を慎重に選ばなくちゃならない。ぼくの父の口癖だけど、融資案件の大半は銀行に一パーセントの儲けしかもたらしてくれないから、融資金額を丸々失うようなことは五年に一度以上あってはならないんだ」

「わかった。でも、そうだとしたら、『お父さまから直接お借りになればいいのではありませんか？』と訊かれたときにどう答えればいいの？」

「本当のことを言うのさ。いいかい、銀行業というのは信頼に基づいているんだ。きみが自分たちに常に誠実だとわかれば、苦しいときも味方になってくれる」

「まだわたしの質問に答えてもらってないわ」

「ただこう言えばいい――父とわたしは家族のことで反目していて、いまのわたしは独力で成功したいんです、とね」

「それでうまくいくかしら？」

「わからない。だけど、それをしたら、少なくとも隠し事は一切していないことになるだろう。さあ、もう一回やってみようか」

「どうしても？」

「ああ、どうしてもだ。きみにただで金を出してくれる者はいないんだぜ、ジェシー」

「三万四千ドルの融資をお願いしたいのですが」

「使途をお教えいただけますか？」

「ノブヒルの建物を――」

「ディナーよ」ベラが吼（ほ）えた。

「救いの神だわ」フロレンティナは言った。

「ディナーのあいだだけだけどな。月曜日だけど、いくつ銀行を回るつもりなんだ?」

「三つよ。〈バンク・オヴ・カリフォルニア〉、〈ウェルズ・ファーゴ〉、そして、〈クロッカー〉。わたしが〈バンク・オヴ・アメリカ〉にいきなり顔を出して、あなたが三万四千ドルをカウンターに置いてくれるってわけにどうしていかないのかしら?」

「アメリカに男女混合の刑務所がないからだよ」

クロードがドアから顔を覗かせて言った。「急いだほうがいいと思うぜ、お二人さん。さもないと、テーブルに何も残っていなくなるぞ」


ジョージはバロン・グループの社長としてできる限りのことをし、できるだけ多くの時間を費やしてフロレンティナの手掛かりを探した。アベルがヨーロッパから帰るまでに、何としてもしっかりした結果を出すと決めていた。

そして、ある人物について、アベルより少しはましな協力を得ることができた。西海岸で幸せな結婚生活を送っているカップルのところへ定期的に通っていることを、ザフィアが嬉々として教えてくれたのである。シカゴの旅行代理店に電話を一本するだけで、その西海岸はサンフランシスコだとわかった。それから二十四時間もしないうちに、フロレンティナの住所と電話番号も突き止めることができた。そして、その番号に電話をし、名付け娘と短い会話まで交わすことにも成功したが、フロレンティナは名付け親に対してもとても用心深かった。

ヘンリー・オズボーンが手助けをしたいと言ってきたが、それは明らかに見せかけで、実はアベルに何かが起きていることを嗅ぎつけて、その正体を知ろうとしているに過ぎなかった。それだけでなく、さらなる金の無心までする始末だった。

「その返事はアベルが帰るまで待ってもらうしかないな」ジョージはにべもなく断わった。

「そこまで持ちこたえられるかどうかおぼつかないんだ」

「悪いが、ヘンリー、個人に融資する権限は私にはないんだ」

「貸す相手が重役でも駄目なのか？　その判断を後悔することになるぞ、ジョージ。だって、バロン・グループ誕生の経緯を私はきみより詳しく知っているんだ。そういう情報に喜んで金を払う連中がいるのも間違いないことだからな」

アベルがヨーロッパから戻ってくるとき、ジョージは必ず三十分前にアイドルワイルド空港にいることにしていた。グループ内での出来事を知りたくてアベルがうずうずしているのを知っていたからである。だが、今回ばかりは最初の質問がそれではないという確信があった。

いつものとおり、アベルは税関を通過してくる最初の乗客のなかにいた。そして、ジョージと並んで社用のキャディラックの後部席に腰を落ち着けるや、一切の前置きなしで訊いた。「聞くべきことはあるか?」何を知りたいのか、ジョージには訊き返すまでもなく明らかだった。

「いいほうと悪いほうと両方ある」ジョージはサイドウィンドウの横についているボタンを押しながら言った。ガラスの仕切りが上がってきて、後部席と運転席を遮断した。その間も、アベルは待ち兼ねる様子でせわしなく窓枠を指で叩いていた。「フロレンティナは母親と連絡を取りつづけている。サンフランシスコの小さな家に、ラドクリフ時代の友人と住んでいる」

「結婚は?」

「している」

アベルはジョージの言葉の最終的な意味を理解しようとするかのように、しばらく何も言わなかった。

「ケインの息子は?」

「ある銀行に職を得ている。ハーヴァード・ビジネス・スクールを途中でやめて、父親の推薦状もないという話が広まり、あちこちで断わられたようだ。ウィリアム・ケインの機嫌を損ねる結果になってまで彼を雇おうとする者は多くないからな。最終的には〈バンク・オヴ・アメリカ〉が現金出納見習いとして引き受けた。給料は学歴相応には程遠い低さのようだ」

「フロレンティナは？」

「ゴールデンゲート・パーク近くの〈ウェイアウト・コロンバス〉というファッション・ショップで店長代理をしていて、いくつかの銀行に融資を求めている」

「なぜだ？」アベルは不安そうだった。「何か問題でもあるのか？」

「そうじゃない、自分の店を持つための資金を調達しようとしているんだ」

「金額は？」

「三万四千ドルだ。それでノブヒルの小さな建物を賃借しようとしている」

アベルは少し考えたあとで言った。「その金を借りられるようにしてやろう。ただし、通常の銀行融資のように見せかける。私の差し金だとは絶対に気づかれないようにするんだぞ」そして、また窓枠を指で叩きはじめた。「これは私ときみのあいだだけの厳秘だからな」

「わかった」

「それから、娘の動きを逐一、細大漏らさず報告してくれ」

「ケインの息子はどうする？」

「あいつのことなんかどうでもいい」アベルは答えた。「悪いほうの知らせを聞かせてもらおうか」

「またヘンリー・オズボーンだ。あちこちに借金があるらしい。私の睨んだところで間違いないと思うんだが、ここへきての金蔓があんたしかいなくなったんだな。それで、今度も脅しにかかってきているんだ――あんたがこのグループを負債ごと受け継いだ初期のころに賄賂を黙認したことや、シカゴの旧〈リッチモンド・コンチネンタル〉の火災の保険金を水増し請求したことを当局に知らせると言ってな。しかも、あんたと会った日からの詳細なメモを保存しているファイルが厚さ三インチにもなっているんだそうだ」

「あいつのことは明日の午前中に処理する」

アベルがバロン・グループの活動についての情報更新を終えたとき、ヘンリー・オズボーンがやってきた。二人きりで話し合うためだった。アベルは顔を上げて彼を見た。大量飲酒と借金の影響が顔に現われはじめていた。アベルはそのとき初めて、オズボーンが実年齢より老けて見えると感じた。

「いま微妙な時期で、乗り切るのに少し金が要るんだ」オズボーンが握手するより早く言った。「ちょっと不運続きでね」

「またか、ヘンリー。いい年齢なんだから、少しは分別を働かせたらどうだ。それで、今回はいくら必要なんだ?」

「一万あればなんとかなると思う」オズボーンが言った。

「一万だと！」アベルは吐き捨てるように言った。「あんた、私を何だと思ってるんだ？　金のなる木か？　この前は五千ドルだったじゃないか」

「インフレだよ」オズボーンが笑おうとした。

「いいか、これが最後だ」アベルは小切手帳を取り出した。「今度金の無心をしたら、ヘンリー、あんたを重役から外し、一セントの退職金もなしで出ていってもらうからな」

「きみは本当の友だちだ、アベル。二度と無心はしない――誓って約束する。二度と、絶対にしない」アベルが見ていると、オズボーンは自分の前のテーブルに置いてある葉巻入れから葉巻を一本取って火をつけた。この二十年、ジョージでもそんなことはしなかった。

「感謝する、アベル。これできみも後悔しなくてすむわけだ」

オズボーンが葉巻を吹かしながら悠然と出ていった。ドアが閉まるのを待って、アベルはインターコムでジョージを呼んだ。

「どうだった？」

「とりあえずは無理を聞いてやったが、これが最後だ」アベルは言った。「どういうわけか一万ドルかかった」

「一万ドルも？」ジョージがため息をついた。「あいつのことだ、またやってくるぞ。賭けてもいい」

「こないほうが身のためなんだがな。あいつとはもう終わりだ。過去に私のために何をしてくれたにせよ、もうその義理は果たした。娘について何かわかったことはあるか？」

「フロレンティナに便宜を図ってくれるよう、〈クロッカー・ナショナル・バンク・オヴ・サンフランシスコ〉に話をつけておいた」ジョージが言った。「彼女は今度の月曜日に融資担当者と会うことになっている。それから、特別な忖度は要求してないから、彼女の目には銀行との普通の取引に見えるだろう。実際に返済時の利子を通常より〇・五パーセント上乗せしてあるから、不審に思う理由もないはずだ。その融資の返済保証人があんただってことも知らないしな」

「ありがとう、ジョージ、完璧だ。娘が二年以内に完済して、二度と融資を受ける必要がなくなるほうへ十ドル賭けてもいいぞ」

「賭け率が五倍なら受けてもいいな」ジョージが言った。「ヘンリーに持ちかけてみたらどうだ？　あいつをカモにするほうが簡単だろう」

　アベルは笑った。「これからも娘のすることを逐一細大漏らさず報告してくれ。逐一だぞ」

　次の月曜日、フロレンティナは三つの銀行を尋ねた。〈バンク・オヴ・カリフォルニア〉は多少の関心を示し、〈ウェルズ・ファーゴ〉は相手にもしてくれず、〈クロッカー〉は改めて電話をもらいたいと言ってくれた。リチャードは歓(よろこ)びと驚きを同時に表わした。

「それで、向こうはどんな条件を出してきたんだ？」

「〈バンク・オヴ・カリフォルニア〉は利子八パーセントと賃貸契約書の提出、〈クロッカー〉は利子八・五パーセントとバロン・グループのわたしの保有株よ」

「両行ともにきみとはこれまで取引がないわけだから、それを考えれば、条件としては妥当だな。だけど、それが意味するのは、税込みで二十五パーセントの利益を出さなくてはならないということだ。しかも、それでとんとんだ」

「その数字を紙の上で検討してみたのよ、リチャード。その結果、初年度に三十五パーセントの利益を見込めるんじゃないかという結論に達したわ」

「その数字ならぼくも昨夜のうちに検討してみたが、ジェシー、きみの結論はあまりに楽観的に過ぎる。その数字を達成できる見込みはない。ぼくの予想を言わせてもらうなら、実際のところ、初年度は七千から一万ドルの赤字を覚悟しないといけないだろうな。だとすると、銀行がきみの将来を長い目で見て信じてくれるのを期待するしかないな」

「融資担当者もまったく同じことを言ってくれたわ」

「それで、向こうの結論はいつ出るんだ？」

「今週末までには返事をくれることになってるわ。試験の結果を待つより不安よ」

「きみはよくやっている、ケイン」支店長が言った。「というわけで、きみの昇進を本店に具申するつもりだ。私の考えでは――」

そのとき机で電話が鳴り、支店長が受話器を取って耳を澄ました。

「きみにだ」支店長が意外そうに言い、受話器をリチャードに渡した。

「〈バンク・オヴ・カリフォルニア〉の融資委員会はご期待に添いかねるという返事だったけど、〈クロッカー〉は受け容れてくれたわ。ねえ、リチャード、これってすごくない？」

「もちろんです、マダム、本当にいい知らせです」リチャードは支店長の手前、改まった口調で答えた。

「まあ、そう言ってもらえてとても嬉しいわ、ミスター・ケイン。いま、わたしは社会的地位の問題を抱えているんですけど、あなたに何か解決の手助けをしていただくことはできるかしら？」

「私どもの銀行へお運び願えれば、マダム、もっと詳しいお話ができるかと存じますが」

「何ていい考えなんでしょう。わたし、銀行の金庫室でお金に囲まれてセックスするのを昔から夢見ているんですよ。数えきれないほど多くのベンジャミン・フランクリンに見つめられながらね」

「私もいい考えだと思います。それをする最初の機会を確認できたらお電話いたします」

「あまり長く放っておかれたら、口座をよそへ移すかもしれないわよ」

「私ども〈バンク・オヴ・アメリカ〉は常にお客さま第一を考えております、マダム」

「わたしの口座を見たら、とてもそうは思えないけどね」

電話が切れた。


「お祝いはどこがいい？」リチャードは訊いた。

「電話で言ったじゃない——銀行の金庫室よ」

「ダーリン、きみから電話があったときは、支店長と二人きりで話をしている最中だったんだ。ぼくに海外部門のナンバー・スリーのポストを与えるよう進言すると言ってくれているんだ」

「素敵じゃない。それなら、お祝いを二倍にしないとね。チャイナタウンへ行って、テイクアウトを五人前とコーラの大瓶を五本買って帰りましょう」

「どうして五人前なんだ、ジェシー？」

「ベラが二人分だからよ。ついでながら、ミスター・ケイン、あなたにマダムと呼ばれるのって好きよ。そっちのほうがいいかも」

「いや、このままジェシーで行かせてもらうよ。出会ってからしばらくのあいだ、きみにいいように騙されていたことを忘れずにすむからね」

クロードが両手に一本ずつシャンパンを持って現われた。「一本はいますぐここで開けるわ。お祝いよ」ベラが言った。

「いいわね」フロレンティナは言った。「でも、もう一本はどうするの？」

「ぼくたちに予想できない特別なことがあったときのために取っておくのさ」クロードがきっぱりと言った。

リチャードが一本目を開けて四つのグラスに注ぐあいだに、フロレンティナは二本目を冷蔵庫の隅に突っ込んだ。

翌日にはノブヒルの小さな建物の賃貸契約書にサインをし、ケイン夫妻は店の上の広いとは言えないアパートに引っ越した。フロレンティナとベラとリチャードの三人は週末をペンキ塗りと掃除に費やし、四人のなかで一番絵心のあるクロードが店のウィンドウの上に〈フロレンティナズ〉とロイヤルブルーで店の名前を描いた。開店はひと月後に予定されていた。

最初の一週間、フロレンティナは経営者、店長、店員として、父親と取引のあるニューヨークの主要な卸売業者と接触した。ものの何日もしないうちに、三か月決済の商品を潤沢に揃えられるだけの成果を得ることができた。

開店は一九五八年八月一日、同日、日付が変わる直前にベラが体重十二ポンドの男の子を生んだこともあり、決して忘れることのない日になった。

政府が切手を三セントから四セントに値上げする前の日を選んで、大量の開店通知を郵送した。また、ナンシー・チンという店員――魅力はメイジーと同程度だが、頭がよかった――を、フロレンティナのかつての雇い主だった〈ウェイアウト・コロンバス〉からすでに引き抜いていた。開店の日の朝、フロレンティナは楽観的な期待とともにナンシーと店頭で客を待ったが、やってきたのは丸一日で一人だけで、しかもその男性は〈マーク・ホプキンズ〉への行き方を訊いただけだった。翌朝、一人の若い女性がやってきて、ニューヨークで仕入れたシャツを一時間かけて検めた。何着か試着までしたが、結局は買わずじまいで出ていった。午後、今度は中年のレディが入ってきてあれこれ品定めをした挙句、ようやく手袋を一組買ってくれた。

「おいくらかしら？」彼女が訊いた。

「お代は結構です」フロレンティナは答えた。

「お代は結構って？」レディが訊き返した。

「はい、〈フロレンティナズ〉の商品を購入してくださった最初のお客さまですので、お代はいただきません」

「それは嬉しいわね」レディが言った。「このお店のことをお友だちのみんなに教えるわ」

「ぼくが〈ブルーミングデイル〉で手袋を買ったときは一度も〝お代は結構です〟なんて言わなかったよな、ミス・コヴァッツ？」その日の夜、リチャードが言った。「その調子で気前のいいことをしていたら、この月末には倒産だな」

しかし、今回ばかりはその予想が間違っていたことが証明された。件（くだん）のレディが女子青年連盟サンフランシスコ支部の支部長であり、彼女の一言は〈サンフランシスコ・クロニクル〉の全面広告以上の影響力があることが後にわかったのだった。

最初の数週間、フロレンティナは一日十八時間働いているようだった。終業と同時に在庫目録を確認し、リチャードが帳簿を検める日がつづいた。何か月か経つと、この小さな店でどうやったら利益を出せるのかわからなくなってきた。

初年度末、ケイン夫妻はベラとクロードを招待して、七千三百八十ドルの赤字ですんだことを祝った。

「来年はもっといい結果を出さなくちゃ」フロレンティナは宣言した。

「どうして？」リチャードが訊いた。

「食費が増えるからよ」

「ベラが同居するのか？」

「そうじゃなくて、わたし、赤ちゃんができたの」

リチャードは歓喜した。一つ心配があるとすれば、出産の当日までフロレンティナが仕事をするのを止められないのではないかということだった。二年度目はささやかながら二千ドルの黒字になり、体重九ポンド三オンスの、乳首が一つの息子が生まれた。

最初の子が男の子だった場合の名前は、とうの昔に二人で決めてあった。

フロレンティナの息子の名付け親になってほしいと頼まれたとき、ジョージ・ノヴァクは驚きと喜びを同時に感じた。本人はそうでもない振りを装ったが、実はアベルも喜んでいた。娘がどういう暮らしをしているか、ことあるごとに知りたがるのがその証拠だった。

命名式の前日、ジョージはロサンジェルスへ飛んで新しいバロン・ホテルの進捗状況を確認した。アベルは何としても九月末には建物を完成させると決めていたが、それは選挙運動で遊説にくることになっているジョン・F・ケネディに〈ロサンジェルス・バロン〉のオープニング・セレモニーを執行してもらいたいからにほかならなかった。ジョージはアベルの設定期限内に竣工(しゅんこう)できる確信を得てサンフランシスコへ飛んだ。

ジョージは生まれついて人を好きになるのに時間がかかるほうであり、信用するまでにはもっと時間がかかることもあったが、リチャード・ケインに関してはそれが当てはまらなかった。すぐに好感を持ったし、フロレンティナがこの短期間に成し遂げた結果を目の当たりにするや、彼女の夫の良識と慎重さがなかったら不可能だっただろうと確信した。そして、彼について自分が感じたことを正直にアベルに伝えることにした。

落ち着いたディナーのあと、ジョージとリチャードは一ポイント当たり一ドルを賭けてバックギャモンをやり、命名式の相談をした。「フロレンティナの洗礼式のときとは大違いだ」ジョージがこっそり打ち明け、それを聞いたリチャードは結婚に反対した義理の父親が留置場で一夜を過ごすところを想像して笑った。

「きみはダブルばかり出しているようだな」ジョージはリチャードが注いでくれた〈レミ・マルタン〉を舐めながら言った。

「父は」リチャードが言いかけ、一瞬ためらったあとでつづけた。「ぼくがダブルのことで愚痴ると、潔くないと言って責めるのが常でしたよ」

ジョージは笑って訊いた。「お父上は元気かな？」

「わかりません。ジェシーと結婚してから接触がありませんから」

自分が名付け親になった娘が〝ジェシー〟と呼ばれることに、ジョージはいまだに慣れなかったが、その理由がわかるや、アベルが聞いたらさぞ面白がるだろうと思った。

「残念ながら、きみとフロレンティナのことについては、父上もアベルと同じぐらい頑ななようだな」ジョージは言った。

「母とはいまも連絡を取り合っているんですが」リチャードがブランディを一口飲んでつづけた。「父の態度が変わることはなさそうです。ミスター・ロスノフスキがレスター銀行の株を買い増ししようとしているあいだは特にね」

「それは確かな話なのか？」ジョージは驚いて訊き返した。

「二年前のウォール・ストリートの銀行家なら、彼が何を目論んでいるか知らない者はいませんでしたよ」

「いまのアベルは自分の流儀を頑として変えないから、私が道理を説いても聴く耳は持たないだろう」ジョージが言い、ブランディに口をつける前に付け加えた。「だが、現時点で彼のほうから面倒を起こすとは、私は思っていない」どうしてそう思わないか、リチャードは敢えて理由を訊かなかった。話したいと思えば訊かなくても話してくれるはずだと気づいたのだった。

「いいかね、もしケネディが選挙に勝ったら」ジョージがグラスを置いてつづけた。「わずかではあるがアベルが新政府でささやかな地位を与えられる可能性がなくはない。まあ、それ以上の高望みは無理だろうけどな」

「きっとポーランド大使よ」フロレンティナがコーヒーの入ったカップを載せた盆を持って入ってきた。「その栄誉に浴する最初のポーランド移民になるわけよ。父にその野心があることは、二人で初めてヨーロッパへ行ったときから明らかだったもの」

ジョージは何も言わなかった。

「その件についてはヘンリー・オズボーンが裏で動いているとか？」フロレンティナは訊いた。

「それは違う。そのことについて、あの男は知りもしない」ジョージが椅子に背中を預けてリラックスした。「アベルはもうあいつを信用していない。下院の議席を失って以降、控えめに言っても全然使い物になっていない。それやこれやで、重役を辞めさせることを考えているところだ」

「少なくとも、ヘンリー・オズボーンが実際はどんなに汚ない男かには気がついたわけね」

「それは昔からわかっていたんじゃないかな。だが、下院議員でいるあいだは利用価値があったことは否定できない。私個人としては、下院議員でなくなったいまも危険な男だと思っているがね」

「なぜ？」フロレンティナは訊いた。

「アベルとミスター・ケインの反目について知りすぎているように思われるからだ。そして、これ以上借金がかさむようなら、その情報を材料にミスター・ケインとの取引を目論みかねない」

「それはあり得ませんよ」リチャードが否定した。

「そう断言できる理由は何かな？」ジョージが訊いた。

「これほど長い年月が経っているのに、知らないんですか？」リチャードが訊いた。

ジョージがフロレンティナとリチャードを見較（みくら）べた。「知らないって、何を？」

「本当に知らないみたいね」フロレンティナは言った。

「ダブルを出さないと駄目ですよ」リチャードがジョージのグラスにたっぷりブランディ

を注ぎ足してつづけた。「ヘンリー・オズボーンが父を嫌っているのはミスター・ロスノフスキの比ではないんです」

「何だって？　その理由は？」ジョージが身を乗り出した。

「ヘンリー・オズボーンは私の祖父の死後、私の祖母と結婚しました」リチャードが自分にはコーヒーを注ぎ足しながらつづけた。「ずいぶん昔のことですが、若かったオズボーンは私の祖父の死後、一家のささやかな資産を私の祖母から巻き上げようとしたんです。しかし、その企みは成功しませんでした。私の父――まだ十七歳という若さだったんですが――が、ハーヴァード卒業と軍隊勤務が見せかけに過ぎないことを突き止め、法的手段を講じて縁を切ったからです」

「驚いたな！」ジョージが言った。「アベルはそのことを知っているんだろうか？」賽子を振る番だということも忘れていた。

「もちろん、知っているわ」フロレンティナが答えた。「それに、ヘンリー・オズボーンを雇うと決めたそもそもの理由がそれだったに違いないわ。ミスター・ケインに絶対に秘密を洩らさないと確信できるだれかを味方につける必要があったのよ」

「きみはどうやってそれを知ったんだ、フロレンティナ？」

「わたしがジェシー・コヴァッツでないことをリチャードが突き止めたときに、いろいろ繋ぎ合わせたら全容が明らかになったの。ヘンリー・オズボーンに関する情報の大半は、お父さんの机の一番下の引き出しに鍵をかけてしまってあるファイルにまとめられているわ」

「この年齢になって、たった一日でこんなに多くのことを学ぶとは思わなかったな」ジョージが言った。

「あなたの学びの一日はまだ始まってもいませんよ」リチャードは言った。「ヘンリー・オズボーンはハーヴァード大学にも戦争にも行っていないし、本名はヴィットリオ・トグナなんです」ジョージはあんぐりと口を開けたまま言葉もなかった。

「それに、わたしたちはお父さんがレスター銀行の株の六パーセントを保有していることも知っているわ。もう二パーセントを手に入れたらどんな問題を引き起こせるかは想像に難くないわよね」

「ミスター・ロスノフスキはその二パーセントをピーター・パーフィットから買い取ろうとしていると、私たちはそう睨んでいます。ピーター・パーフィットというのは、私の父がレスター銀行の頭取に推されたときに反対した人物です。ミスター・ロスノフスキの最終目標は、私の父親を父自身の重役会から追い出すことなんじゃないでしょうか」リチャードは付け加えた。

「以前はそうだったかもしれん」

「いまはどうしてそうではないと?」フロレンティナが訊いた。

「ポーランド大使になる目があるうちは、ミスター・ケインを重役会から追い出すなどという愚かなことを企てることはないだろう。だから、それを心配する必要はない」

「もう一番どうです、ジョージ？」リチャードが誘った。

「いや、もう結構だ。私は負けを認めるときは常に潔いんだ」ジョージは内ポケットから紙入れを取り出し、十一ドルを差し出した。「だがいいか、そうだとしても、きみがダブルを連発したことには文句を言わせてもらうからな」

19

　第一子出産のために入院しているあいだはナンシー・チンが滞りなく店を切り回してくれたが、ケイン・ジュニアを奥の部屋のベビーベッドに寝かしておいてもよくなると、フロレンティナはいそいそと仕事に復帰した。そして、ミス・トレッドゴールドに息子の写真を初めて送ったとき、いずれ手助けをしてくれるだれかを雇わなくてはならなくなるだろうが、それまでは母親として一から十まで自分の手で育てたいと書き添え、こう付け加えた。――〝ただし、マッチ・ハダム以外ではあなたのような人物は見つからないでしょうけど〟。

　結婚して最初の二年は、フロレンティナもリチャードも各々のキャリアを積み上げることに専念した。フロレンティナは二軒目を出す候補地を探し、リチャードは行内の出世の梯子をまた一段上りつつあった。フロレンティナは日々の財政の心配よりファッションの傾向に目を向けることにもっと時間を使いたかったが、銀行の仕事を終えて帰ってきたリチャードに、毎晩帳簿を見てくれとは頼めないと感じていた。将来の大胆な計画をナンシーと話し合ったが、小さいサイズの服を大量に仕入れることについて彼女はいささか懐疑的だった。

「わたしには合うかもしれないけど――」小柄なナンシーがにやりと笑って言った。「ほとんどのアメリカの女性はそうじゃありませんからね」

「そんなことはないわ。小さいのが流行りになるはずよ。わたしたち、その先駆者になるのよ。それが流行りだとアメリカの女性が思ったら、あなたでさえ肥っていると見えるぐらいの痩身革命を目の当たりにすることになるんだから」

ナンシーが笑った。「将来、あなたが自分用に四号や六号のサイズの服を注文するようになったら、先見の明があったと認めてもいいですけどね」


ジョージが帰って以降、フロレンティナもリチャードも双方の家族の難問を話題にすることがなかった。どのような和解も絶望的だとわかっていた。二人とも自分の母親とは定期的に電話で連絡を取り合っていて、リチャードは二人の妹からときどき手紙を受け取っていたが、ヴァージニアの結婚式に招待されなかったことがことさら残念だった。この不幸な状態は、二つの出来事がなかったら、いつまでもそのままつづいていたかもしれなかった。一つ目は避けるのが難しく、二つ目は間違った人間が電話に出たことが原因だった。

一つ目が起こったのは、新たに〈ロサンジェルス・バロン〉がオープンされるときだった。フロレンティナは自分の三つ目の店を開く準備を進めながら、新しいそのホテルの進捗状況を興味津々で見守っていた。最新のバロン・ホテルは一九六〇年九月に完成し、フロレンティナは珍しく午後の休みを取り、ジョン・ケネディ上院議員が行なうオープニング・セレモニーを見た。

彼女は上院議員を目当てに押し寄せた大群衆の後ろのほうで、自分の父親を観察した。ずいぶん年を取ったように見え、間違いなく肥っていた。周囲にいる人々を見る限り、民主党の面々としっかりつながっていることは明らかだった。もしケネディが当選したら、父は人生で残っている最後の望みが叶うのだろうか、と娘は思った。

父のした見事な歓迎スピーチも気に入ったが、若い大統領候補にも魅了された。新しいアメリカを体現しているようだった。彼の話を聞いて、何としてもジョン・ケネディを次の大統領にしたくていてもたってもいられなくなった。そのあと、オープンしたての新しいバロン・ホテルをすぐさまあとにし、サンフランシスコで彼の選挙運動に時間を割き、イリノイ州第九選挙区に送金して、ケネディの選挙を応援すると決意した。もっとも、父親がはるかに大きな金額をすでに献金していて、彼女の努力などちっぽけなものにしか見えないだろうと思われたし、リチャードは依然として不動の共和党支持で、ニクソン副大統領のゆるぎない支持者だった。

「共和党の看板候補者について訊かれたとき、アイゼンハワーが何と言ったか、あなた、まさか忘れてないわよね？」フロレンティナはからかった。

「確か、あんまり好意的な言葉ではなかったな」

「ある新聞記者がこう訊いたのよ――あなたの在職期間、ニクソン副大統領はどういう大きな決定に参加しましたか、とね」

「それで、アイクは何と答えたんだっけ？」

「一週間くれたら一つぐらいは思い出せるかもしれない、よ」


　選挙運動の残りの数週間、フロレンティナは自由になる時間を見つけては、サンフランシスコの選挙本部で封筒の宛名書きや電話の応対に精を出した。過去の二つの選挙とは違って、民主党は今度こそ保留条件一切なしで信頼できる候補者を見つけたという確信があった。候補者同士の最後のテレビ討論は、ヘンリー・オズボーンによってほとんど葬り去られていた彼女の政治的野心をふたたび目覚めさせた。ケネディのカリスマ性と政治的洞察力は圧倒的で、選挙運動をしっかり見ていた人々が共和党候補にどうしたら投票する気になれるのか、フロレンティナには不思議でしかなかった。それでもリチャードは、カリスマ性や容貌は実際の政治や証明された実績と――日焼けした顔と〝午後五時の陰（ファイブ・オクロック・シャドウ）〟が目立つ青白い顔が比較されるのは致し方ないとしても――較べられるものではないと指摘した。

選挙当日、リチャードとフロレンティナは夜を徹してテレビの前に釘付けになり、開票速報を見守った。予想外の接戦、逆転、驚きがカリフォルニアまでつづいて、そこでアメリカ大統領選挙史上最僅少差でケネディが大統領と決した。この結果にフロレンティナは恍惚（こうこつ）となり、リチャードは民主党の大物であるデイリー市長のお膝元のクック郡でケネディが大勝しなかったら、あるいは、もう少し得票数が少なかったら、こういう結末はあり得なかったと負け惜しみを言いつづけた。

「わたしが大統領に立候補したら、民主党の候補だけど投票してくれる？」

「政策によるな。ぼくは銀行家であって、夢想家じゃないんでね」

「ところで、宵っ張りの銀行家さん、わたし、もう一軒店を持ちたいんだけど」

「何だって？」リチャードが思わず訊き返した。

「サンディエゴに掘り出し物の物件があるのよ。契約期間は二年だけど、更新も可なの」

「金額は？」

「三万ドル」

「頭がどうかしたんじゃないか、ジェシー。それは今年度の予測利益を丸ごとその拡張に突っ込むってことなんだぞ」

「拡張って言えば、わたし、また赤ちゃんができたわ」

第三十五代アメリカ大統領の就任演説を、フロレンティナとリチャードは最初の店の上のアパートのテレビで聴いた。

〝いまこのとき、この場所から、敵にも味方にも等しくこの言葉を伝えましょう。松明(たいまつ)はアメリカの新しい世代へと引き継がれました。この世紀に生まれ、戦争に鍛えられ、困難で厳しい平和に律せられた世代へと……〟フロレンティナの目は本当に多くの人々が信を置いた人物から一瞬たりと離れなかった。〝あなたの国があなたに何をできるかを問うのではなく、あなたが国のために何ができるかを問うのです……〟ケネディ大統領が演説を終えると、テレビの向こうの群衆が立ち上がった。気がつくと、彼女自身も拍手喝采に加わっていた。そして、アメリカじゅうの家庭でどれだけ多くの人々が拍手をしているのだろうと思いながらリチャードを見た。

「民主党にしては悪くないな」リチャードが自分も拍手をしていることに気がついて言った。

フロレンティナは微笑した。「父があの現場にいると思う？」

「いるだろう」

「それなら、いまのわたしたちにできることは、指名されるのを大人しく待つことだけね」

翌日届いたジョージの手紙が確認してくれていたが、アベルはやはりワシントンでの式典に出席していた。その手紙はこう締めくくられていた――〝父上はワルシャワへ戻れると確信しているようで、彼がその申し出を受ければ、リチャードを引き合わせるのも容易になるだろうと、私も同様に確信している〟。

「結局、ジョージはすごい味方だったのね」フロレンティナは言った。

「ぼくたちだけでなく、きみのお父さんにとってもだろうな」リチャードが考える様子で言った。

フロレンティナは一日も欠かすことなく、ホワイトハウスのピエール・サリンジャー報道官の記者発表を確かめたが、ポーランド大使に関する発表は出てこなかった。

20

一面を横断する見出しは見落とそうにも見落としようがないほど大きかった。

〝シカゴ・バロン逮捕〟

フロレンティナは記事に目を通しながらも半信半疑だった。

ニューヨーク発——〝シカゴ・バロン〟の異名を持つ世界的ホテル王、ミスター・アベル・ロスノフスキは、本日午前八時三十分、東五十七丁目のアパートでFBIによって逮捕された。逮捕状が執行されたのは、昨夜、彼が商用でのトルコ出張から帰国したあとで、そこにオープンした〈イスタンブール・バロン〉は、彼のホテル・チェーンの最新のものである。逮捕容疑は異なる十四の州における州政府当局者の買収であり、FBIはヘンリー・オズボーン元下院議員の事情聴取も希望しているが、当該本人は数週間前からシカゴで姿を見られていない。ミスター・ロスノフスキの弁護人、ミスター・トラフォード・ジルクスは容疑を否定する声明を発表し、依頼人は自らが潔白であることを一点の曇りもなく証明するための準備ができている旨を付け加えた。ミスター・ロスノフスキは一万ドルの保釈金を払って保釈を認められた。

記事はさらに、ホワイトハウスはロスノフスキ容疑者を次のポーランド大使に任命することを考えているのではないかとの噂が、しばらく前からワシントンで流れていた、とつづけていた。

その夜、フロレンティナは眠れないままに、父親はこれからどうなるのだろうかと思案しつづけた。そして、今回の逮捕にはヘンリー・オズボーンが何らかの形で関わっているに違いないと考え、各紙で報道されるだろう情報を一つ残らず追跡すると決めた。ジョージに連絡すべきかどうか迷ったが、結論は出なかった。リチャードは事業を大きくする過程で些末な贈収賄事件に巻き込まれずにすんだ実業家は皆無に等しいと言って、妻を慰めようとした。

裁判が始まる三日前、司法省はニューオーリーンズでヘンリー・オズボーンを見つけた。彼は逮捕され、起訴されて、即刻、被告に不利な証言をして自分の減刑を図る共犯証言者に変身した。ＦＢＩはプレスコット判事に裁判開始の延期を求めた。最近手に入ったミスター・ロスノフスキに関する資料の内容について、オズボーン元下院議員から話を聞く必要がある、というのがその理由だった。プレスコット判事はその申し立てを認め、訴訟準備のための四週間の猶予をＦＢＩに与えた。

　間もなくメディアが突き止めた事実によれば、事の発端は、オズボーンがかなりの額の借金を清算するために、バロン・グループの重役をしていた十年のあいだに収集した情報資料をシカゴのある私立探偵事務所に売ったことだった。しかし、その情報資料がどうしてＦＢＩの手に渡ったのかについては、メディアも突き止められずにいた。

　フロレンティナはヘンリー・オズボーンを恐れた。彼が検察側の重要証人になったことで父が長期刑を宣告されるかもしれないという恐怖が頭を離れなかった。また眠れない夜を過ごしたあと、彼女の父親に連絡することをリチャードが提案した。フロレンティナは同意し、支援を約束し、潔白を全面的に信じる内容の手紙を書いた。封をしようと糊を取りに机へ行ったとき、そこにお気に入りの息子の写真があることに気づき、父親宛の手紙に同封した。

　一回目の法廷が開かれる四時間前、ヘンリー・オズボーンの縊死(いし)死体が独房で発見された。見つけたのは朝食を運んでいった看守で、首に巻かれていたのはハーヴァード大学のスクール・タイだった。

「どうしてヘンリーは自殺したのかしら？」その日の午前中遅い時間に、フロレンティナは母のザフィアに電話で訊いた。

「あら、その答えなら簡単よ」ザフィアが言った。「あの資料と引き換えに借金を肩代わりしてくれた私立探偵社の目的はアベルを脅迫すること以外にないと、ヘンリーはそう思い込んでいたの」

「本当の理由は何だったの？」

「その資料はシカゴで匿名のだれかが買ったことになっているんだけど、実はその裏で糸を引いたのはウィリアム・ケインで、彼が後にその資料をＦＢＩに流したの」

フロレンティナはウィリアム・ケインを憎悪するあまり、その思いをリチャードにぶつけずにいられなかった。だが、リチャードも明らかに自分の父親のやったことに同じように腹を立てていた。それがわかったのは、彼と彼の母親が電話で話しているのを聞くともなく聞いたときだった。

「ずいぶん厳しく責めてたじゃない」フロレンティナはようやく受話器を置いたリチャードに言った。

「ああ。母も両方から責められて気の毒だな」

「残念だけど、わたしたちはこの悲劇の最終幕にまだたどり着いていないんじゃないかしら」フロレンティナは言った。「父はわたしの記憶がある限りの昔から、ワルシャワ駐在大使になることを望んでいたの。こういうことになったいま、父はあなたの父親を絶対に許さないでしょうね」

裁判が始まるや、フロレンティナは法廷から戻ってきた母親に毎晩電話をし、進み具合を逐一聞き出すのが決まりになった。一回一回母の見解を聞いていくうちに、自分と母親が必ずしも同じ結果を求めているのではないような気がしてきた。

「裁判はアベルに有利になりはじめてるわ」第二週の半ばに母が言った。

「そうだと言い切れる根拠は何？」フロレンティナは訊いた。

「切り札ともいうべき証人がいなくなってしまった以上、原告側が反対尋問に耐えられなくなっているのよ。アベルの弁護人のトラォード・ジルクス弁護士はヘンリー・オズボーンを操り人形に仕立て上げつつあるわ」

「それはお父さんの無実が証明されるだろうってこと？」

「それはどうかわからないけど、法廷関係者はＦＢＩが取引を申し出るだろうと予測しているわね」

「どんな取引なの？」

「そうね、もっと軽い容疑での有罪を認めれば、主要な容疑を取り下げるということかしら」

「罰金ですむかしら？」フロレンティナはそれでも不安だった。

「運がよければね。でも、プレスコット判事は厳格だから、実刑の可能性がないとは言い切れないんじゃないかしら」

「罰金ですむことを祈りましょう」

母は何も言わなかった。

「シカゴ・バロンに執行猶予付き六か月の刑の判決が下りました」フロレンティナはカー・ラジオからのニュースキャスターの声を聴いた。リチャードを銀行へ迎えに行く途中だった。危うくビュイックに追突しそうになり、駐車禁止区域にもかかわらず、そこに入って車を止めた。ニュースキャスターの言葉に集中したかった。

FBIは〝シカゴ・バロン〟ことミスター・アベル・ロスノフスキに対する主要訴因、贈賄容疑を取り下げ、被告は公務員に影響力を行使すべく不法な企てをした軽罪について有罪を認めました。これによって、陪審は解散となりました。プレスコット判事は事件の要点及び法律上の論点の説示でこう述べています。〝事業を行なう権利に公務員の買収は含まれない。贈賄は犯罪であり、聡明かつ有能な人物が手を染めれば、それはさらに悪質さを増すことになる。彼らはそういう見下げ果てた真似（まね）をすべきではない〟。そして、こう付け加えています。〝賄賂が当たり前のように受け容れられている国もあるかもしれないが、アメリカ合衆国はそうではない〟。プレスコット判事はアベル・ロスノフスキ被告に執行猶予付きの六か月の刑と二万五千ドルの罰金を宣告しました。

次のニュースです、ケネディ大統領は……

フロレンティナはラジオを消した。そのとき、運転席の窓をこつこつと叩く音が聞こえて窓を下ろした。

「ここは駐車禁止です、マダム」

「ええ」フロレンティナは認めた。

「すぐに移動してください。さもないと十ドルの罰金を払うことになりますよ」

「二万五千ドルの罰金と執行猶予付き六か月の刑か。もっと重くなる可能性もあったわけだから、まずまずじゃないのか」ジョージは〈ニューヨーク・バロン〉へ戻る車のなかで言った。

「ポーランドを失ったことを忘れるな」アベルが言った。「われわれに必要なレスター銀行の株の二パーセントを何としても、たとえ百万ドルかかろうとも、パーフィットから買うんだ。そうすれば八パーセントを確保できて、付則第七条を行使してウィリアム・ケインをやつ自身の重役会から追い出すことができる」

これについては何をどう諫言(かんげん)しても無駄だとジョージはわかっていた。

数日後、アメリカ国務省は次期ワルシャワ駐在大使にジョン・ムーアズ・キャボットが任じられることを発表した。

21

プレスコット判事がアベルに判決を言い渡した翌朝、二つ目の事件が起こった。アパートの電話が店につながっている子機で鳴り、ナンシーはウィンドウの冬物を春物に替えている最中だったのでフロレンティナが応対した。

「ミスター・ケインをお願いしたいのですが」レディの声だった。遠くからかけているように聞こえた。

「お気の毒ですが、もう仕事に出てしまいました。伝言を承りましょうか？　わたしはフロレンティナ・ケインです」

長い沈黙のあとで声が戻ってきた。「わたしはケイト・ケインです。どうぞ、電話を切らないで」

「なぜわたしが電話を切ると思われたのでしょう、ミセス・ケイン？」フロレンティナは訊きながらも膝が震え、電話の横の椅子に腰を下ろさずにいられなかった。

「わたしをとても嫌っているに違いないからよ、マイ・ディア。もっとも、そうであっても不思議はありませんけどね」リチャードの母親が早口で答えた。

「あなたを嫌っているなんてとんでもない、そんなことはありません、ミセス・ケイン。帰宅したら電話するよう、リチャードに伝えましょうか？」

「いえ、結構よ。わたしが息子と連絡を取り合っていることを夫は知らないの。知ったら、ひどく腹を立てるでしょうからね。そうではなくて、わたしが本当に望んでいることは最終的にあなたにかかっているのよ」

「わたしにかかっているんですか？」

「そうなの。わたし、どうしてもあなたとリチャードを訪ねて、孫の顔を見たいのよ——あなたがわたしを赦してくれればだけど」

「ぜひいらっしゃってください、ミセス・ケイン」フロレンティナは即答した。

「まあ、何て優しいんでしょう。三週間後に夫が会議でメキシコへ行くから、その金曜日ならそっちへ飛んでいけるわね。ただし、月曜の朝一番に帰らなくちゃならないけど」

　リチャードはその知らせを聞くと冷蔵庫へ直行した。フロレンティナは訳がわからないままついていき、クロードが買ってきた二本のシャンパンの残りの一本が開けられ、グラスに注がれるのを見てなるほどと微笑した。

　三週間後、フロレンティナはリチャードと一緒に空港へ行き、彼の母親を出迎えた。

「でも、本当に美人なんですね！」それがミセス・ケインを見てフロレンティナが発した第一声だった。確かにほっそりとした上品なレディで、六時間も飛行機に乗っていたようには微塵も見えなかった。「わたし、妊娠しているとはいえ、こんなお腹でばつが悪いわ」

「あなた、何を予想していたの？　赤い角と長くて黒い尾を持った人食い鬼が現われるとでも？」

フロレンティナが笑うと、ミセス・ケインは彼女の腕を取って一緒に歩き出した。とりあえず、息子はどうでもいいということだった。

二人があっという間に打ち解けるのを見て、リチャードはほっとした。アパートに着いて初孫を見た瞬間、ミセス・ケインが伝統的かつ典型的な祖母に変身した。

「ウィリアムにもこの子を見せてやりたいわね」彼女は言った。「でも、残念ながら、夫とはその話をできる段階にも到達していないのよね」

「ミスター・ロスノフスキと父とのあいだがどうなっているか、ぼくたち以上に知ってるとか、そういうことはないのかな？」リチャードが訊いた。

「たくさんあるとは言えないわね」ケイトが答えた。「デーヴィス・リロイのホテル・グループが倒産の危機に瀕したとき、ウィリアムは銀行として彼を支援することを拒否したの。それで、デーヴィス・リロイの自殺の原因はウィリアムにあるとミスター・ロスノフスキは信じているというわけ。ヘンリー・オズボーンさえそこに登場しなければ、この不幸な話にはとうの昔に終止符が打たれていたかもしれないんだけれどね」そして、ため息をついた。「わたしが生きているうちに解決することを祈るのみだわ」

「残念ながら、どっちかが冷静さと理性を取り戻す前に、どっちかが死んでしまいそうな気がするよ」リチャードが言った。「どっちもとんでもなく頑固だからな」

四人は気を許し合った幸せな週末を——四人のうち一人、すなわちケイトの孫は玩具（おもちゃ）を床に投げつけることに大半の時間を費やしたが——一緒に過ごした。日曜日の夜に送ってもらった空港で、ケイトはまた会いにくると約束し、夫が仕事で留守にしているときに、と付け加えた。彼女はフロレンティナに最後にこう言った。「夫もあなたに会いさえすれば、リチャードが恋に落ちた理由がすぐにわかるでしょうにね」

ケイトが振り返って手を振ると、孫が一つ覚えの言葉を繰り返した。「おとうしゃん」それを聞いてケイトが苦笑した。「男というのは生まれたときから男性優越主義なのね。リチャードが最初に覚えたのも同じ言葉だったわ。あなたが最初に覚えた言葉は何だったか、だれか教えてくれた、フロレンティナ？」

数週間後、アナベルが甲高い産声とともにこの世界に登場し、両親はその年度末、フロレンティナが一万九千百七十四ドルの利益を計上したことと合わせて二重のお祝いをし、リチャードはそれを記念して、利益のごく一部を投じて名門ゴルフコース〈オリンピック・クラブ〉の家族会員権を買うことにした。

リチャードは銀行の海外部門でより責任の重い仕事を与えられ、夜の帰宅時間が遅くなっただけでなく、海外を経巡らなくてはならなくなりはじめた。いよいよフルタイムの子守を雇うときがきたとフロレンティナは判断した。さもないと、店舗経営に専念できないと。もう一人のミス・トレッドゴールドを見つけるのは無理だろうと諦めていたが、ベラがキャロルというアフリカ系アメリカ人の娘を推薦してくれた。一年前に高校を卒業したけれども仕事を見つけられないでいるとのことだった。

息子は会った瞬間にキャロルの腕に飛び込んだ。偏見とは子供が年長者から学ぶものだということを、フロレンティナは痛感せざるを得なかった。

22

「信じられない」フロレンティナは言った。「こんなことが起こるなんて思ってもいませんでした。素晴らしい知らせだけど、いったい何がお父さまを心変わりさせたんでしょう？」

「年を取ったということよ」電話の向こうのケイト・ケインは涙声だった。「それで、早くリチャードとの溝を埋めなければ、重役会に息子がいない状態でレスターを辞めなくちゃならなくなるわけで、それを恐れているのよ。それから、自分の後を引き継ぐのはジェイク・トーマスになる可能性が高いと考えていて、彼はリチャードより二つ年上でしかないから、自分より若い男に——ウィリアム・ケインの息子とあれば尚更——重役会の席を提供したくないに決まっていると思ってもいるの」

「残念だわ、リチャードがここにいてくれれば、その知らせを伝えられるのに。海外部門の責任者に昇進してからというもの、七時前に帰ってくることはほとんどないんです。でも、彼も大喜びすると思います。お父さまにお目にかかるなんて緊張と不安しかないんですけど、それが表に出ないようにしないといけませんね」フロレンティナは言った。

「彼のほうがよっぽど緊張と不安に苛まれているわよ。でも、心配は無用よ、マイ・ディア、ウィリアムは放蕩息子の帰還に備えて肥った仔牛を準備しているから。この前あなたとわたしが話をして以降、あなたのお父さまからは連絡があった？」

「いえ、何もありません。放蕩娘の帰還に備えて仔牛を準備してはくれないようです」

「諦めないで。お父さまの目を開かせる何かが起こらないとも限らないわ。あなたたちがニューヨークへきたときに、みんなで方法を考えましょう」

「まだ父とミスター・ケインが和解する可能性はあると信じたいのは本当に山々だけど、ほとんど諦めかけていたんです」

「それでも、少なくとも一方の父親が理性を取り戻したことに感謝しましょう」ケイトが言った。「すぐにそっちへ飛んで、詳しい段取りを相談しましょう」

　リチャードはその知らせを聞いて大喜びし、『クマのプーさん』を息子に読み聞かせ終わるや腰を落ち着けて、母親からの知らせを隅々まで聞いた。「十一月ならニューヨークへ行けるんじゃないかな」リチャードが言った。

「わたし、それまで待つ自信がない」

「六年以上待ったじゃないか」

「そうだけど、これは別よ」

「いつものことながら、きみは明日でいいことをどうしても今日したい人なんだな。それで思い出したけど、サンディエゴの新しい店舗の申請書を読ませてもらったよ」

「どうだった？」

「サンディエゴの市場に余地があることは明らかだし、融資条件もそれなりに整っている。だから、前に進めてもいいと思う」

「どうしたの？　次は何？　あなたからそんな言葉を聞くなんて思ってもいなかったんですけど、ミスター・ケイン？」

「待てよ、ジェシー。全面的に賛成しているわけじゃない。というのは、きみの拡張計画のある部分について気になるところがあるんだ。独自のデザイナーを雇う必要があるというところなんだけどね」

「その説明なら簡単だわ」フロレンティナは言った。「いまある店舗は五つだけど、商品を仕入れるための支出が総売り上げの四十パーセントと高いままなのよ。もし自分たちで商品をデザインすれば、明白な利点が二つできてくるわ。一つ目は間接費を削減できること、二つ目は自社製品を持続的に宣伝できることよ」

「それは何？」

「同時に、大きな不利が一つ生じる」

「全部自社製品にしたら、九十日以内に返品した商品の割戻し金を受け取れなくなる恐れがある」

「それはそうだけど、事業を拡張すればするほど、その問題は小さくなっていくわ。それに、いいデザイナーを見つけることができたら、最終的には競合店でうちの商品を売ることもできるようになるのよ」

「そういうデザイナーの前例はあるのか？」

「ピエール・カルダンがそうよ。店舗より本人のほうが有名だわ」

「そういうデザイナーを見つけるのは簡単じゃないだろう」

「あなたを見つけませんでしたっけ、ミスター・ケイン？」

「違うよ、ジェシー。ぼくがきみを見つけたんだ」

フロレンティナは微笑した。「子供が二人いて、お店が六軒あって、あなたはレスターの重役に迎えられそうなのよ。そして何よりも、あなたのお父さまにお会いできることになった。これ以上何を望めるというの？」

「きみのお父さんに会うことだよ」アナベルが泣き出した。「ほらな、ぼくの言ったとおりだろ？」リチャードがからかった。

ケイトが東海岸へ帰ったあと、フロレンティナはすぐにもニューヨークへ行きたかったが、その時間を作ることができなかった。サンディエゴでの新規開店、ほかの五つの店への目配り、いいデザイナー探し、その上に母親の役目をも果たそうとしなくてはならず、忙しいではすまないぐらい忙しかった。

ニューヨークへ出発する日が近づくにつれて、フロレンティナの不安と緊張はいやましに募っていった。自分が着ていくものを慎重に選び、子供たちには何着か新調してやり、リチャードのために赤いストライプの入ったシャツを新規に買うことまでしたが、週末以外に着てくれるかどうかは怪しかった。リチャードの父親に受け入れてもらえないのではないかと心配で毎晩眠れず、ミセス・ケインの言葉を繰り返しリチャードから聞かされるはめになった――〝彼のほうがよっぽど緊張と不安に苛まれているわよ〟。

六軒目の開店と目前に近づいた父親との和解を祝うために、リチャードは〈ウォー・メモリアル・オペラ・ハウス〉で行なわれているイタリア国立バレエ団の『くるみ割り人形』にフロレンティナを連れ出した。リチャードはバレエを堪能したが、彼が驚いたことに、フロレンティナはずっと心ここにあらずのようだった。幕間休憩で明かりがつくと、どうしたんだと訊いてみた。

「あの素晴らしい衣装のデザイナーはだれなのか、気になって気になって仕方がなかったのよ」フロレンティナがプログラムをめくりはじめた。

「ぼくなら〝素晴らしい〟じゃなくて〝とんでもない〟と形容するけどな」リチャードは言った。

「それはあなたの色彩感覚に問題があるからよ」フロレンティナが言い返し、プログラムに載っているデザイナー紹介を声に出して読みはじめた。「氏名ジァンニーニ・ディ・フェランティ、一九三一年ミラノ生まれ、フィレンツェ現代美術大学を卒業、バレエ団帯同は今回が初。バレエ団を辞めて、うちへきてくれないかしら」

「ぼくなら断わるね。ぼくがきみの会社に関して持っている内部情報によればだけどな」

「彼のほうがあなたより冒険心に富んでいるかもしれないわよ、ダーリン？」

「あるいは、単に頭がおかしいかだ。なんたってイタリア人だからな」

「どっちが正しいか突き止める方法が一つだけあるわ」

「どんな？」

「楽屋へ行くのよ」

「だけど、後半を見逃すことになるぞ」

「後半を見逃しても、わたしの人生は変わらないんじゃない？」フロレンティナは通路へと向かった。

　リチャードも後を追い、二人で楽屋口を探した。若い警備員が窓を開けた。

「ご用ですか？」不機嫌な口調だった。

「そうなの」フロレンティナはぬけぬけと嘘をついた。「ミスター・ジァンニーニ・ディ・フェランティに会いたいの。約束はしてあります」

リチャードが大丈夫かという目で妻を見た。

「お名前は?」警備員が電話に手を伸ばしながら訊いた。

「フロレンティナ・ケインです」

警備員がその名前を送話口に向かって繰り返し、向こうの返事を聞いて受話器を戻した。

「そういう名前は聞いたことがないそうです」

立ち往生しそうなフロレンティナを見てリチャードは財布から二十ドル札を出し、警備員の前のカウンターに置いた。

「私の名前なら聞いたことがあるかもしれないな」リチャードは言った。

「そういうことなら、自分で確かめてください」警備員は紙幣をさりげなくポケットに入れながら言った。「このドアから通路を右へ行って二階へ上がった左側です」そして、叩きつけるように窓を閉めた。リチャードが先に立って階段を上がった。

「実業家はのし上がるどこかの段階で必ずささやかな賄賂を使うのよね」フロレンティナがからかった。

「おいおい、自分の嘘が通じなかったからってぼくに当たるなよ」リチャードは言った。

部屋の前に着いたフロレンティナは、しっかりとノックをしたあとでおずおずとドアを開けた。

長身で黒髪の男性が部屋の奥の隅でスパゲッティを食べていた。オーダーメイドのブルージーンズに青のブレザーコート、その下はくだけた開襟シャツという服装だった。だが、一番にフロレンティナの目に留まったのは、芸術家の長い指だった。その青年がフロレンティナを見たとたんに立ち上がった。

「ジァンニーニ」フロレンティナは言った。「お目にかかれて――」

「違いますよ」青年が柔らかいイタリア訛りの英語でさえぎった。「彼なら洗面所です」

　フロレンティナがにやりと笑ったリチャードの踝(くるぶし)にすぐさま鋭い蹴りを入れてふたたび口を開こうとしたとき、ドアが開いて、別の男性が現われた。身長はせいぜい五フィート、禿頭(とくとう)に近かったが、プログラムに載っている紹介によればまだ三十になっていなかった。着ているもののデザインは美しかったが、ウェストラインはそこにいる友人のそれよりはるかに大きな影響をスパゲッティに受けていた。

「この人たちはだれだ、ヴァレリオ?」

「わたしはフロレンティナ・ケイン」彼女はヴァレリオと呼ばれた友人が答えるより早く名乗った。「こちらは夫のリチャードです」

「ご用件は?」彼はフロレンティナを見ようともしないままヴァレリオの向かいに腰を下ろした。

「わたしのところのデザイナーになっていただきたくてきました」

「またか」彼がどうしようもないというように両手を上げた。

フロレンティナは深呼吸をした。「ほかからも同じ申し出があるのでしょうか？」

「ニューヨークではイヴ・サン＝ローラン、ロサンジェルスではピエール・カルダン、ロンドン、パリ、ローマでは数えきれないぐらいだけど、もっとつづけますか？」

「でも、利益に応じてのインセンティヴを申し出たところはありますか？」

何の利益だ？　リチャードは訊こうとしたが、踝の痛みを思い出して諦めた。

「わたしはすでに六軒の店を持っていて、さらに六軒の店を持つ計画を進めています」フロレンティナは思わず口走った。その結果、一言聞くたびに夫の眉が大きく持ち上がることにジァンニーニ・ディ・フェランティが気づかないでくれればいいがと祈るはめになった。

「数年以内に総売り上げが数百万ドルになる可能性があります」

「サン＝ローランはいまでも超えていますよ」ディ・フェランティが言った。依然として彼女を見ようとしなかった。

「それは知っています。でも、あなたへの申し出はどんなものだったんでしょう？」

「年俸二万五千ドルと利益の一パーセント」

「わたしは二万五千ドルと利益の五パーセントを提示します」

ディ・フェランティがもういいというように手を振った。

「二万五千ドルと十パーセントでは？」

ディ・フェランティが笑い出したと思うと立ち上がり、ドアを開けて、フロレンティナとリチャードに退出を促した。フロレンティナはびくとも動かなかった。

「どうやらあなたは次の店のデザインをゼフィレッリにやらせられないかと期待しながら、同時にルイジ・フェルポッツィを名誉顧問に迎えられないかと期待するような種類の人らしい」と言ったあとで、ディ・フェランティが付け加えた。「もっとも、いま私が言ったことの意味をあなたに理解できると思っているわけではありませんけどね」

「ルイジは」フロレンティナは高慢な口調で応じた。「わたしの親友です」

ディ・フェランティが両手を腰に当てて哄笑した。「あなたたちアメリカ人はみんな同じですね。次は、ローマ教皇の法衣をデザインしたのは自分だとでも言い出すんじゃないですか？」

リチャードは少なからず同情した。

「虚仮脅しは通用しませんよ、シニョーラ。フェルポッツィはつい先週、ロサンジェルスでやったショウにきてくれて、ぼくのデザインについていろいろ話したばかりなんです。まあ、少なくともこれでもう一つ、あなたにお帰り願う理由ができたわけです」ディ・フェランティが鏡台の上の電話に手を伸ばし、何も言わずに受話器を上げて２１３をダイヤルした。応答があるまで、だれも口を開かなかった。ようやく電話の向こうから声が戻ってきて、フロレンティナの耳にも届いた。

「ルイジか?」ディ・フェランティが言った。「ジァンニーニだ。いまここにフロレンティナ・ケインというアメリカ人のレディが見えていて、きみの親友だと主張しておられるんだ」そして、しばらく耳を澄ましたあとで笑みが大きくなった。「ミセス・ケインという女性は一人も知らないし、もしかしてそのレディはアルカトラズ刑務所のほうが自分の家のようで居心地がいいんじゃないか、と彼は言っているんですがね」

「いいえ、アルカトラズのほうが居心地がいいなんてことはありません。彼はわたしの父があそこを建てたとでも思っているはずだから、そう言ってみてくださるかしら?」

ジァンニーニ・ディ・フェランティはその言葉を送話口で繰り返し、返事を聞くうちに訝しげな顔になってようやくフロレンティナの顔を見た。「あなたにお茶を一杯差し上げたいとルイジが言っているんですよ。もっとも、ティーポット持参でないと駄目だそうですが」

フロレンティナはこの小柄なイタリア人と二度食事をし――一度はリチャードも一緒のディナー、もう一度が銀行家たち同席のランチ――、さらに高額の支度金を支払ったうえで相手を説得して、ようやく専属デザイナーとして、友人のヴァレリオと一緒にサンフランシスコに移住させることに成功した。これが自分の探していた突破口になるという確信があった。ジァンニーニとの交渉で気持ちが昂るあまり、ニューヨークへ飛んでリチャードの父親と会う日まで六日しかないことをすっかり忘れていた。

月曜の朝食をとっているとき、気を失うのではないかと心配になるぐらいリチャードが顔面蒼白（そうはく）になった。

「どうしたの、ダーリン？」フロレンティナは訊いた。

リチャードがまるで言葉を失ったかのように〈ウォール・ストリート・ジャーナル〉の一面を指さした。フロレンティナはそこに大きな文字で印刷されている発表に目をやり、何も言わずに新聞を夫に返した。リチャードはそこに記されている文字の連なりの意味を改めて確認して、そこに含まれている意味を理解した。その言葉の簡潔さと威力は衝撃的だった。〝レスター銀行頭取兼会長、ウィリアム・ローウェル・ケイン、先週金曜日の重役会直後に辞任〟。

説明もなく、病気の兆候もないこんなに突然の辞任について、ウォール・ストリートが最悪の解釈をするであろうことを、リチャードはわかっていた。やはり銀行家である一人息子が重役になるよう要請されていないとあれば尚更だった。彼は両腕をフロレンティナに回してしっかりと胸に抱き締めた。

「わたしたちのニューヨーク行きは中止かしら？」

「それはきみのお父さんが原因である場合だけだ」

「中止なんてあり得ない――そんなこと、わたしがさせないわ。こんなに長いあいだ待ったんだから、絶対に実現させなくちゃ」

　そのとき電話が鳴り、リチャードがフロレンティナを抱いたまま腕を伸ばして受話器を取った。

「もしもし」

「リチャード、お母さんよ。なんとかして家から出ようとしていたの。ニュースを聞いた？」

「ああ、たったいま〈ウォール・ストリート・ジャーナル〉で読んだところだよ。辞任の理由はいったい何なんだ？」

「わたしもすべてを詳しく知っているという自信はないんだけど、わかっている限りでは、ミスター・ロスノフスキは十年前からあの銀行の株を六パーセント持っていて、どういうわけか、あと二パーセント上積みするだけでウィリアムを排除できるらしいのよ」

「第七条を行使できるようになるんだ」

「そう、それよ。何を意味するのか、わたしにはいまもわからないんだけど」

「お父さんがその条項を銀行の付則に加えたのは、将来の乗っ取りから自分を守るためだったんだ。その条項があれば、八パーセント以上の株を持っている者しかお父さんの権威に挑戦できないわけだから、絶対に安全だと考えたんだよ。一族以外のだれかにそれだけ大量の株を取得されるとは想像もしなかったんだろう。もし外部のだれかに排除される可能性があると感じていたら、レスター銀行の会長になるために〈ケイン・アンド・キャボット〉の株の五十一パーセントを手放しはしなかったはずだからね」

「でも、それは依然としてウィリアムが辞任する理由の説明になっていないわ」

「ぼくの想像だけど、フロレンティナのお父さんが何らかの方法で必要な二パーセントを手に入れたんだ。そうなればお父さんと同じ力を持てて、お父さんが会長として銀行のためにやろうとすることをことごとく邪魔できるようになるからね」

「でも、ウィリアムが銀行のためにやろうとすることを邪魔するって、いったいどうやったらそんなことができるの？」銀行で何が起こりつつあるかを父が母に話していなかったことが、いまやリチャードには明らかだった。

「ぼくの記憶が正しければ、第七条に明記されている保証条項のなかに」リチャードはつづけた。「株の八パーセントを所有する者はだれであろうと銀行が関わる取引を九十日停止させられるという項目があるんだ。ミスター・ロスノフスキがレスターの株の六パーセントを持っていることは銀行の監査報告書でわかっている。おそらく、残る二パーセントはピーター・パーフィットから手に入れたんじゃないかな」

「いいえ、ピーター・パーフィットからではないはずよ」母が言った。「わたし、知ってるんだけど、あの株はウィリアムが安全を確保するために、古い友人に市場価格よりかなり高く買い取らせたの。だから、最近は気を許していて、将来についても自信を持っていたわ」

「だとしたら、本当にわからないのは、ミスター・ロスノフスキが必要な二パーセントをどうやって手に入れたかだ。ぼくの知る限りでは、自分の持ち株を手放しそうな者は重役会には一人もいない。ただし――」

「三分経ちました、マダム」

「どこからかけてるの、お母さん？」

「公衆電話よ。ウィリアムが家族のだれであれあなたと接触するのを禁じて、フロレンティナも見たくないと言っているの」

「だけど、この件は彼女とは何の関係もない――」

「お気の毒ですが、マダム、三分が過ぎています」

「料金ならぼくが払う」リチャードは交換手に言った。

「申し訳ありませんが、サー、回線はすでに切れています」

リチャードは受話器を戻した。

フロレンティナが彼を見上げて言った。「わたしを赦してくれる、ダーリン？　こんな非道なことをする父親を持ったわたしを？　わたしは絶対に父を赦さないわ」

「だれに対しても予断は禁物だよ、ジェシー」リチャードは髪を撫でてやりながら言った。

「真実がすべて明らかになれば、責められるべきはどちらか一方ではなくて等しく両方だとわかるんじゃないかな。きみには心配すべき子供が二人と店が六軒あるんだし、ぼくにはじりじりしながら銀行で待っている顧客が間違いなくいる。この件を引きずってくよくよするのはやめよう。だって、これは断言してもいいけど、ここまできたら状況がこれ以上悪くなることはないんだから」

フロレンティナは夫にかじりついたままでいた。力強い言葉がありがたかった。もっとも、信じているわけではなかったが。

アベルも同じ日に〈ウォール・ストリート・ジャーナル〉でウィリアム・ケインの辞任を知り、受話器を取ってレスター銀行の番号をダイヤルすると、新しい会長につないでもらった。数秒後、ジェイク・トーマスが応えた。「おはようございます、ミスター・ロスノフスキ」

「おはよう、ミスター・トーマス。実は、私が持っている八パーセントのレスター銀行株を、きみ個人にすぐに二百万ドルで譲りたいと考えているんだが、それを受けてもらえるかどうか確認したくて電話をさせてもらった次第なんだ」

「ありがとうございます、ミスター・ロスノフスキ。あなたは本当に気前のいい方だ」

「礼は無用だよ、会長。きみから二パーセントを買ったときの約束を履行したに過ぎんのだから」

父親から被った打撃から立ち直るのにしばらく時間がかかることに、フロレンティナは気がついた。父への愛と憎しみがいまだに同時に存在し得ることが不思議だった。急成長する帝国に専念することで、父とは二度と会わないという思いを頭から締め出そうとした。

個人的なものではないにせよ、それと同じぐらいの打撃を与えたさらなる悲劇が、一九六三年十一月二十二日に彼女を襲った。リチャードが職場から電話をかけてきて——そんなことは初めてだった——、ケネディ大統領がダラスで撃たれたと知らせたのだった。

23

フロレンティナが新たに獲得したイタリア人デザイナー、ジァンニーニ・ディ・フェランティは、小さな〝F〟を二つ絡み合わせて自分のすべての作品の襟や袖に入れるというアイディアを考案した。それは大当たりをし、会社の評判を高めてくれることになった。そのアイディアはイヴ・サン－ローランの二番煎じだとほかならぬジァンニーニ自身がだれよりも先に認めたが、それでも大成功を収めた。

フロレンティナは時間を作ってロサンジェルスへ飛び、ビヴァリーヒルズのロデオ・ドライヴで売りに出されている物件を見に行った。一目見て気に入り、七軒目の〈フロレンティナズ〉を開くつもりだとリチャードに告げた。それに対する彼の返事はこうだった――数字を慎重に検討してからでないとその物件への融資を要請してもいいかどうか助言できないけれども、いまは銀行の仕事がとても忙しいので何日か待ってもらわなくてはならない。

今度が初めてではなかったが、経営上のパートナー、少なくとも財務部長が必要だと思われた。銀行でのリチャードの責任がどんどん大きくなりつつあるいまとなっては尚更だった。リチャードを引き抜きたかったが、それを言い出すのはさすがにためらわれた。

「〈サンフランシスコ・クロニクル〉に財務部長求むと求人広告を出して、どのぐらいの数の応募があるか見てみたらどうかな」リチャードが言った。「選考にはぼくも協力するし、絞り込んだ候補者を二人で面接すればいい」

リチャードの提案を実行に移すや、何日もしないうちに、銀行家、弁護士、会計士から応募が殺到した。全員が是非とも面接を受けさせてもらいたいと大いなる関心を示していた。応募者の選別を手伝っていたリチャードが、夜も半ばを過ぎたころに一通の応募書類に目を留めて言った。「ぼくもどうかしてるよな」

「そんなの先刻承知よ、マイ・ダーリン。だから、あなたと結婚したんだもの」

「ぼくたちは四百ドルを無駄にしたぞ」

「どうして？　この求人広告はいい投資になるってあなた、確信してたじゃない。実際にそうだったことを、この応募書類の山が証明してるじゃないの」

リチャードが自分の読んでいた応募書類をフロレンティナに渡した。

「資格は充分にあるみたいね」その書類を読み通したあとでフロレンティナは言った。「それに、〈バンク・オヴ・アメリカ〉に勤務しているとあるから、この人が財務部長に適任かどうか、あなたの意見も聞かせてもらえるわよね」

「適任であることに疑いの余地はない。だけど、この候補者が銀行を辞めてきみのところへきたら、空いた席はだれが埋めることになると思う?」

「わからない」

「いいかい、この応募者はぼくの直属の上司なんだ。だから、ぼくにお鉢が回ってくるかもしれない」

フロレンティナは思わず噴き出した。「わたし、どうしてあなたに頼む勇気がなかったのかしら。それでも、四百ドルの価値は充分にあったんじゃないかしらね——パートナー」

四週間後、リチャード・ケインは〈バンク・オヴ・アメリカ〉を辞め、妻の会社に参加して五十パーセントの株を持って、サンフランシスコ、ロサンジェルス、サンディエゴの〈フロレンティナズ〉の共同経営者兼財務担当重役になった。

また一つ選挙があったが、フロレンティナは関わらなかった。拡大する帝国に忙殺されて、選挙どころではなかった。民主党支持の自分でもリンドン・ジョンソンは信頼できないし、共和党候補のバリー・ゴールドウォーターには軽蔑しか感じない、とリチャードに打ち明けた。リチャードが車に貼ったバンパーステッカー——〝Au + H_2O = 1964〟——も、彼女はすぐさま剝がしてしまった。(Auは金(ゴールド)、H_2Oは水(ウォーター)の化学式。即ちゴールドウォーターの意。一九六四年の大統領選で、ゴールドウォータ

ー支持の学生が考えたスローガン）

大統領選の話は二度としないことで合意したものの、十一月に民主党が地滑り的大勝利を収めると、フロレンティナは内心でほくそ笑んだ。

翌年、子供たち二人は会社を上回る速度で成長し、息子の五回目の誕生日にはダラスとボストンでさらに二軒の〈フロレンティナズ〉がオープンした。リチャードは依然として店の急拡大ぶりを警戒していたが、フロレンティナの勢いは一向に衰える様子がなかった。ジァンニーニ・ディ・フェランティィの服を着たがる顧客がどんどん増えていき、フロレンティナは空いた時間のほとんどを、有望な店舗の候補地を探すべくあちこちの都市を回ることに費やさなくてはならなかった。

一九六六年には、〈フロレンティナズ〉のない主要都市は一つだけになっていた。〈フロレンティナズ〉を出したいと彼女が思っている通りは一つしかなく、そこに空き店舗が出るのには何年も待たなくてはならないかもしれなかった。

24

「あんたはどうしようもなく頑固で愚かな老いぼれだな、アベル」

「そんなことはわかってる。だが、時計の針は戻せないんだ」

「ともかく、あんたが何と言おうと私は招待を受ける。止めても無駄だからな」

長いポーランドの旅から戻って以降、ジョージが唯一の外界との接点だった。最古の友人の言うことが正しいのはわかっていたし、魅力的であることも認めざるを得なかった。ケインもくるだろうか？　そうあってほしいと思っている自分に気づいたが、あり得ないだろうと疑ってもいた。あの男もおれに負けず劣らず頑固だから……。

アベルの胸の内をジョージが代弁した。「私の見立てでは、ウィリアム・ケインは必ずやってくる」

アベルはその見立てについては応えず、こう訊いた。「ワルシャワに関する最終報告はどうなってる？」

「届いてるとも」話題を変えられたことにむっとしたジョージが鋭い口調で答えた。「すべての協定書に署名がすんでいるし、ジョン・グロノフスキはこれ以上ないほど協力的だ」

ジョン・グロノフスキ、初代ポーランド大使か、とアベルは思った。おれはこの痛手から回復できないだろうな……。

「あんたの去年のポーランド行きで、望み得るすべてが整った。生きているうちに〈ワルシャワ・バロン〉をオープンできるぞ」

「そこのオープンはフロレンティナにやらせたいと、ずっと思っていたんだが」アベルが小声で言った。

「それなら、彼女を招待すればいい。だが、私からの同情は期待するなよ。あんたがやらなくちゃならないのは、リチャードの存在を認めることだけだ。それに、さすがのあんたでも、あの二人の結婚は大成功だったとわかったはずだ――そうでなかったら、そんなものがマントルピースの上にあるはずがない」ジョージはまだ返事を出していない招待状を指さした。

一九六七年三月四日、五番街で〈フロレンティナズ〉が新規開店したときは、ニューヨークの全員がそこにいるかのようだった。フロレンティナは特に自分のためにジァンニーニがデザインしてくれた、いまや有名な〝ダブルF〟のロゴマークを高い襟にあしらったグリーンのドレス姿で客を迎え、その一人一人にシャンパンのグラスを手渡していた。ケイト・ケインは娘のルーシーを伴って一番乗りしていたし、店内はフロレンティナがよく知っている人たちや一度も会ったことのない人たちであっという間に一杯になった。ジョージ・ノヴァクが少し遅れてやってきて、開口一番、ケイン家の人々を紹介してくれと言ってフロレンティナを喜ばせた。

「ミスター・ロスノフスキも見えるんですか？」ルーシーが無邪気に訊いた。

「残念ながら、彼はこないんだよ」ジョージは答えた。「こんな素晴らしいパーティを欠席するなんて、どうしようもなく頑固で愚かな老いぼれだと言ってやったんだがね。ミスター・ケインは見えているのかな？」

「いえ、きていないんです。最近は具合がよくなくて、外出することも滅多にないんですよ」ケイトは答え、そのあと、あることをこっそり教えてジョージを喜ばせた。

「お父さんは元気にしてるかしら？」フロレンティナはジョージの耳元で小声で訊いた。

「それがそうでもないんだ。肺炎がまだ完全に治っていなくて、私がこっちへくるときもペントハウスのベッドにいたよ。今夜のきみのことを聞いたら、もしかしたら――」

「もしかしたら、ね」フロレンティナはさえぎり、ケイトの腕を取ってザフィアのところへ連れていって紹介した。束の間の沈黙はあったものの、ザフィアが口を開いた。「ようやくお会いできて、こんな嬉しいことはありません。ご主人もご一緒に？」

五十六丁目の角は何が起こっているかを知りたがる大群衆で膨れ上がり、老いも若きも男も女もニューヨークで最も新しい店の大きな一枚ガラスのウィンドウの向こうを覗き見たまま動こうとしないせいで、五番街の人の流れが完全に止まりかねないありさまだった。

通りの向かいのある建物の入口で、一人の老人が見つめていた。黒いコートを着てマフラーを巻き、帽子(ハット)を目深にかぶっていた。寒い夕刻で、風が五番街を吹き抜けていた。年寄り向きの夜ではないな、と老人は思った。温かいベッドを出てきたのは果たして正しい判断だっただろうか？　だが、何があろうとこの店のオープニングだけはこの目で見ずにおかないと固く決めていたのだった。手首の銀の腕輪をいじりながら、最近書き直した遺言書を思い出した。そもそもは法定相続財産は娘に遺贈すると約束していたのだが、それを取り消したのだった。

その見事な店に若者たちが途切れることなく出入りするのを見て、彼は笑みを浮かべた。ウィンドウ越しに、ザフィアとジョージが話しているのを何とか見分けることができた。フロレンティナの姿もあった。皺が刻まれた彼の頬を一条(ひとすじ)の涙が伝った。記憶にあるよりさらに美しくなっていた。自分と娘を隔てる通りを渡っていってこう言いたかった。「ジョージは正しかった、私はあまりに長いこと頑固で愚かな老いぼれだった。赦してくれ」しかし、そうはしないでその場に足に根が生えたように立ち尽くし、目を凝らした。娘の隣りに若い男がいた。背が高く、自信に満ちていて、貴族的だった。ウィリアム・ケインの息子でしかあり得なかった。立派な紳士だ、とジョージは評価していた。ほかにはどんなことを言っていただろう？　そう、フロレンティナにとっての強さと良識だ。自分のことをリチャードは憎んでいるだろうかと考え、残念ながらそうに決まっていると結論せざるを得なかった。老人はコートの襟を立てると、愛する娘に最後の一瞥を送ったあと、踵を返して〈ニューヨーク・バロン〉へと歩き出した。

帰途についている途中、歩道をゆっくりとやってくる男に気がついた。老人より背が高かったが、足取りは同じようにおぼつかなかった。目が合ったが、ほんの一瞬に過ぎず、すれ違うときに背の高いほうの老人が帽子を上げた。老人も同じように帽子を上げて答礼し、二人は言葉を交わすこともなく別々の方向へ歩きつづけた。

「やれやれ、ようやく最後のお客さまが帰ったわね」フロレンティナは言った。「お風呂に入ってディナーのための着替えをする時間ぐらいは何とかありそうだわ」

ケイト・ケインが頬にキスをして言った。「それじゃ、一時間後にね」

フロレンティナは店の正面入口に鍵をかけると、子供たちの手をしっかり握り、リチャードとアップタウンへと歩き出した。ニューヨークで〈バロン〉以外のホテルに泊まるのは初めてだった。

「またもやきみの勝利の日だったな、マイ・ダーリン」リチャードが言った。

「このあと、もっと大事な夜が控えてるわ」

「おいおい、心配しなくても大丈夫だよ、ジェシー。父はきみを好きになるに決まってるんだから」

「ずいぶん長く待った挙句にね」

リチャードはフロレンティナにつづいて〈ピエール〉の正面入口を通り抜けると、彼女に腕を回して言った。「どうにもならないまま十年が過ぎたのは事実だけど、その過去を埋め合わせるチャンスがいまやってきてるじゃないか」そして、家族をエレベーターへ案内した。「きみが風呂に入っているあいだに、子供たちをきれいにして着替えさせておくよ」

フロレンティナは浴槽で身体を伸ばしながら、これから始まる夜がどうなるだろうかと思案した。リチャードの父親がみんなに会いたいと言っているとケイト・ケインから聞いた瞬間から、きっとまた気が変わるに違いないという気がしてならなかった。だが、いまは顔合わせが一時間後に迫っていた。リチャードも同じ懸念を感じているだろうか？　浴槽を出ると身体を拭き、お気に入りの香水〈ジョイ〉を控えめにつけて、このときのために選んでおいたブルーのロングドレスを着た。自分の夫の好きな色はブルーだと、ケイトが教えてくれたのだった。宝石類はシンプルなものがいいとしっかり探して、父親の支援者から大昔に贈られた骨董品の指輪を指に通した。最終の準備が整うと、姿見に映る自分を批評的に検めた。三十三歳、丈の短いスカートを穿くほど若くはなく、優雅な装いを凝らすほどの年齢でもなかった。

リチャードが隣りの部屋からやってきたとたんに言った。「すごいな、素晴らしい。あの老人は一目できみに恋をするんじゃないか？」フロレンティナは微笑して子供たちの髪を梳かしはじめた。リチャードは着替えに戻っていった。きっと銀行家のシャツ、銀行家のネクタイ、銀行家のスーツという、普段とまったく変わらない格好で再登場するのだろうと思われた。いまや七歳の息子は生まれて初めてスーツに身を固め、結構大人っぽく見えた。アナベルは裾回りに白いリボンをあしらった赤いドレスを着た。彼女くらいは短いスカートを穿くのに何の問題もなかった。

「準備完了よ」フロレンティナは再登場したリチャードに言いながら目を疑った。細い赤のストライプのシャツを着てくれていた。

専属運転手が車のドアを開けてくれ、子供たちを先頭にフロレンティナは後部席に、リチャードは助手席に乗り込んだ。混雑するニューヨークの通りをゆっくりと進んでいく車内で沈黙しているフロレンティナの手を、リチャードが後ろへ身を乗り出すようにして握った。車が東六十八丁目の上品な褐色砂岩の建物の前で停まった。

「さあ、子供たち、最高にお行儀よくしているのよ」フロレンティナは言った。

「はい、ママ」二人は声を揃えて応えたが、祖父の一人に会うことに気後れしている様子はまるでなかった。

四人が車を降りるより早く、丈の長い黒の上衣を着た年配の男性が玄関のドアを開けた。

「いらっしゃいませ、マダム」男性が会釈をして迎えた。「お久しぶりです、ミスター・リチャード」

ケイトが玄関ホールで待っていて四人を迎えた。フロレンティナの目はすぐに、膝に手を置いて栗色の革張りの椅子に坐っている美人の油彩画に留まった。

「リチャードの祖母よ」ケイトが言った。「わたしは会ったことがないんだけど、その時代きっての美女の一人と言われた理由が一目瞭然よね」

フロレンティナはまだ目を離せなかった。

「どうかしたの、マイ・ディア？」ケイトが訊いた。

「指輪です」フロレンティナは答えた。ほとんどささやくような声になっていた。

「ええ、素敵でしょ？」ケイトが手を上げてサファイアとダイヤモンドの指輪を誇示した。

「ウィリアムから贈られたの、プロポーズしてくれたときにね」

「そうじゃなくて、あの指輪です」フロレンティナは肖像画に目を向けたままで言った。

「あの骨董品の指輪ね。そう、本当に素晴らしいわ。代々伝わっていたものなんだけど、ずいぶん前にどこかへ行ってしまったようなのよ。その経緯をウィリアムに訊いたことがあるんだけど、知らないと言っていたわね」

　フロレンティナは自分の右手を上げてみせた。ケイトが信じられないという目でそれを見つめた。

「わたしの洗礼式のプレゼントなんですけど」フロレンティナは言った。「送り主がわからないんです」

「いやはや驚いたな」リチャードが言った。「夢にも思わなかった――」

「送り主がだれなのかは、父もいまだにわからずにいます」フロレンティナは言った。

　メイドが小走りにやってきて報告した。「失礼します、奥さま。みなさんがお着きになったことを旦那さまにお知らせしたところ、リチャードさまご夫妻だけで上がってきてほしいとのことでございます」

「行きなさい」ケイトが言った。「わたしはこの子たちを連れて五分後に合流するわ」

　フロレンティナはリチャードと腕を組んで階段を上がりながら、指輪を神経質にいじりつづけた。部屋に入ると、ウィリアム・ローウェル・ケインは暖炉のそばの栗色の革張りの椅子に坐っていた。何て美男子なの、とフロレンティナは思った。リチャードも年齢を取ればこんな顔になるんだわ。

「お父さん」リチャードが声をかけた。「妻を紹介するよ」

　ウィリアム・ケインの顔に浮かんだ温かくて優しい笑みに迎えられることを期待して、

フロレンティナは一歩前に足を進めた。

リチャードは父親の反応を待ったが、フロレンティナはこの老人が話しかけてくれることはもうないことに気がついた。

25

アベルはベッドサイドの受話器を取って言った。「ジョージを呼んでくれ。着替えなくちゃならん」そして、手紙を読み直した。ウィリアム・ケインが自分の支援者だったとは信じられなかった。

やってきたジョージに、何も言わずに手紙を渡した。ジョージはゆっくりと目を通したあとでつぶやくように言った。「何てことだ」

「葬式に出なくちゃならん」

ジョージとアベルは葬式が始まって数分後に三位一体教会に着き、礼儀をわきまえて参列者の後ろにとどまった。リチャードとフロレンティナがケイトを挟んで立っていた。上院議員が三人、下院議員が五人、司教が二人、主要銀行の会長の大半、そして、〈ウォール・ストリート・ジャーナル〉の発行人が勢揃いしていた。レスター銀行の会長と重役全員の顔もあった。

「彼らは私を赦してくれるかな？」アベルは訊いた。

ジョージは答えなかった。

「きみが行って会ってくれないか?」

「いいとも、もちろんだ」

「ありがとう、ジョージ。ウィリアム・ケインにもきみのようないい友人がいてくれたことを願うよ」

アベルはベッドに坐ってひっきりなしに入口のほうを見た。ようやくドアが開いて現われたのは、かつて〝ちびすけ〟と呼んでいた、いまは見違えるような美しいレディになっているわが娘だった。半月形の眼鏡の縁越しに彼女を見て、しっかりとした笑みを浮かべた。入口にとどまるジョージを尻目に、フロレンティナがベッドサイドに駆け寄って父親に飛びついた。その長い抱擁をもってしても無駄に費やされた十年を埋め合わせることはできない、と父親は娘に言った。

「話すことは山ほどある」アベルはつづけた。「シカゴ、ポーランド、政治、店……だが、まずはリチャードのことだ。彼の父親があの匿名の支援者だったと私が昨日まで知らなかったことを、彼は信じてくれるだろうか?」

「信じるわよ、お父さん。だって、彼自身も何日か前に知ったばかりだもの。そもそも、お父さんはそのことをどういう経緯で知ったの?」

「シカゴの〈ファースト・ナショナル・バンク〉の弁護士からの手紙だ。そのことは自分が死ぬまで私に知らせてはならないと指示されていたんだ。私は大馬鹿者だった」アベルはそう付け加えると、蚊の鳴くような力のない声で訊いた。「リチャードは私に会ってくれるかな?」

「とても会いたがっていて、子供たちと一緒に階下で待っているわ」

「呼んできてくれ、早く」アベルは急かした。声が大きくなっていた。ジョージが笑顔で姿を消した。

「それから、おまえはいまもプレジデントになりたいか?」

「バロン・グループの社長ってこと?」

「そうじゃない、アメリカ合衆国の大統領だ。もしそうだったら、私も約束は忘れていないからな。もしニューハンプシャーの予備選挙の結果が満足のいくものだったら……」

フロレンティナは微笑しただけで、答えなかった。

ややあってドアがノックされ、アベルが姿勢を正そうとしていると、リチャードが子供たちを従えて入ってきた。ケイン家の主は進み出ると、義理の父親と心のこもった握手をした。

「おはようございます、サー」彼は言った。「お目にかかれて光栄です」

言葉を失っている父親を見て、フロレンティナが孫息子と孫娘を紹介した。

「名前は何というんだ？」アベルは訊いた。

「ウィリアム・アベル・ケインです、サー」

アベルは少年の手を握り締めた。「私の名前ときみのおじいさんの名前を並べてつけてもらえて、こんな誇らしいことはない。この先も到底わかってもらえないぐらい、私はきみのおじいさんのことをとても悲しく思っているんだ」そして、リチャードを見てつづけた。「私はまったく気づかなかった。あまりに長い年月、あまりに多くの過ちを犯してきた。きみの父上が私の恩人である可能性がちらりとも頭をよぎらなかったとは、まったく何たることだろう。一度でいいから直接感謝を伝えたかった。その機会を失ったことは残念でならない」

「父はわかっているはずです」リチャードが言った。「ただ、家族信託証書に、商業上の利害と個人の利害が相反する可能性が潜在するゆえに父の身分を明らかにすることを禁じる一項があったのです。父は何であれ規則に例外を作ることを考えない人間でした。だからこそ、顧客は父を信頼して、これまでに貯めてきた財産を預けてくれたのです」

「自分が死んでしまっても？」フロレンティナは訊いた。

「私も依怙地が過ぎたんだ」

「それは後知恵です」リチャードが言った。「私たちの誰一人としてヘンリー・オズボーンが行く手を横切るなど予見できなかったはずですから」

「ところで、私と父上は出会っているんだよ」アベルは言った。「亡くなった日にね」

フロレンティナもリチャードも、信じられずにアベルを見つめた。

「いや、本当だ」アベルは言った。「五番街ですれ違った。彼はきみたちの店のオープニングを見に足を運んだに違いない。私に帽子(ハット)を上げてくれた。それで充分だった、本当に充分だった」

やがて、話は幸せだった時代に移った。アベルもフロレンティナも少し笑い、たくさん泣いた。

「赦してもらうしかないんだが、リチャード」アベルは言った。「私たちポーランド人は感傷的な民族でね」

「わかっています」リチャードが応えた。「私の子供たちも半分ポーランド人ですから」

「今夜、ディナーを一緒にどうだろう?」

「もちろんです」リチャードが同意した。

「ポーランドの本物のお祝いの料理を食べたことはあるかな、息子よ?」

「この十年、クリスマスには必ず食べています」リチャードは答えた。

アベルは笑い、将来の見通しと、バロン・グループがどうなっていくかについての持論を展開し、最後にフロレンティナに言った。「バロン・グループのホテルのすべてにおまえたちの店があることになるはずだ」

フロレンティナは笑顔になった。

アベルはもう一つ、最後の要請を娘にした。九か月後、一番新しいバロン・ホテルをオープンさせるためにワルシャワへ飛ぶとき、フロレンティナとリチャードも同行してほしいというものだった。必ず二人で一緒に行く、とリチャードが確約した。

それからの一か月、アベルは娘との関係を修復し、すぐさま義理の息子を高く評価するようになった。リチャードを見るジョージの目は最初から正しかったことが証明された。どうしておれはあんなに頑なだったんだろう、とアベルは後悔することになった。

そして、フロレンティナにとって今度のポーランド行きが生涯忘れられないものになるようにしてやりたいのだと、リチャードにこっそり打ち明けた。〈ワルシャワ・バロン〉のオープンをおまえに仕切ってもらいたいと娘に頼んだものの、そういう役割をできるのはグループの総帥（プレジデント）だけだと正論でやり込められ、仕方なく諦めたのだった。

父と娘は毎週顔を合わせ、新しいホテルに関してワルシャワから届く進捗報告を検討した。オープンの日が近づくと、老人は娘の前でオープニング・スピーチのリハーサルを始めた。

ワルシャワへは一族全員が勢揃いしての旅だった。〝鉄のカーテン〟の向こう側に建設される最初のアメリカのホテルを視察し、どこからどこまでアベルが夢に見たとおりであることを確認した。

オープニング・セレモニーはホテルの前の広大な庭園で催され、まずはポーランド観光大臣が招待客を前に歓迎のスピーチを行ない、そのあと、オープニング・セレモニー開始の前に短い挨拶をしてくれるようバロン・グループの総帥に要請した。

アベルのスピーチは彼自身が書いた言葉が文字通り一字一句そのまま発せられ、千人の招待客は立ち上がって拍手喝采を送った。

スピーチが終わると、観光大臣から大きな鋏がバロン・グループの総帥に渡された。フロレンティナはホテルの正面玄関の前に張られたテープをカットして言った。「ここに〈ワルシャワ・バロン〉の開業を宣言します」

翌日、フロレンティナは父の生地のスウォーニムを訪れ、散骨をした。父が生まれた土地に立ち、自分の起源がどこにあるかを決して忘れないと誓った。

リチャードはフロレンティナを慰めようとした。義理の父親を知ってからの時間は短かったが、多くの資質が娘に受け継がれていることには気がついていた。

フロレンティナは父親と和解してからの時間があまりに短いことと折り合いがつけられそうになかった。父に話すべきことがまだ山積みされていたし、父から学ぶべきことはもっと多かった。そして、家族として共有できる時間があったことをジョージに感謝しつづけた。彼もまたアベル・ロスノフスキを失って深く悲しんでいた。

最後のロスノフスキ男爵を生まれ故郷の土の上に残して、彼のたった一人の子供と最も古い友人はアメリカへ帰った。

現在

一九六八年―一九八二年

26

フロレンティナはワルシャワから戻った翌日の重役会で、バロン・グループの会長職に就くことが正式に承認された。リチャードの最初の助言は、〈フロレンティナズ〉の本社をサンフランシスコからニューヨークへ移すべきだというものだった。数日後、ケイン一家はノブヒルのこぢんまりした自宅へ戻った。最後の帰宅になるはずだった。それからの四週間はカリフォルニアにとどまり、引っ越しに必要なすべての手筈を整えることに費やした。そこには、西海岸での活動を有能なナンシー・チンに委ねることも含まれた。ベラとクロードにお別れを告げるときがくると、定期的にこっちへ戻ってくるからと最高の親友に約束した。

「きたときも突然だったけど、行ってしまうときも突然なのね」ベラが言った。

ベラが泣くのを見たのは、このときが二回目だった。

ニューヨークに落ち着くや、リチャードは〈フロレンティナズ〉をバロン・グループの関連会社にすることを提案した。企業連結は税金対策として許されているということだった。フロレンティナはその提案に同意し、ジョージ・ノヴァクを彼の六十五歳の誕生日に終身社長に任命して、アベルでさえ気前がいいと考えたはずの報酬を提示した。フロレンティナは会長に、リチャードは専務取締役に落ち着いた。

リチャードが東六十四丁目に新居として素晴らしい物件を見つけ、ウィリアムは父親と同じくバックリー・スクールに、アナベルはスペンス・スクールに入学した。キャロルは新しい仕事を探すときが来たかもしれないと考えたが、それらしいことを口にしただけでアナベルが泣き出した。

フロレンティナは時間が許す限り、ジョージからバロン・グループの経営の仕方を教えてもらった。会長としての初年度の終わりには、自分の名付け子にこれだけ大きな会社の経営に耐えるだけのしたたかさがあるだろうかというジョージの密かな懸念は雲散霧消していた。とりわけ、肌の色がどうであれ賃金は同じにするという判断を下したとき、その確信はさらに強くなった。

「彼女は父親の遺伝子を受け継いでいるぞ」ジョージはリチャードに報告した。「いま欠けているのは経験だけだ」

「それも時間が解決してくれますよ」リチャードは断言した。

リチャードは重役会に対して、フロレンティナが会長に就任してからの一年の経営状態を説明した。ホテルを建てる計画が世界じゅうで目白押しになっていて、ヴェトナム戦争の拡大によってほとんどの貿易通貨に対してのドルの価値が下落しているにもかかわらず、二千七百万ドルをわずかだが超える利益を出していた。リチャードはそのあとでやはり重役会に対し、七〇年代に向けての総合的な投資計画案を提示した。そして、この種類の計画は銀行によって慎重に分析検討されるべきであると報告を締めくくった。

「なぜなの?」フロレンティナは訊いた。「わたしはいまでもあなたを銀行家だと見なしているんだけど?」

「それでは不充分なんだ」リチャードが答えた。「現在のわれわれの総売り上げが五十以上の通貨を通していること、取引金融機関が多くてそこに払っている手数料も多額であることを考えると、そろそろ自前の銀行を持つときがきているかもしれない」

「いまどき銀行を即金で買うなんて、ほとんど不可能じゃないの?」フロレンティナは訊いた。「それに、銀行経営免許を取得するための政府要請事項を満たすのもほとんど同じぐらい難しいと思うけど?」

「それはそのとおりなんだけど、われわれはすでにレスター銀行の株の八パーセントを持っているし、それを武器にされて父がどんな目にあわされたかも知っている。今度はこっちがそれを武器として利用するんだ。重役会に提案しようと思っている作戦はすでにあって……」

　翌朝、リチャードはレスター銀行頭取のジェイク・トーマスに手紙を書き、二人だけで会いたいと面会を申し込んだ。それに対する返事はほとんど敵意と見なしていいぐらい冷ややかだったが、双方の秘書のあいだで面会の時間と場所が決められた。

　リチャードが頭取室へ入っていくと、ジェイク・トーマスが机の向こうで立ち上がって椅子を勧めてから、二十年以上もリチャードの父親のものだった革張りの栗色の椅子に戻った。本棚はリチャードの記憶にあるときと違って一杯ではなく、花も新鮮でなかった。頭取の挨拶は儀礼的で素っ気なかったが、この顔合わせが穏やかなものになることはないとわかっていたから、相手の態度に怯むことはなかった。リチャードはすぐさま要点に入った。

「ミスター・トーマス、私はレスター銀行の株の八パーセントを保有し、いまはニューヨークに居を構えています。したがって、この銀行の重役会にしかるべき席を得るべきときがきたと考えています」

　リチャードの用件が何なのかをジェイク・トーマスが予想していたことは、彼の最初の言葉からも明らかだった。「通常であればそれはそのとおりでしょうが、ミスター・ケイン、一つ空いていた重役の席が最近埋まってしまったのですよ。そういうわけですから、当行の株を譲っていただくのが、あなたにとって次善ではないかと考えますが、どうでしょう？」

それはリチャードがまさしく予測していた回答だった。「私が一族の株を手放すことはいかなる状況だろうとあり得ませんよ、ミスター・トーマス。私の父はこの銀行をアメリカで最も評価の高い金融機関の一つに育て上げたのです。ですから、私はその将来に密接に関わるつもりです」

「残念ですよ、ミスター・ケイン。父上が当行をまったく円満に去られたのでないことはあなたもきっと承知しておられるはずだし、私どもとしてはあなたが保有しておられる株に対して相応の価格を提示できると確信しているのですがね」

「私の義父があなたの保有株に対して提示した以上の価格ですか?」リチャードは訊いた。とたんに、ジェイク・トーマスの顔が見る見る真っ赤になった。「破壊が目的で見えたとしか思えませんね」

「私の過去の経験からすると、小さな破壊によって建設が進展することが間々あるのですよ、ミスター・トーマス」

「当行を破壊するほどの材料は持ち合わせておられないと思いますがね」ジェイク・トーマスが言い返した。

「二パーセントがどれほどの威力を発揮するか、あなた以上に知っている人間はいないのではありませんか?」リチャードは言った。

「これ以上話しても意味はないのではないですかな、ミスター・ケイン?」

「とりあえずはそのようですが、遠くない将来にまた顔を合わせることになることは確かだと思いますよ」

引き上げようと腰を上げたリチャードが差し出した手を、ジェイク・トーマスは握り返さなかった。


「向こうがそういう態度なら」フロレンティナは言った。「宣戦布告するしかないわね」

「勇敢な言葉だが」リチャードが応えた。「次に何をするにせよ、その前に父の弁護士だったサディアス・コーエンに相談したい。レスター銀行のことなら何でも知っているからね。われわれの知っていることと彼の知っていることを突き合わせて組み合わせれば、何かいい考えが出てくるかもしれない」

フロレンティナはその案に同意した。「以前ジョージが教えてくれた、わたしの父が考えていた作戦があるの。株の八パーセントを自分が手にしたとしてもあなたのお父さまを追放できなかった場合に備えてのね」

リチャードは真剣に耳を傾けた。

「今回、うまくいくと思う？」フロレンティナは夫に訊いた。

「うまくいく可能性はあるけど、危険もでかいな」

「われわれが恐れなくてはならないのは恐れることそれ自体よ」

「ジェシー、フランクリン・デラノ・ローズヴェルトは大統領であって銀行家ではないことを、きみはいつになったら学習するんだ?」

リチャードはそれからの四日間、市内にある〈コーエン、コーエン、ヤブロン・アンド・コーエン法律事務所〉にこもり、コーエンと二人きりでの鳩首協議に時間のほとんどを費やした。

「現在レスター銀行の株の八パーセントを保有しているのはあなたしかいません」コーエンが机の向こうから保証した。「ジェイク・トーマスでさえ、保有しているのは二パーセントです。アベル・ロスノフスキの株をトーマスが数日しか持っていられないのをご存じだったら、父上は彼のはったりを見破って頭取の地位を維持できたかもしれません」

老弁護士は椅子に背中を預け、禿頭の後ろで手を組んだ。

「その情報は勝利をより甘美にもしてくれるはずです」リチャードは言った。「株主全員の名前をご存じですか?」

「父上が頭取だった時代の登録株主の名簿ならいまもあります。しかし、かなり昔のことですからね、事実上役に立たないのではないでしょうか。それでも、ご存じとは思いますが、登録株主名簿の閲覧を要求できる権利は州法で保証されています」

「そして、ジェイク・トーマスはその提出をできるだけ引き延ばそうとするはずですが、いつごろまででしょうね？」

「クリスマスのあたりまででしょう」コーエンが答えて薄い笑みを浮かべた。

「私が臨時株主総会を開くよう要求し、ジェイク・トーマスが私の父を重役会から追放するために自分の持ち株を売ったことをそこで暴露したら、どういうことになると思われますか？」

「それをやってもさしたる効果はないでしょうね。少数の人々を憤慨させるのがせいぜいだと思いますよ。ジェイク・トーマスも対抗手段を講じ、株主が出席するのに都合の悪い日を選んで開催して、出席者が極力少なくなるようにするでしょうからね。それに、あなたが提出するいかなる決議案にも対抗できるよう、前もって五十パーセント以上の白紙委任状を取りつけることもするはずです。そのうえ、あなたのそういう動きを逆に利用し、公の場で内輪の恥を蒸し返して、父上の評判をさらに貶めようとする可能性さえあります。やはり、ミセス・ケインの考えが現時点では最善だというのが私の見立てです。恐縮ながら、父親のほうもこういう状況において大胆でしたが、彼女のやり方こそまさにその大胆さの典型です」

「しかし、成功しなかったら？」

「私は賭け事は好みませんが、この件に限っては、いつでもケイン－ロスノフスキ組に乗りますよ」

「私が同意したらですが、その賭けに出るのはいつが一番いいでしょうか?」リチャードは訊いた。

「四月一日です」コーエンが即答した。

「その理由は何でしょう?」

「税金の申告期限までに多少の時間があるほうがいいからです。それまでに現金を作る必要のある人は大勢いて、その人たちが一も二もなく飛びついてくるはずだからです」

その夜帰宅したリチャードは、フロレンティナと一緒に詳細な計画を分析検討し直した。

「成功しなかった場合、わたしたちはどのぐらいの損害を被ることになるのかしら?」というのが、フロレンティナの最初の質問だった。

「ざっとでいいかな?」

「ええ」

「三千七百万ドルというところだ」

「結構厳しいわね」フロレンティナは言った。

「その三千七百万ドルを丸ごと失うわけではないけれども、原資のすべてがレスター銀行株という形になったために動かせなくなるわけで、もしわれわれが銀行を手中に収められなかったら、ほかのバロン・グループのキャッシュフローに制限がかかることになる。一方、そうなった場合にわれわれの株を売るとしたら、かなり低い価格にならざるを得ないと予想される」

「わたしたちの勝ち目はどのぐらいだとミスター・コーエンは見積もっているの?」

「五分五分というところだと見ている。その程度の賭け率では、ぼくの父なら絶対にゴーサインを出さないだろうな」リチャードは付け加えた。

「わたしの父なら出したでしょうね」フロレンティナが言った。「いつだって、グラスの中身が半分に減ったと考えるのではなくて、まだ半分満たす余地があると考える人だったから」

「サディアス・コーエンの言ったとおりだな」

「何が?」

「きみのことだよ。何であれきみに父親似のところがあれば、戦いの準備を怠るなとぼくに忠告してくれたんだ」


それからの三か月、リチャードは会計士、弁護士、税理士と大半の時間をともにし、三月二十日には必要な書類すべてを完成させた。そしてその日の午後、アメリカの主要紙の経済欄の四月一日分の広告ページを予約し、掲載の二十四時間前には原稿を渡すと広告部門に伝えた。その当日のことが頭から離れず、笑いものになって終わるのは自分だろうか、それとも、ジェイク・トーマスだろうかと気になってならなかった。最後の二週間、リチヤードとサディアス・コーエンは計画を繰り返し検討し、何一つ見落としのないことを確かめて、〈乾坤一擲作戦〉の詳細を知っているのがいまも三人しかいないことに自信を持つことができた。

四月一日の朝、リチャードは自分のオフィスで〈ウォール・ストリート・ジャーナル〉の全面広告を検めた。

バロン・グループはレスター銀行株を一株当たり十四ドルで買い取ることを発表する。現在の市場価値は一株当たり十一ドル二十五セントである。だれであれこの申し出を利用しての売却を望まれる方は、仲買人に連絡するか、チェイス・マンハッタン銀行のミスター・ロビン・オークリーに直接文書で申し込みをいただければ、詳細をお知らせする。宛先：N.Y.10005　ニューヨーク　チェイス・マンハッタン・プラザ一番地。締切：七月十五日。

ヴァーモント・ロイスターは対向ページの記事で、この大胆な買取り申し出はレスター銀行を乗っ取ろうとするものであり、その裏にはバロン・グループの株を担保に取ったうえでのチェイス・マンハッタン銀行の支援があるに違いないと指摘した。彼はさらにつづけて、もしこの株買取計画が成功すれば、リチャード・ケインが二十年以上父親が維持していた頭取の地位に就くことは疑いの余地がないだろうとも言っていた。一方、もし失敗すれば、バロン・グループは大口ではあるけれども銀行に影響力を行使できない少数株主ということになり、それゆえ、数年のあいだはキャッシュフローに厳しい制限がかかって蓄えに頼らざるを得なくなるだろうとも予測していた。リチャード自身が状況を要約したとしても、これ以上簡潔にはできないほどだった。

フロレンティナが彼のオフィスに電話をかけてきて、〈乾坤一擲作戦〉の手際のよさを褒めてくれた。「ナポレオン同様、戦争の要諦の一番は奇襲だという鉄則を実行したわけね」

「ジェイク・トーマスがわれわれのワーテルローにならないことを祈ろう」

「あなたってどうしようもないペシミストね、ミスター・ケイン。たぶん、ジェイク・トーマスはいまごろなす術もなく最寄りのトイレにこもっているわよ。それに、彼には秘密兵器がないけど、あなたにはあるもの」

「ぼくに?」リチャードは訊いた。

「そうよ、わたしという秘密兵器よ」フロレンティナはそう言って電話を切ったが、またすぐに呼出し音が鳴り出した。

「レスター銀行のミスター・トーマスからお電話です、ミスター・ケイン」

あいつはトイレにも電話があるのかと訝りながら、リチャードは言った。「つないでくれ」アベル・ロスノフスキと諍(あらそ)っているときはこんな気分だったに違いない、と初めて父の気持ちが少しはわかるような気がした。

「ミスター・ケイン、われわれは会うべきだと思う。会って、双方のあいだの行き違いを正そうじゃないか。あなたを重役に就けるについて、私は少し神経質になりすぎていたかもしれない」

「貴行の重役になることにもはや興味はありません、ミスター・トーマス」

「しかし、私が考えていたのは――」

「私に興味があるのは頭取の椅子だけです」

「もちろん気がついておられるはずだが、七月十五日までにレスター銀行株の五十一パーセントを手にできなければ、議決権のない無記名株と議決権のある株の配分を即座に変えて、あなたがすでに保有している株を無価値にすることもできるのですよ？　そうなったら、銀行を乗っ取ることなど不可能だ」

「それは充分に承知しています」リチャードは応えた。

「それから、これも付け加えておくべきだと思うが、当行の重役会はすでにレスター株の四十パーセントを確保している。私は今日じゅうに残る株主全員に電報を打ち、あなたの申し出を受け容れないことを薦めるつもりだ。われわれがあと十一パーセントの株を手中にすれば、そのとたんにあなたは少なからぬ資産を失うことになる」

「その危険は覚悟の上です」リチャードは言った。

「なるほど、きみがそういう態度に出るのなら、ケイン、七月三十日に株主総会を開くことにする。その時点できみが五十一パーセントの株を保有していなければ、私が直接手を下して、私が頭取でいるあいだはきみたちと当行の取引が一切なくなるようにさせてもらう」それまで居丈高だったトーマスの口調が、いきなり機嫌を取ろうとするような口調に変わった。「どうだろう、きみも考え直してもいいのではないかな？」

「貴行の頭取室から失礼するとき、私は自分の考えを明確に伝えたはずです。その考えが変わることは、いまもこれからもありません」リチャードは電話を切ると手帳を開き、七月三十日のページに〝レスター銀行株主総会〟と大書して下線を引き、大きな疑問符を付け加えた。その日の午後、ジェイク・トーマスが株主全員に打った電報が届いた。

リチャードは毎朝サディアス・コーエンと〈チェイス・マンハッタン〉に電話をし、広告の反応を追いつづけた。第一週の終わりには三十一パーセントの株が手に入っていて、リチャードがすでに保有している八パーセントの株と合わせると全部で三十九パーセントになっていた。トーマスが本当にすでに四十パーセントを確保しているとすれば、かなりの接戦になるはずだった。

ジェイク・トーマスの電話から二日後、全株主に宛てた彼の長文の文書がリチャードのところにも届いた。バロン・グループの申し出に応じないよう強く助言する内容で、最後はこう締めくくられていた。〝貴殿の利害がつい最近まで増収賄の罪で有罪になった人物の支配下にあった会社の手に委ねられることになるのです〟。リチャードはジェイク・トーマスのアベルに対する個人攻撃にむかつき、フロレンティナが何かに対してここまで激怒するのを初めて目の当たりにすることになった。

「わたしたち、勝つわよね？」彼女が訊いた。その拳は固く握り締められていた。

「接戦になるだろうな。わかっている限りでは、向こうは重役とその友人たちの株で四十パーセントほどを確保している。こっちは今日の午後四時時点で四十一パーセントだ。残る十九パーセントを巡る戦いが、七月三十日の勝者を決めることになる」

翌月の終わりまで、ジェイク・トーマスからはなしのつぶてだった。すでに五十一パーセントを確保したということだろうかと気になったが、株主総会までわずか八週間を残すだけになった日の朝、今度はリチャードが意表を突かれ、心拍数が百二十まで上がることになった。〈ウォール・ストリート・ジャーナル〉の三十七ページにジェイク・トーマスがレスター銀行を代表して全面広告を出し、正式に認められている発行可能な株の総数に含まれるけれどもいまだ発行されていない二百万株を、新たに設立する銀行従業員のための年金基金に充てるべく売りに出す旨を宣言していたのである。

ジェイク・トーマスは〈ウォール・ストリート・ジャーナル〉の筆頭記者とのインタヴューで、これは利益共有と退職後の収入を確保するための大きな一歩であり、銀行業界のみならず国家的な一つの規範になるだろうと述べていた。

　リチャードは柄にもなく悪態をつきながら朝食の席を立ち、コーヒーが冷めるのもかまわず電話のほうへ歩き出した。

「いま、何て言ったの？」フロレンティナが聞き咎めた。

「くそったれ、だよ」リチャードは繰り返し、新聞を妻に渡した。彼が電話をかけているあいだに、フロレンティナもその広告に目を通した。

「どういうこと？」

「たとえ現在発行されている株の五十一パーセントをこっちが確保したとしても、トーマスが正式に認められた新株を新たに二百万株売りに出したら――それは間違いなく機関投資家だけを対象にしているはずだから――、七月三十日にあいつを敗北させるのが不可能になるということだよ」

「それって合法なの？」フロレンティナが訊いた。

「いま、それを突き止めようとしているところだ」リチャードは言った。

　その答えはサディアス・コーエンが即座に出してくれた。「合法です。ただし、全面的な停止命令を裁判所に出させることができれば話は別です。すでに必要な書類の準備に取りかかっていますが、一つ警告しておきます。裁判所が差し止め命令を出してくれなければ、あなたはレスター銀行の頭取になれません」

それからの二十四時間、リチャードは弁護士事務所や裁判所に忙しく出入りしている自分に気がついた。三通の宣誓供述書にサインし、判事室で差し止め命令を出してもらうための説明をした。そのあとに三名の判事を前にしての特別緊急請願がつづいて、一日がかりの審議の結果、臨時株主総会の翌日までは新株発行を停止する旨の判決が二対一で下された。リチャードは戦闘には勝利したものの、戦争に勝利したわけではなかった。翌朝、出勤した時点では、四十六パーセントの株しか確保できておらず、ジェイク・トーマスの敗北を確定させるに至っていなかった。

「向こうがもう五十四パーセントを確保したんじゃないかしら」フロレンティナが悲観的に言った。

「ぼくはそうは思わないな」リチャードは言った。

「どうして？」彼女が訊いた。

「すでに五十一パーセントを手にしているんなら、年金基金用の新株を発行するなんて煙幕を張る必要はないだろう」

「なるほど、さすがミスター・ケイン、鋭いわね」

「実際は」リチャードは言った。「こっちが五十一パーセントをすでに握っていると、ジェイク・トーマスのほうが考えているんじゃないのかな。しかし、そうだとすると、行方不明の五パーセントはだれが持っているんだ？」

六月の最後の数日、リチャードはだれかが止めなければ、自分たちが確保した株数が増えているかどうかを確認しようと一時間ごとに〈チェイス・マンハッタン〉へ電話しかねないありさまだった。七月十五日になっても確保できているのはまだ四十九パーセントで、きっちり十五日後にはジェイク・トーマスが議決権のある株式を発行できるようになり、そうなったら自分がレスター銀行に影響力を及ぼすことが事実上不可能になると、リチャードは切羽詰まった気持ちになっていた。作戦が失敗したら、バロン・グループのキャッシュフローが思うにまかせなくなり、自分の持っているレスター株をすぐにも手放さざるを得なくなり、ジェイク・トーマスの予言通り、かなりの損失を被ることになるはずであった。気がついてみると、その日何度かこうつぶやいている自分がいた――「二パーセント、たった二パーセント」

株主総会がわずか一週間後に迫り、リチャードが政府が新たに導入しようと検討しているホテル防火規制に集中できずにいるとき、メアリ・プレストンから電話があった。

「メアリ・プレストンという女性に心当たりはないけどな」リチャードは秘書に言った。

「メアリ・ビゲロウと言えば思い出してもらえるはずだとおっしゃっていますが」

メアリ・ビゲロウが何の用だろう、とリチャードは口元を緩めながら訝った。ハーヴァードを卒業してからは会っていなかった。リチャードは受話器を取った。「メアリ、驚いたよ。もしかして、どこかのバロン・ホテルのサーヴィスが悪いという苦情の電話かな？」

「いいえ、そうじゃないわ――もっとも、あなたとバロンで一夜を過ごしたことはあるけどね。遠い昔のことで、もう憶えてない？」

「そんなことはない、憶えてるよ」リチャードは答えたが、記憶はよみがえらなかった。

「苦情を言い立てるんじゃなくて、あなたにアドヴァイスをもらいたいだけなの。ずいぶん前だけど、わたしの大叔父のアラン・ロイドがレスター銀行株の三パーセントを遺贈してくれたの。それで、ミスター・ジェイク・トーマスという人物から書状が届いて、その株をあなたと取引するんじゃなくて、自分のところの重役会に譲ると約束してほしいと言ってきたんだけど」

リチャードは息を呑んだ。心臓の鼓動が聞こえるような気がした。

「聞いてるの、リチャード？」

「聞いてるとも、メアリ。ちょっと考えごとをしていただけだ。いや、実は――」

「長い話ならやめてね、リチャード。奥さんと一緒にフロリダへきて、わたしたち夫婦のところに一晩泊まればいいわ。そしたら、わたしたちもあなたから株についての助言をもらえるし」

「フロレンティナはいまサンフランシスコにいて、日曜まで帰ってこない――」

「だったら、あなた独りでいらっしゃいよ。マックスだって会いたがるに決まってるしね」

「二つほど予定があるんだが、調整できるかどうかやってみるよ。一時間以内に折り返し電話する」

リチャードはフロレンティナに電話をした。何を措いてでも、独りででも行くべきだ、という返事だった。「月曜の朝には、ジェイク・トーマスに手を振れるわね、これっきり永遠にさようならのお別れの手をね」

リチャードはメアリのことをサディアス・コーエンに教えて喜ばせた。「その株はいまもアラン・ロイド名義で株主名簿に残っています」

「名義はマックス・プレストンに変わっているんだが」

「名義はどうでもいいんです。とにかく早く行って、その株を確保することです」

リチャードは土曜の午後の便でフロリダへ飛び、ウェスト・パームビーチ空港でメアリの専属運転手に迎えられて、郊外の外れへ案内された。メアリの住まいを最初に見たときは、子供が二十人いてもまだ部屋が余るのではないかと思わずにはいられなかった。その巨大な邸宅は丘の中腹、千エーカーもの敷地に建っていて、〈ライオン・ロッジ〉の門から四十段の階段がある屋敷の正面玄関まで、車道を八分上らなくてはならなかった。メアリがその階段のてっぺんで待っていた。高級な乗馬服姿で、金髪はわずかに肩に触れる長さだった。リチャードは彼女を見上げて、十年以上前に最初に惹きつけられた魅力が何だったかを思い出した。

執事がオーヴァーナイト・バッグを引き取り、寝室に案内してくれた。小さな会議が開ける広さで、ベッドの端に乗馬服が用意されていた。

メアリと二人、馬で敷地内を巡ったあと、ディナーだった。マックスの姿が見えなかったが、七時ごろには帰ってくるはずだと彼女は言っていた。ありがたいのは、メアリが普通駆足（キャンター）以上の速さで馬を走らせないでくれることだった。乗馬は本当に久しぶりで、明日の朝は全身筋肉痛を覚悟したが、それだけの価値はあるはずだった。屋敷に戻ると風呂に入り、ダークスーツに着替えて、七時を少し過ぎてから客間に下りた。執事がシェリーを注いでくれた。メアリが肩を出した大胆なイヴニングドレスで揺蕩（たゆた）うように姿を現わすと、執事が何も言われないうちに、ウィスキーをたっぷり注いだグラスを渡した。

「ごめんなさい、リチャード。マックスなんだけど、さっきダラスから電話があって、足止めされていて、明日の午後まで帰れないと言ってきたのよ。あなたに会えなくて本当に残念がっていたわ」リチャードが応えるより早く、メアリが付け加えた。「さあ、ディナーにしましょう。そこで、バロン・グループがなぜわたしの株を必要としているのか、その理由を聞かせてもらいましょう」

リチャードは自分の父親が彼女の大叔父の後を引き継いで以降何があったかを、時間をかけてゆっくりと説明した。料理の最初の二皿が何だったか記憶がないぐらい、何をどう話すかに集中していた。

「つまり、わたしの三パーセントがあれば」メアリが言った。「銀行を無事にケイン家に取り戻せるということね？」

「そうなんだ」ウィリアムは認めた。「だれが持っているかわからない株がまだあるけれども、われわれはすでに四十九パーセントを確保していて、きみの三パーセントが上乗せされれば過半数を超えるからね」

「いいわ、簡単なことよ」メアリが言い、スフレの皿が下げられた。「月曜にわたしの仲買人に連絡して、必要な手続きを完了させるわ。さあ、書斎へ移って、お祝いのブランディといきましょうよ」

「おかげでわれわれがどんなに助かるか、きみにはわからないだろうな」リチャードは椅子から腰を上げながら言うと、女主人について長い廊下を進んでいった。

部屋に入ってみてわかったのだが、書斎はバスケットボールのコートほどの広さがあり、椅子の数も同じぐらいだった。メアリがコーヒーを注ぎ、執事が〈レミ・マルタン〉を勧めた。今夜はもう用はないからとメアリが執事を退がらせ、リチャードと並んでソファに腰を下ろした。

「まるっきり昔みたいね」メアリが身体を寄せてきた。

リチャードはレスター銀行を自分のものにしたという白昼夢とブランディに気を取られていて上の空で同意し、メアリの頭が肩に預けられたことにもほとんど気がつかなかった。

だが、彼女が二杯目のブランディを注いだあと、その手が腿に置かれたときにはさすがにわれに返った。ブランディを口にしていると、不意に何の前触れもなく抱擁され、唇にキスをされた。ようやく解放されると、リチャードは笑って言った。「確かに昔みたいだったよ」そして立ち上がり、濃いコーヒーをたっぷりカップに満たした。「マックスはどうしてダラスに足止めされているんだ？」

「ガスの配管よ」メアリが関心がない様子で答えた。リチャードはマントルピースのそばに立ったままでいた。

それからのリチャードの一時間は、ガスの配管について多くのことを知ったけれども、マックスのことをほとんど知らないまま費やされた。時計が十二時を打ち、そろそろお開きにして寝もうと提案した。メアリは何も言わずに腰を上げると、広い階段を一緒に上がって部屋までついてきたあと、お休みのキスもさせずに帰っていった。

リチャードは眠れないことに気づいた。レスター銀行株の三パーセントを確保できた高揚感と、どうやって混乱を最小限にとどめて銀行を乗っ取るかが頭のなかで入り乱れていた。ジェイク・トーマスが元頭取になったとしても依然として邪魔をしてくる可能性があり、銀行の主導権争いが終結したあとの彼の力をどう制御するかを思案していると、ドアが小さな音を立てた。そのほうへ目をやると、取っ手が回り、ドアがゆっくりと押し開けられるのが見えた。シースルーのピンクのネグリジェを着たメアリがシルエットになって立っていた。

「まだ起きてる？」

リチャードは動きを止めた。できることなら寝た振りをしてやり過ごしたかった。だが、その前に動いたのを見られたかもしれないと諦めて、眠そうな声で答えた。「ああ」いまは成り行きに任せるしかないと気づくと、いっそ面白くなった。

メアリがベッドの端を軽く叩いてから腰を下ろした。「何かしたいことはない？」

「熟睡したい」リチャードは答えた。

「その助けになる方法は二つあるんじゃないかしら」メアリが言い、覆いかぶさるように身を乗り出してリチャードの頭の後ろを撫でた。「一つは睡眠剤を服むこと、もう一つはわたしと寝ることよ」

「いい考えだと思うけど、睡眠剤ならもう服んだよ」リチャードは言った。

「でも、期待した効果は出ていないみたいだから、二つ目の方法を試してみるべきじゃないかしら」メアリがネグリジェを頭から脱いで床に落とし、何も言わずに上掛けの下に潜り込んでリチャードに身体を寄せた。引き締まった身体は、運動で鍛えた、出産経験のない女性のそれだった。

「しまったな、睡眠剤なんか服まなきゃよかった」リチャードは言った。「せめてもう一晩泊まれるといいんだけど、そうもいかないしな」

メアリがリチャードの首にキスをし、背中に手を這わせはじめた。やがて、その手が両脚のあいだに到達した。

まいったな、とリチャードは思った。これには三パーセントの価値があるとフロレンティナが思ってくれないだろうか。そのとき、ドアが閉まる大きな音が聞こえた。メアリが上掛けをはねのけ、ネグリジェをつかむと、泥棒よりも素速く出口へと走って姿を消した。そのとき、階下の明かりがついた。リチャードは上掛けをかけ直し、低く聞こえてくる会話に耳を澄ましたが、聞き取ることはできなかった。そのあとは、うつらうつらして朝を待つことになった。

翌朝、朝食に下りていくと、メアリはかつてはすごい美男だったに違いない年配の男性とお喋りをしていた。

彼が立ち上がってリチャードと握手を交わしてから言った。「自己紹介させてもらいます、マックス・プレストンです。今週末はお目にかかれないはずだったんですが、仕事が早く片づいたので、ダラスからの最終便に何とか間に合ったというわけです。本物の南部のもてなしを知らないまま帰っていただかなくてはならないのが残念でなりませんよ」朝食のあいだはお互いがウォール・ストリートで直面している問題で話が弾み、ニクソンの新しい税制の影響について深い話をしていると、執事がやってきてミスター・ケインを空港へ送る用意ができたことを知らせた。

プレストン夫妻はリチャードと一緒に四十段の階段を下り、車のところまでやってきて客を見送った。リチャードはそこでメアリの頬にキスをし、してくれたことのすべてに感謝して、マックスの手を心を込めて握った。

「また会えるといいですね」マックスが言った。

「まさに同感です。今度ニューヨークへおいでのときには電話をください、お待ちしています」

メアリがリチャードを見て微笑した。

夫妻に手を振られながら、専属運転手がハンドルを握るロールスロイスは長い車道を滑るように下っていった。旅客機が滑走路を離れるや、リチャードに安堵の大波が押し寄せた。客室乗務員からカクテルを受け取り、月曜の計画について考えはじめた。六十四丁目に帰り着くと、フロレンティナが待っていた。

「株はこっちのものになった。彼女が約束してくれた」リチャードは興奮して報告し、ディナーのあいだずっと、その顛末を逐一説明した。暖炉のそばのソファで眠りに落ちたのは夜半直前で、フロレンティナの手は彼の脚に置かれたままだった。

次の日の朝、リチャードはジェイク・トーマスに電話をし、株の五十二パーセントを確保したことを告げた。

相手が息を呑む音が聞こえた。

「株券が私の弁護士の手元に届き次第、私自身が銀行へ出向き、どういう形で移行を行ないたいと考えているかを知らせます」

「わかりました」トーマスは諦めの口調だった。「だれから最後の二パーセントを手に入れたのかを訊いてもよろしいかな?」

「いいでしょう。私の古い友人のメアリ・プレストンからです」

電話の向こうで間があった。「フロリダのミセス・マックス・プレストンかな?」

「そうです」リチャードは勝ち誇って認めた。

「それなら、わざわざこっちへ出向いてもらう必要はありませんよ、ミスター・ケイン。ミセス・プレストンはすでに数週間前に、レスター銀行株の三パーセントを私どもに譲渡してくれていますよ。株券もひと月以上前に私どもの手元にあるんですよ」電話が切れた。

今度はリチャードが息を呑む番だった。

この新たな展開の報告をリチャードから聞いたとき、フロレンティナはこう言うしかなかった。「あなた、あのろくでもない女と寝るべきだったのよ。ジェイク・トーマスはそれをやったのよ。わたしの目に狂いはないわ」

「状況が同じだったら、きみはスコット・ロバーツと寝たか?」

「いいえ、それは絶対にあり得ません、ミスター・ケイン」

「そうだよな、ジェシー」

　最後の二パーセントの株をまだ手に入れる可能性はあるか、あるとしたらどうすればいいか、リチャードはそれを考えてまたもや眠れぬ夜を過ごした。いまや双方が四十九パーセントを確保しているのは明らかで、サディアス・コーエンはこう忠告してくれていた。現実と向き合い、すでに持っている株の入手に使った現金をできるだけ多く回収する方法を考えはじめなくてはならない、と。もしかすると、アベルを見習い、株主総会の前日、七月二十九日に大量に売りに出すべきかもしれない。輾転反側（てんてんはんそく）しつづけるリチャードの頭のなかで、役に立たない考えが湧いては消えていった。また寝返りを打って多少なりと眠ろうとしたまさにそのとき、フロレンティナがいきなり目を覚まして小声で訊いた。

「起きてる？」

「ああ、二パーセントを追いかけてる」

「わたしもよ。あなたのお母さまがわたしたちに話してくれたのを憶えてない？　わたしの父が二パーセントを手に入れるのを阻止するために、あなたのお父さまの代わりにだれかがその株をミスター・ピーター・パーフィットから買ったという話だけど？」

「もちろん、憶えてるとも」リチャードは言った。

「もしかしたら、そのだれかはわたしたちの買取り申し出を知らないってこともあるんじゃないかしら」

「マイ・ダーリン、あの買取り申し出広告は全米の全紙に、一紙の例外もなく掲載されたんだぞ」

「ビートルズだってそうだったけど、全員が例外なくそのグループを知っているわけじゃないでしょう」

「確かに、やってみる価値はありそうだな」リチャードはベッドサイド・テーブルの電話に手を伸ばした。

「だれに電話するの？　ビートルズ？」

「違う、ぼくの母だ」

「夜中の四時に？　真夜中にお母さまに電話するなんて駄目よ」

「駄目でも、しなきゃならないものはしなきゃならないんだ」

「そんなことをするとわかってたら、話すんじゃなかったわ」

「ダーリン、あとたった二日と半日で、ぼくは三千七百万ドルを失うことになるかもしれず、その二パーセントの株の持ち主はオーストラリアに住んでいるかもしれないんだぞ」

「確かにそのとおりね、ミスター・ケイン」

リチャードがダイヤルを回して待っていると、眠たそうな声が応えた。

「お母さん？」

「そうだけど、リチャード、いま何時なの？」

「午前四時だよ。真夜中に起こしたことは謝るけど、ほかに頼る人がいないんだ。これから話すことをしっかり聞いてくれるかな。お母さんはいつだったたか、お父さんの友だちがレスター銀行株の二パーセントを、それがフロレンティナのお父さんの手に落ちるのを阻止するために、ピーター・パーフィットから買ったと教えてくれたよね。その父さんの友だちはだれか、憶えていないかな？」

間があった。「ええ、憶えていると思うわ。ちょっと待っていてくれたら思い出せるはずよ。そう、イギリスの古いお友だちで、ハーヴァード大学でお父さんと一緒だった銀行家よ。名前は……ちょっと待ってね」リチャードは息を詰めた。フロレンティナが起き上がった。

「ダドリー、コリン・ダドリー、どこかの頭取だけど……ええと……思い出せないわね」

「大丈夫だよ、お母さん、そこまで教えてもらえれば充分だ。じゃあ、またおやすみ」

「あなたって何て思慮深くて思いやりのある息子なのかしらね」ケイト・ケインが言い、電話を切った。

「これからどうするの、リチャード？」

「とりあえず朝食をお願いしたい」

フロレンティナが夫の額にキスをして出ていった。

リチャードは受話器を上げた。「国際電話をお願いします。ロンドンはいま何時ですか？」

さい」

リチャードは自分専用の電話帳をめくって言った。「372-7711につないでください」

じりじりする思いで待っていると、声が返ってきた。

「〈バンク・オヴ・アメリカ〉です」

「ジョナサン・コールマンをお願いします」

もう一度待つことになった。

「ジョナサン・コールマンです」

「おはよう、ジョナサン。リチャード。リチャード・ケインだ」

「声が聞けて嬉しいよ、リチャード。夜中の四時に電話をしてきたからには、よほど特別な理由があるんだろうな」

「そうなんだ。緊急に手に入れたい情報がある。コリン・ダドリーが頭取をしている銀行はどこかを知りたいんだ」

「ちょっと待っててくれ、リチャード。『銀行家年鑑』を見てみるから」電話の向こうでページをめくる音が聞こえたあとでジョナサンが戻ってきた。「〈ロバート・フレイザー・アンド・カンパニー〉だ。ただし、いまはサー・コリン・ダドリーだからな」

「電話番号はわかるか?」

「九時七分です」

「493-3211だ」

「ありがとう、ジョナサン。今度ロンドンへ行ったら電話するよ」

リチャードはその電話番号を封筒の隅に走り書きすると、ふたたび国際電話の交換台を呼び出した。フロレンティナが戻ってきた。

「どう、見つかりそう?」

「もうすぐ見つかりそうだ」リチャードはそう答えてから交換手に告げた。「ロンドンをお願いしたい。番号は493-3211です」リチャードが待っていると、フロレンティナがベッドに腰かけた。

「〈ロバート・フレイザー・アンド・カンパニー〉です」

「サー・コリン・ダドリーをお願いします」

「失礼ですが、お名前を頂戴できるでしょうか、サー?」

「ニューヨークのバロン・グループのリチャード・ケインです」

「お待ちください、サー」

リチャードはふたたび待った。

「おはよう、ダドリーです」

「おはようございます、サー・コリン。リチャード・ケインと申します――父のことはご存じと思いますが?」

「もちろんだよ。ハーヴァードで一緒だった。きみのお父さんはいいやつだったよ。亡くなったと知ったときは残念でならず、きみのお母さんにお悔やみの手紙を書いたな。ところで、この電話だが、どこからかけているのかね?」

「ニューヨークです」

「きみたちアメリカ人はずいぶん早起きなんだな。それで、用件は何かな?」

「レスター銀行株のことなのですが、いまもあの二パーセントの株を保有していらっしゃるでしょうか?」リチャードはまた息を詰めることになった。

「ああ、持っているとも。結構な大金を払わせてもらったがね。だが、文句は言えんな。きみのお父さんには、生前、ずいぶんよくしてもらったからな」

「その株を売却するお考えはありませんか、サー・コリン?」

「相応の価格でなら、やぶさかではないな」

「どのぐらいを相応とお考えでしょう?」

長い間があった。「八十万ドルかな」

「承知しました」リチャードは即答した。「ですが、明日のうちに手元になくてはならないのです。八十万ドルの支払いを銀行口座振替で行なうとすれば、私がそちらに着くまでに必要な書類をすべて整えておいてもらうことは可能でしょうか?」

「いいとも、たやすいことだ、青年」ダドリーが言った。「それから、空港に出迎えの車